文春文庫

呪われた町

上

スティーヴン・キング
永井 淳訳

文藝春秋

ナオミ・キングに
「……守るべき約束」

目次

主な登場人物

ベン・ミアーズ……………………小説家　執筆のためセイラムズ・ロットに帰郷
スーザン・ノートン………………画家の卵
アン・ノートン……………………スーザンの母
フロイド・ティビッツ……………スーザンのボーイフレンド
マット（マシュー）・バーク……高校の英語教師
パーキンズ・ギレスピー…………保安官
エヴァ・ミラー……………………ベンの暮らす下宿屋の主人
ウィーゼル・クレイグ……………下宿屋の掃除人
ローレンス・クロケット…………不動産業者
ラルフィー・グリック……………行方不明の少年
ダニー・グリック…………………ラルフィーの兄
マイク・ライアースン……………墓地の管理人
カール・フォアマン………………葬儀屋
メイベル・ワーツ…………………噂好きの老女
マーク・ペトリー…………………町に引っ越してきた少年
R・T・ストレイカー……………マーステン館を買った男
カート・バーロー…………………同右
ヒューバート・マーステン………マーステン館を建てた実業家　妻と無理心中で果てる

呪われた町　上

作者おぼえ書

長編小説というものは、決して作者一人の力でできあがるものではない。その意味で作者はこの場を借りて本書の成立を助けてくれたつぎの方々に感謝の意を表したい。実際的な示唆と激励を与えてくれたハムデン・アカデミーのG・エヴァレット・マクカッチョン、ペノブスコット郡検死官で、医学の最もすぐれた分野、一般診療の有力なメンバーでもあるメイン州オールド・タウンのジョン・ピアスン博士、メイン州バンゴアにある聖ヨハネ・カトリック教会のリナルド・ハリー神父。そしていうまでもなく、いつに変わらぬ厳格にして断固たる批評家であるわが妻に。

セイラムズ・ロットの周辺の町々は実在するが、セイラムズ・ロットそのものは作者の空想の中にしか存在せず、そこに住む人々と現実世界に住む人々の間になんらかの相似が見られるとしても、それは偶然であり、作者の意図したところではない。

プロローグ

旧き友よ、きみはなにを捜しているのか
幾歳月を異邦にすごしたのち、きみは帰ってきた
故郷を遠くはなれて
異郷の空の下で
暖めつづけた心象を胸に抱いて
――イオルゴス・セフェリアデス

1

その男と少年を親子だと思わぬ者はほとんどいなかった。

二人は古ぼけたシトローエン・セダンに乗り、南西の方角めざして、アメリカ縦断の放浪の旅を続けていた。ほとんどいつも第二級道路を選び、発作的に思いたっては旅を続けた。最終の目的地に到達するまでに三カ所で旅を中断した。最初はロード・アイランドで、黒い髪を持つ長身の男はその地の織物工場で働いた。つぎはオハイオのヤングズタウンで、このときはトラクター組立工場で三カ月働いた。そして最後はカリフォルニアのメキシコ国境に近い小さな町で、そこではガソリン・スタンドで働きながら外国製の小型車の修理に従事した。自分でも意外であり、満足でもあったが、この仕事ではかなりの成功をおさめた。

男は旅の途中で車を止めるたびに、ポートランド・プレス＝ヘラルドというメイン州の新聞を買って、ジェルーサレムズ・ロットというメイン州南部の小さな町とその周辺地域に関する記事を捜した。ときおりそういう記事が目についた。

男はロード・アイランド州セントラル・フォールズに到着する前に、あちこちのモーテルの部屋で一篇の小説のあらすじを書きあげて、それを自分のエージェントあてに郵送した。彼は百万年の昔、まだ暗黒の闇が彼の人生をおおっていなかったころ、さほどはなばなしくはないがまずまずの成功をおさめた小説家だった。エージェントは小説のあらすじを彼の最近作の出版社に持ちこんだ。出版社は儀礼的な関心を示しはしたが、出版契約金まで払う気はなさそうだった。「プリーズ」と「サンキュー」という言葉はまだいくら使っても無料《ただ》なのだと、男はエージェントからの手紙を破りすてながら少年に語った。彼はさほど失望したようすもなくそういうと、とにかく小説の執筆にとりかかった。

少年はあまりものをいわなかった。顔は絶えず苦悩の表情でひきつり、目は暗く――まるでいつも内なる荒涼とした地平線を眺めているかのようだった。旅の途中で立ち寄る食堂やガソリン・スタンドでは、行儀よく振る舞いはしたがそれ以上ではなかった。背の高い男の姿が見えなくなるのを恐れているようすで、男が手洗いに立っただけで不安げな表情を浮かべた。男がおりにふれてジェルーサレムズ・ロットの町の話を持ちだしても、少年はそれについて話すことを拒み、ときおり男がわざと少年の目につくところに置いておくポートランドの新聞にもいっさい手を触れようとしなかった。

やがて小説が書きあがったとき、彼らはハイウェイからはなれた海岸のコテージに住んでいて、二人とも太平洋で大いに泳ぎまくった。そこの海は大西洋よりも暖かく、波も静かだった。そこにはいまわしい思い出もなかった。少年は逞《たくま》しく日焼けしはじめた。

三度の食事にも事欠かず、りっぱな屋根で雨露もしのげる暮しを送っていたにもかかわらず、男はしだいに気が滅入り、現在の生活に疑問を感じはじめていた。彼は少年に勉強を教えてやり、少年の教育の点では少しも欠けるところがないように思われたが（少年はかつて男がそうだったように、たいそう賢くて本もすらすら読みこなした）、セイラムズ・ロットを抹殺することが少年のためになるとは思えなかった。少年はときおり夢の中で悲鳴を発し、毛布を床に叩き落とした。

やがてニューヨークから一通の手紙が届いた。差出人は背の高い男のエージェントで、ランダム・ハウスが一万二千ドルの出版契約金を申しでていること、ブック・クラブの選定図書になることがほぼ確実であることを伝えていた。以上の条件に異存はないか？

もとより異存はなかった。

男はガソリン・スタンドの仕事をやめて、少年と一緒に国境を越えた。

2

「靴」を意味するロス・サパトスは（この名前を聞いたとき、男は内心ひそかにむなしい好奇心をおぼえた）、海からほど遠くない小さな村だった。観光客もここまではやってこない。道路は整備されていないし、海も見えず（海を見るには村からさらに五マイルほど西へ行かなければならない）、これといった史蹟もない。村の酒場にはゴキブリがうようよいるし、たった一人しかいない売春婦は五十をすぎた姥桜《うばざくら》である。

合衆国をあとにして以来、ほとんどこの世のものとも思えない静けさが彼らの生活をおおった。頭上を飛ぶ飛行機はめったになく、有料道路はないし、百マイル以内には自動芝刈機を持っている人間（あるいはそんなものを持ちたいと思う人間）は一人もいなかった。彼らはラジオを持っていたが、それさえ無意味な騒音にすぎなかった。ニュースはすべてスペイン語で、少年は少しずつスペイン語をおぼえはじめていたが、男にとっては依然として——おそらくこれから先もそうだろう——呪文のようなものだった。音楽番組はすべてオペラで成り立っていた。夜になると、ときおりウルフマン・ジャックが熱狂的にまくしたてるモンタレーのポップ・ミュージック専門局の電波が入ってくることもあったが、感度が悪くてよく聞きとれなかった。耳に届く範囲内にあるモーターといえば、村の農家の持っている古ぼけたロートティラーだけだった。風向きしだいではその不規則な、げっぷでもするような音が、落ち着きのない妖精のようにかすかに聞こえてきた。彼らは手を使って井戸水を汲《く》みあげた。

　月に一度か二度の割で（いつも二人一緒というわけではなかったが）町の小さな教会のミサに出席した。二人とも儀式の意味は理解できなかったが、それでもあえて列席した。男は耳なれた単調なリズムと、彼らに向かってわめきたてる声を聞きながら、ときおり息づまるような熱気の中で居眠りをした。ある日曜日のこと、男が新しい小説の執筆の場所にあてている、いまにもこわれそうな裏のポーチに少年がやってきて、教会の信者になることについて神父と話し合ったことを、ためらいがちに告げた。男はうなずいて、教えを受けるほどスペイン語がわかるのかとたずねた。少年は言葉は問題ではないと思うと答えた。

　男は週に一度メイン州ポートランドの新聞を買うために、四十マイルの道のりを出かけて行った。新聞はいつも少なくとも一週間遅れで、ときには犬の小便で黄色くなっていることもあった。少年が教会の話をした二週間後に、セイラムズ・ロットとヴァーモント州のモンスンという町に関する特別記事が目についた。記事の中には長身の男の名前も出ていた。

　彼はとくにその記事が少年の目に触れることを望んだわけではなかったが、新聞をそのあたりに投げだしておいた。その記事はいろんな意味で彼を不安な気持にさせた。セイラムズ・ロットではそれがまだ終わっていないようだった。

翌日少年が、「メイン州にゴースト・タウン出現？」という見出しを表にしてたたんだ新聞を持って、彼のところにやってきた。

「ぼく、こわいよ」と、少年はいった。

「ぼくもだよ」と、長身の男は答えた。

3

メイン州にゴースト・タウン出現？

プレス＝ヘラルド特別記事編集長
ジョン・ルイス

ジェルーサレムズ・ロットはカンバーランドの東、ポートランドの二十マイル北に位置する小さな町である。アメリカの歴史上ある日忽然として消失した町はここが最初ではないし、おそらく最後でもないだろうが、少なくともここは最も不思議な消え方をした町のひとつである。アメリカ南西部においては、ゴースト・タウンはさほど珍しくない。そこでは豊かな金鉱や銀鉱を中心にしてほとんど一夜のうちに町が誕生し、鉱脈が掘りつくされると同時に、生まれたときと同じようにすばやく消えて行った。そして残された無人の商店やホテルや酒場は砂漠の静寂の中で朽ち果てるままに放置された。

ニュー・イングランドにおいては、ジェルーサレムズ・ロット、または土地の人々がしばしばつづめてセイラムズ・ロットと呼ぶ町の、不可解な住民流出現象に対応するのは、ヴァーモント州のモンスンという小さな町で起こったケースだけのように思われる。

一九二三年の夏に、モンスンの町は三百十二名の町民とともに煙のように消え失せてしまった。住宅や町の中心にある数少ない商店などはいまも残っているが、五十二年前の夏以来それらは無人と化したままである。中には家具が運びだされた家もあるが、ほとんどの家はあたかも日常の生活を営んでいるさなかに、大風が住民を一人残らず吹き散らしてしまったかのように、家具調度もそっくり残されたままである。ある一軒の家では食卓に夕食がととのえられ、センターピースにははるか昔にしぼんでしまった花まで飾られている。また別の家では、間もなく就寝しようとして二階の寝室のベッドカバーがきちんとめくられたままになっている。ある商店ではカウンターの上に一巻の綿布が朽ちて横たわり、キャッシュ・レジスターには一ドル二十二セントの代金が記録されていた。調査に当たった人々は、五十ドル近い現金が手つかずでひきだしに残されているのを発見した。

この地方の人々は観光客をもてなすのに好んでこの町の話を持ちだし、モンスンの町は物《もの》の怪《け》に憑かれたのだとほのめかす――だから五十年あまりもだれも住み手がないのだと。しかしモンスンはどの主要道路からも遠くはなれた、州内でも忘れられたような辺鄙《へんぴ》な場所にあったから、と考えるのがより妥当だろう。何百というほかの町ととくに違うところはそこにはない――もちろん、幽霊船マリー・セレスト号を思わせる突然の住民流出の謎を除いての話だが。

ジェルーサレムズ・ロットについてもほぼ同じことがいえるだろう。

一九七〇年の国勢調査の時点で、セイラムズ・ロットの人口は千三百十九名だった――前回の調査から十年の間に六十七名の人口増である。細長くのびた、住み心地のよい町で、かつての町民は単にザ・ロットと呼びならわし、町の歴史にはこれといって特筆するようなことはなかった。公園やクロッセンズ農産物ストアのストーヴのまわりに集まった老人たちの唯一の話題といえば一九五一年の大火で、これはうっかり投げ捨てられた一本のマッチから、メイン州の歴史上最大の山火事が始まった事件だった。

引退した人間が、だれにも干渉されることのない、婦人団体のパン焼きコンテストが、ある週の最大の行事であるといった小さな田舎町で、老後を送ることを望むなら、このザ・ロットなどはそれこそ恰好の町である。人口統計学的に見れば、一九七〇年の国勢調査は、農村社会学者にもメイン州の小さな町に長年住んでいる人々にも馴染《なじ》み深いパターン、すなわち老人の数が多く、貧しい人々もかなりの数にのぼり、多くの若者たちは卒業免状を手にすると故郷をはなれ、二度とふたたび帰ってこないというパターンを示していた。

ところが一年ちょっと前から、ジェルーサレムズ・ロットではなにかしら異常な事態が起こりはじめた。町の人々がつぎつぎに姿を消しはじめたのである。それらの人々の大部分は、もちろん字義通りの意味で消えてしまったわけではない。ザ・ロットの元警官パーキンズ・ギレスピーは、現在妹と一緒にキタリーに住んでいる。ドラグストアの向かいにあったガソリン・スタンドの経営者チャールズ・ジェームズは、隣りの町のカンバーランドで自動車修理工場をやっている。ポーリーン・ディケンズはロサンゼルスへ引っ越し、ローダ・カーレスはポートランドの聖マタイ伝道団で働いている。こうした「脱出者」たちのリストはまだまだ続くだろう。

ほかの土地で発見されたこれらの人々に共通する謎は、ジェルーサレムズ・ロットと、もしそこでなにかが起こったとすればいったいそれはなんであったかということについて、だれ一人として語りたがらない――あるいは語ろうにも語れない――ことである。パーキンズ・ギレスピーは記者の顔をじっとみつめ、煙草に火をつけて、「わたしは町を出る決心をしたんだよ」といっただけだった。チャールズ・ジェームズは町では商売がやっていけなくなったのでよそに越さざるを得なかったと語った。エクセレント・カフェで何年もウェイトレスをしていたポーリーン・ディケンズは、記者の質問の手紙に返事をよこさなかった。そしてミス・カーレスはセイラムズ・ロットについて語ることをひたすら拒んだ。

町から姿を消した人々のうちの何人かは、推測と、ちょっとした調査でその理由が解明されるだろう。妻と娘を伴って町から消えた不動産業者のローレンス・クロケットの場合は、現在ポートランド・モール・アンド・ショッピング・センターの建築工事がおこなわれているポートランドの用地売買を含む、多くのいかがわしい投機や土地取引に手を出していたことがあとになって判明した。これも町から姿を消したロイス・マクドゥガル夫妻は、この年幼い息子を亡くしており、彼らを町に引きとめておくものはほとんどないといってよかった。つまり彼らにしてみればどこに住んでもよかったのである。ほかの人々の場合も事情は似たり寄ったりである。州警察のピーター・マクフィー署長はつぎのように語っている。「われわれはジェルーサレムズ・ロットからいなくなった多くの人々について問合わせをおこなっております――が、住民が姿を消した町はメイン州でここだけというわけでもありません。たとえばロイス・マクドゥガルの場合は、一つの銀行と二つの金融会社から金を借りたまま町を出ています……つまりわたしの考えでは、彼は借金の重荷からのがれるために夜逃げをしたにすぎないのです。おそらく今年じゅうか来年のいつか、彼は自分のクレジット・カードを使い、それを手がかりに貸金の回収係がかならず彼の居場所をつきとめるでしょう。アメリカでは行方不明者は少しも珍しくないのです。われわれは自動車指向社会で暮しています。人々は二年か三年に一度の割合で住むところを変えています。ときには転居先をいい残すことを忘れることだってあります。夜逃げの場合はむしろそれが当り前だといえるでしょう」

しかしマクフィー署長の冷静な分析にもかかわらず、ジェルーサレムズ・ロットには未解決の疑問が数多く存在する。ヘンリー・ペトリーとその妻と息子も町から姿を消したが、プルーデンシャル保険会社の重役であるペトリー氏を夜逃げ族と呼ぶことはためらわれる。また町の葬儀屋、図書館員、美容師も郵便物配達不能のリストに入っている。このリストは尋常の長さではないのである。

周辺の町々では、伝説のはじまりである噂話がすでに始まっている。すなわちセイラムズ・ロットは物の怪に憑かれたという噂がそれである。町を二分するセントラル・メイン電力の送電線の上で、何度か正体不明の色のついた光が見えたという噂がひろまっており、かりにザ・ロットの町民は空飛ぶ円盤に拉《らっ》し去られたという説を立てたとしても、それを笑う者は一人もいないだろう。また、町で黒ミサをおこなっていた若者たちの「暗黒の集会」の噂もちらほら聞かれた。エルサレムという聖地の中の最も聖なる都市の名において神の怒りがくだったのだろう、という意見もある。それほど超自然的傾向のない人々は、三年前にテキサス州ヒューストンで多数の若者たちが「蒸発」し、やがて共同墓地から死体となって発見された恐ろしい事件を連想する。

実際にセイラムズ・ロットを訪れてみると、こうした噂もそれほど荒唐無稽《こうとうむけい》な感じがしなくなる。営業している会社や商店は一軒もない。最後まで営業を続けていたのは、一月に店を閉めたスペンサー雑貨店兼薬局だった。クロッセンズ農産物ストア、金物店、バーロー・アンド・ストレイカー家具店、エクセレント・カフェ、それに町役場までも、ことごとく閉鎖されてしまった。新しい小学校も、一九六七年にザ・ロットに新設された三町合同ハイスクールも、いまは空家と化している。学校の備品と教科書は学区のほかの町で一般投票がおこなわれるまでの間、カンバーランドにある臨時の施設へ移されたが、新学年度が始まってもセイラムズ・ロットの子供たちが登校してくるとは思えない。町には子供が一人も残っていないからである。あるのは見捨てられた商店、空家と化した住宅、伸びほうだいの芝生、そして人っ子一人通らない表通りや裏通りだけである。

州警察が居場所をつきとめようとしている人々、あるいは少なくとも先方からの連絡を待ち望んでいる人々は、ジェルーサレムズ・ロット・メソジスト教会のジョン・グロッギンズ牧師、聖アンドルー教会の教区司祭、ドナルド・キャラハン神父、セイラムズ・ロットの教会活動および社交活動の中心だった未亡人メイベル・ワーツ、ゲイツ織物工場で働いていたレスター、ハリエット・ダラム夫妻、下宿屋を経営していたエヴァ・ミラーなどである……

この記事を読んでから二カ月後に、少年はカトリック教会に入信した。彼は最初の告解をおこない――すべてを告白した。

4

5

村の司祭は顔に網の目のように皺が寄った白髪の老人だった。日焼けした顔の奥から、驚くほどの活気と熱意にみちた目がのぞいていた。その目はアイルランド系らしく、あくまでも青かった。長身の男が司祭の家に到着したとき、彼はポーチに腰をおろしてお茶を飲んでいるところだった。都会風の服装をした一人の男が司祭のかたわらに立っていた。男の髪は真中で分けられ、ポマードできちんと撫でつけてあった。長身の男はその頭を見て一八九〇年代の肖像写真を連想した。

男は堅苦しい口調でいった。「わたしはヘスス・デ・ラ・レイ・ムニョスという者です。グラコン神父は英語が話せないので、わたしが通訳を頼まれました。グラコン神父にはわたしの家族がたいそうお世話になっていますが、そのことはいま詳しく申しあげる必要はないでしょう。神父がこれから話そうとしていることについても、わたしはいっさい口外はしません。いいですね？」

「結構です」男はムニョスに続いてグラコン神父と握手をかわした。グラコンはスペイン語であいさつをしてにっこり笑った。歯はたった五本しか残っていなかったが、快活で心暖まる微笑だった。

「神父はお茶はいかがかときいております。緑茶です。さっぱりした味ですよ」

「喜んでいただきます」

お茶のもてなしが終わったところで、司祭がいった。「少年はあなたのお子さんではないそうですね」

「ええ」

「彼は不思議な告白をしました。実をいうと、わたしは長い間司祭をしていますが、これほど不思議な告白は聞いたことがありません」

「そうでしょうとも」

「彼は泣きました」グラコン神父はお茶を飲みながらいった。「心の底から、恐ろしげに泣きましたよ。あれは魂の奥底から湧いてくる泣声でした。わたしはこの告白の真偽を疑わなければならないのでしょうか？」

「その必要はありません」長身の男は静かに答えた。「彼は真実を語っているのです」

グラコン神父はムニョスが答を通訳する前からすでにうなずいており、その表情はいちだんと深刻になった。彼は膝の間に両手を挟んで身を乗りだし、長い間話し続けた。ムニョスはつとめて無表情を装いながら、じっと話に耳を傾けた。やがて司祭の話が終わると、彼は男にその内容を伝えた。

「神父は世の中にはいろいろ不思議なことがあるものだといっております。いまから四十年前に、エル・グラニオネスに住む一人の農夫が人間の女そっくりの声で鳴くトカゲを持ちこんできたことがありました。また、主の受難の印である聖痕を持つ男を見たこともあるそうですが、この男は聖金曜日のたびに両手両足から血を流したということです。神父はこれも恐ろしい、暗い事件だといっています。あなたとあの少年にとってはきわめて重大な事件だといっています。とくに少年にとって重大です。この事件は少年の心を蝕《むしば》んでいます。神父がおっしゃるには……」

グラコンがふたたびスペイン語でぽつりとなにかいった。

「あなたはこのニュー・ジェルーサレムでご自分のしたことの意味を理解しているのかという質問です」

「ジェルーサレムズ・ロットです」と、男は訂正した。「ええ、わかっているつもりです」

グラコンがふたたび質問した。

「あなたはそれをどうするつもりかとたずねています」

長身の男はたいそうゆっくりと首を振った。「わかりません」

グラコンがまたなにかいった。

「神父はあなたのためにお祈りをするといっています」

6

それから一週間後、男は汗びっしょりになって悪夢から目ざめ、少年の名を呼んだ。

「ぼくは戻ることにしたよ」と、彼はいった。

少年の日焼けした顔が一瞬青ざめた。

「一緒にくるかい？」と、男がたずねた。

「ぼくを愛してる？」

「うん。愛してるとも」

少年はさめざめと泣きだし、男は少年を抱きしめた。

7

それでもなお、男は眠れなかった。もろもろの顔が影の中にひそみ、雪の中でぼんやりかすんだ顔のように渦を巻きながら、彼のほうに近づいた。そして風で垂れさがった木の枝が屋根をこするたびに、彼ははっとしてとび起きた。

ジェルーサレムズ・ロット。

両の目を閉じてその上に片腕を横たえると、すべてが目のあたりによみがえってきた。手に持って揺り動かすと中で小さな雪あらしが起こるあのガラス玉の文鎮、彼の目にはそれがありありと見えるようだった。

セイラムズ・ロット……

第一部　マーステン館

いかなる生物体も絶対的な現実の条件下で、正気を失わぬまま長く生き続けることはできない。ある人々の説によれば、ヒバリやクツワムシでさえ夢を見るという。正気を失った丘の上の家は、丘を背にして、闇を内に抱きながらひっそりと立っていた。建ってからすでに八十年を経ているが、さらに八十年はそこに立ち続けるだろう。中に入ると、壁はいまなおまっすぐに立ち、れんがはゆるみもせず、床はしっかりしていて、ドアもきっちりしまっていた。静寂が丘の上の家の木と石を重々しくおおい、そこを歩むものは、正体がなんであれ、独りで歩んだ。

——シャーリー・ジャクスン

『丘の上の幽霊屋敷』

第一章　ベン（その一）

1

ターンパイクを北に向かって走りながら、ポートランドを通りすぎるころになると、ベン・ミアーズは胃袋のあたりに不快ではない興奮の疼《うず》きを感じはじめていた。時は一九七五年の夏で、夏はこの年最後の輝かしい自己主張を楽しんでいた。木々は濃い緑を滴《したた》らせ、空は高く、やわらかな青色を帯び、ファルマスの町の境界線をすぎて間もなく、高速道路と平行して走る道を、釣竿をカービン銃のように肩にかついで歩いている二人の少年が彼の目にとまった。

彼は走行車線に移って高速道路の制限速度ぎりぎりまでスピードを落とし、なにか昔の記憶を呼びさますようなものはないかとあたりに目を配った。はじめのうちはなにも見当たらず、彼はほぼ確実に期待はずれに終わることを覚悟した。当時お前は七歳だった。あれから二十五年の歳月が過ぎ去ったのだ。土地だって変わらないはずがない。人間と同じようにだ。

当時は四車線の二九五号線はまだ存在しなかった。ポートランドからザ・ロットへ行くには十二号線を通ってファルマスへ行き、それから一号線に出たものだった。時は流れている。センチになるのはよせ。

だが、センチになるなといわれても無理だった。ましてや——

突然、ハンドルを高くした大型のBSAオートバイが、すさまじい音をたてて追越車線にあらわれ、彼を追い越して行った。ハンドルを握るのはTシャツを着た男の子で、赤い布製のジャケットを着て、ミラー・レンズのトンボ眼鏡をかけた女の子がうしろに横向きに乗っていた。彼らが一瞬早く走行車線に入りこんできたので、彼はあわててブレーキを踏み、両手をクラクションにかけた。BSAはスピードをあげて排気管から青い煙を吐きだし、女の子がうしろを向いて彼に中指を突きつけた。

彼はふたたびスピードをあげた。一服つけたい気分だった。両手がかすかに震えていた。BSAはもうほとんど見えなくなるほど遠ざかって、猛スピードでとばしていた。若者たち。いまいましい若者たち。記憶が、より最近の記憶がどっと彼の上に押し寄せてきた。彼はその記憶を払いのけた。この二年間というもの、彼は一度もオートバイに乗っていない。それどころかもう一生オートバイには乗らない決心をしていた。

左手のほうに赤いものがちらと目についた。そっちのほうに目を向けたとき、まぎれもなく見おぼえのある眺めに出会って、彼の心は喜びにふるえた。大きな赤い納屋が、チモシーとクローヴァーの牧草地をのぼって行った向うの丘の上に建っていた。丸屋根を白く塗った納屋――それだけ遠くはなれていても、丸屋根のてっぺんの風見に反射する太陽の光線を見分けることができた。納屋は昔と少しも変わらずにいまもその場所に建っていた。この調子なら万事うまくゆくかもしれない。やがて納屋は木のかげに隠れて見えなくなった。

ターンパイクがカンバーランドに入ると、さらにいくつも見おぼえのあるものが目につきだした。子供のころニジマスやカワカマスを釣ったロイヤル・リヴァーの橋を渡った。木立の間から一瞬カンバーランドの村のたたずまいもちらと見えた。遠くのほうには、「メイン州の緑を守ろう」と、ペンキで巨大なスローガンを書いたカンバーランドの給水塔も見えた。だれかがその下に「お金を持ってこい」と書くべきだというのが、シンディおばの口癖だった。

ついさきほどの興奮がまた頭をもたげてきて、彼は道路標識を目で捜しながらスピードをあげはじめた。それは五マイルほど先で、照りはえる緑の中から遠くのほうに浮かびあがった。

十二号線。ジェルーサレムズ・ロット　カンバーランド　カンバーランド・センター

突然陰鬱な気分が襲いかかってきて、火に砂をかけたようにはずんだ気持を消してしまった。それはあの悪夢のような体験以来（彼の心はアマンダの名前を口にしようとするのだが、どうしてもその気になれなかった）しばしばのことで、そのたびに適当に振りはらってきたのだが、今度ばかりはわれにもなくあわてたほどの激しさで彼に襲いかかってきた。

少年時代に四年間暮した町に戻ってきて、いったいなにをしようというのだ。取返しのつかないほど失われてしまったものをふたたび取り戻そうというのか？　少年のころ歩いた道をいまふたたび歩くことによって、どんな魔力がよみがえるというのか？　それらの道路もいまはアスファルトで舗装され、すっかり整備されて、観光客の捨てたビールの空缶が転がっていることだろう。白い魔術も黒い魔術もともに死んだ。あの夜オートバイのコントロールがきかなくなり、あの黄色い有蓋トラックが目の前に迫ってきて、彼の妻ミランダの悲鳴が急にぷっつりととだえたとき、魔術はことごとく死に絶えてしまったのだ——

高速道路の出口が右手に近づいてきた。一瞬彼はそのまま通りすぎてチェンバレンかルーイストンまで行き、一休みして昼食でもとってからまた引き返すことを考えた。だが、どこへ帰るのだ？　家へか？　それはお笑い草だ。家があるとすれば、それはここにしかなかった。わずか四年間だけだったとしても、ここは彼の家だった。

彼はウィンカーで合図して、シトローエンのスピードを落とし、ランプに入りこんだ。ランプの頂点の、ターンパイクのランプが十二号線に合流する地点で（十二号線は町に近づくとジョイントナー・アヴェニューになる）、地平線にちらと目を向けた。そして思わず両足でブレーキを踏んでいた。シトローエンはがくんと揺れながら止まった。

ほとんど松と針樅《はりもみ》だけの林が、ゆるやかな斜面にそって東のほうへのびており、目に見えるぎりぎりのところでは空と一体になっているように見えた。その場所から町は見えなかった。目に見えるのは木々と、はるか遠く、木々が地平の空と接しているあたりに聳《そび》え立つ、マーステン館《やかた》の破風《はふ》のある屋根だけだった。

彼はなにかに憑かれたようにその屋根を見まもった。相拮抗《あいきっこう》するもろもろの感情が、万華鏡のように彼の顔に浮かんでは消えた。

「まだあったのか」と、彼は独りごちた。「驚いたな」

彼は両手に視線を落とした。いつの間にか両手が鳥肌立っていた。

2

彼はわざわざ町を迂回して、カンバーランドまで行き、バーンズ・ロードを通って西の方角からセイラムズ・ロットへ戻ってきた。意外にもこのあたりは昔とほとんど変わっていなかった。彼の記憶にない新しい家が数軒建ち、町の境界線のすぐ外にデルという名の酒場があり、新しい砂利の採掘場が二つできていた。多くの落葉樹がパルプを作るために伐り倒されていた。だが町のごみ捨場への道を示す古いブリキの標識はまだ健在だったし、道そのものはいまだに未舗装の穴だらけのでこぼこ道で、セントラル・メイン電力の高圧線鉄塔が北西から南東にのびている森の中の空地を通して、スクールヤード・ヒルを望むことができた。グリフェン農場もいまだに健在だったが、ただ納屋が昔より大きくなっていた。この農場ではいまも自家製の牛乳を壜につめて売っているのだろうか。ここの牛乳のマークは「グリフェン農場のサンシャイン・ミルク！」という商品名の下で笑っている牝牛の絵だった。彼は思わず微笑を浮かべた。シンディおばさんの家にいたころは、コーン・フレークにこのミルクをたっぷりかけて食べたものだった。

彼は左に折れてブルックス・ロードに入り、ハーモニー・ヒル墓地を囲む鍛鉄のゲートと低い石垣を通りすぎ、急勾配の斜面をくだって、反対側のマーステンズ・ヒルと呼ばれている丘を登りはじめた。

丘を登りつめると、道の両側の森が後退して、右手にはじめて町の全貌が見えてきた。左手にはマーステン館が見える。彼は車を止めて外へ出た。

マーステン館は昔とまったく同じだった。変わったところはひとつもなかった。最後にそれを見たのがつい昨日のことのように思われた。

前庭には稗《ひえ》が生い茂り、ポーチに通じる霜に押しあげられた古い敷石を覆い隠していた。草の中でコオロギが鳴き、不規則な放物線を描いて跳ぶバッタの姿が見えた。

マーステン館は町を見おろす恰好で建っている。だだっ広くしまりのない建物で、窓には行きあたりばったりに板が打ちつけられ、長い間人が住んでいない古い家につきものの不気味な雰囲気が漂っている。ペンキは剝げ落ちて、建物全体が灰色一色に見える。暴風であちこち屋根板が剝ぎとられ、大雪のために大屋根の西側の一隅が落ちこんで、悄然と肩をすぼめたように見える。右手の親柱には朽ちかけた立入禁止の札が釘で打ちつけてある。

彼は草に覆われた小径《こみち》を歩いて行って、足もとで跳びはねるコオロギやバッタの群を通りすぎ、ポーチにあがりこんで、窓に打ちつけられた板の隙間から玄関か手前の部屋をのぞいてみたい強い衝動に駆られた。玄関のドアを試してみて、もし鍵がかかっていなかったら中へ入ってみようかとも思った。

彼はごくりと唾を飲みこんで、まるで催眠術にでもかかったように建物を見あげた。それは白痴めいた無関心で彼を見返した。

湿った漆喰《しっくい》と腐りかけた壁紙の匂いを嗅ぎながら廊下を歩いて行くと、壁の中で鼠が走りまわる音が聞こえるだろう。いまなおそこらじゅうにがらくたが散らばっていて、お前はその中からなにかを、たとえば文鎮などを拾いあげてポケットにしまいこむだろう。やがて、廊下のはずれで、台所へ入りこむかわりに左に曲がって階段をあがる。長年の間に天井から剝げ落ちた漆喰の塊が、足の下でぱりぱりと音をたてて砕ける。階段は正確に十四段あった。しかし最上段は小さくてほかの段と釣合いがとれない。まるで不吉な数を避けるためにあとから付けたされたかのようだ。階段をあがりきって踊り場に立つと、目の前に廊下があって、そのはずれに閉ざされたドアが見える。まるで家の外から眺めているかのように自分自身を眺めながら、そのドアに向かって廊下を歩いて行くと、ドアはしだいに近く、大きくなってきて、手を伸ばせばその変色した銀の把手に触れそうになる——

彼は藁笛《わらぶえ》でも吹くようにふうっと息を吐きだしながら、マーステン館にくるりと背を向けた。まだ早い。いずれは中へ入る機会もあるかもしれないが、いまはまだ早い。さしあたりすべてが昔のままだということを確認するだけで充分だ。マーステン館は彼を待っていたのだ。彼は車のボンネットに両手を突いて町のほうを見おろした。町へ行けばマーステン館を管理している人間が見つかるだろう。もしかするとここを借りられるかもしれない。台所は恰好の書斎になりそうだし、表の客間が寝室がわりに使えるだろう。しかし二階へは絶対に足を踏み入れてはならない。

やむをえない場合を除いては。

彼は車に乗りこんで、エンジンをかけ、ジェルーサレムズ・ロットに向かって丘をくだりはじめた。

第二章　スーザン（その一）

1

彼は公園のベンチに坐っているときに、その女が自分をじっとみつめているのに気がついた。彼女はすばらしい美人で、明るいブロンドの髪にシルクのスカーフをかぶっていた。いまは本を読んでいるところだったが、かたわらにスケッチ・ブックと炭筆らしきものが置いてあった。その日は九月十六日火曜日、新学期の始まった日で、公園からは魔法のようにうるさい子供たちの姿が消え失せていた。目につくのは幼児を連れた母親たちと、戦歿者記念碑のそばに坐っている数人の老人たちだけで、その若い女は節くれだった楡《にれ》の老木の縞模様の木陰に坐っていた。

彼女は顔をあげて彼を見た。驚きの表情がその顔をよぎった。手に持った本を眺め、ふたたび彼のほうを見て立ちあがりかけた。が、思いなおしてやめた。やがて意を決して立ちあがったかと思うと、また腰をおろした。

彼はベンチから腰をあげて、自分の本を持ちながら近づいて行った。それは読みさしのペーパーバックのウェスターンだった。

「こんにちは」と、彼は愛想よく声をかけた。「どこかで前に会ったっけ？」

「いいえ」と、女が答えた。「だけど……あなたはベンジャミン・ミアーズでしょう？」

「そうだよ」彼は驚いて眉をあげた。

彼女は神経質に笑い、相手の意図を読みとろうとするかのようにちらっと彼の目を見た。明らかに公園で見も知らぬ男に平気で話しかけるようなタイプの娘ではなかった。

「幽霊を見たのかと思ったわ」彼女は膝に置いた本を持ちあげて見せた。本の背に捺《お》された「ジェルーサレムズ・ロット町立図書館」のスタンプがちらと見えた。本は彼の二作目の小説、『風のダンス』だった。彼女はジャケットに印刷された彼の写真を見せた。それは四年前に撮った写真で、顔は子供っぽく、おそろしく生真面目で、目は黒いダイヤモンドのように輝いていた。

「かくのごとく取るに足らぬ発端から、王朝は始まる」と、彼はいった。が、冗談でいったにもかかわらず、その言葉はたわむれに口にされた予言のように、奇妙な余韻を残した。彼らの背後では、大勢の幼児が水遊び場ではしゃぎながら水しぶきを飛ばし、ロディ、妹をそんなに強く押しちゃだめよ、と叱りつける母親の声が聞こえた。それなのにロディの妹は、ドレスを風にひらめかせながら、空まで届けとばかりブランコに乗って高々と舞いあがった。その一瞬を、彼はあたかも時間というケーキから切りとられた特別の小さなひときれのように、何年も先までおぼえていた。人と人との出会いで火花が飛び散らなければ、このような一瞬もじきにもろもろの記憶の残骸の中に埋もれてしまうのだ。

やがて彼女は笑いながら本をさしだした。「これに署名していただけません？」

「図書館の本に？」

「かわりの本を買って返すわ」

彼はセーターのポケットからシャープ・ペンシルを取りだし、本の見返しを開いて質問した。

「きみの名前は？」

「スーザン・ノートンよ」

彼はすらすらとペンを走らせた。《公園で会ったいちばんの美人、スーザン・ノートンに。友情をこめて、ベン・ミアーズ》そして力強い署名の下に日付を書き加えた。

「さて、きみはこの本をどこかで盗んでこなきゃならないよ」と、彼は本を返しながらいった。

『風のダンス』は残念ながらもう絶版なんだ」

「ニューヨークの古本屋に頼んで捜してもらうわ」彼女はためらいながらも、今度はやや長い時間彼の目をみつめた。「とてもすばらしい本ね」

「ありがとう。ぼくはこれを本棚から抜きとって眺めると、どうしてこんなものが出版されたのか不思議に思うんだ」

「よくご自分の本を手にとってごらんになるの？」

「うん。だけどもうやめようと思っている」

彼女がにっこり笑い、やがて二人は声を合わせて笑った。おかげですっかりうちとけた気分になった。あとになって、彼はしばしばいかにこの出会いが自然に運んだかを思いだすことになる。その思いは決して快いものではなかった。そのことを思いだすたびに、盲目どころか最高度の視覚能力をそなえた運命の女神が、未知のパンを作るために、無力な人間たちを宇宙の巨大な石臼《いしうす》で粉々に碾《ひ》き砕こうとしている光景が浮かんできたからである。

「わたし『コンウェイの娘』も読んだわ。あの作品もすばらしかった。たぶんしょっちゅうこういうほめ言葉を聞かされているんでしょうけど」

「いや、めったに聞けないね」と、彼は正直に答えた。ミランダも『コンウェイの娘』が好きだったが、コーヒーハウスの友人たちの大部分は当りさわりのない意見を述べるだけだったし、ほとんどの批評家はこの作品をくそみそにこきおろした。それが批評家というものだった。プロット不在、あるのはマスターベーションだけ、といった調子である。

「でも、わたしはたくさん聞いたわ」

「ぼくの新作を読んだかい？」

「『ビリーは続けろといった』でしょう？　まだ読んでないわ。ドラグストアのミス・クーガンはとてもきわどい小説だといってたけど」

「とんでもない、ピューリタン的といってもいいほどの作品だよ。言葉は荒っぽいけど、無教養な田舎の男たちを書くときは、どうしても……そんなことより、アイスクリーム・ソーダでもおごろうか？　ちょうどぼくも欲しいなと思っていたところなんだ」

彼女はまた彼の目を見た。それで三度目だった。やがて暖かい微笑を浮かべながらいった。

「ええ。わたしもよ。スペンサーズのがおいしいわ」

それがそもそものはじまりだった。

2

「あれがミス・クーガンかい？」

ベンが小声でたずねた。彼の視線は、白い制服の上に赤いナイロンの上っぱりを着た、背の高い、痩せた女に向けられていた。青く染めた髪はフィンガー・ウェーヴで段々になっていた。

「そうよ。彼女は毎週木曜日の夜に小さな手押車を押して図書館へ行くの。そして貸出カードをどっさり書いてミス・スターチャーを怒らせるのよ」

彼らはソーダ・ファウンテンの赤いレザー・スツールに腰かけていた。彼はチョコレート・ソーダを、彼女はストロベリー・ソーダを飲んでいた。スペンサーズは町のバス停留場も兼ねていて、彼らの坐っている場所からは古風な渦巻模様の入ったアーチを通して、空軍の制服を着た若い男が、スーツケースを脚の間にはさんで不機嫌な顔でぽつんと坐っている待合室が見える。

「どこへ行くのか知らないけど、あんまり楽しそうな顔じゃないわね」と、彼女が彼の視線を追いながらいった。

「休暇が終わったんだろう、たぶん」と、ベン。さあ、今度はきっと彼女が軍隊の経験はあるかと質問するぞ、と彼は思った。

ところが予想はみごとにはずれた。「わたしもいつか同じ十時三十分のバスに乗るわ。セイラムズ・ロットよさらば。そのときはわたしも彼みたいな不機嫌な顔をするかもしれないわ」

「どこへ行くの？」

「ニューヨークよ、たぶん。やっぱり自活は無理かどうか確かめてみたいの」

「この町のどこが気に入らないんだ？」

「ザ・ロットが？　わたしはこの町が好きよ。でも、家族がね。いつもわたしの肩ごしにのぞきこんでいるような気がするのよ。それがいやなの。それにザ・ロットには若い女の子の働けるようなところがあまり多くないわ」彼女は肩をすくめて、ストローをくわえるために頭を下げた。首筋が日焼けして、しなやかに肉づいていた。色あざやかなプリントのシュミーズがスタイルのよさを暗示していた。

「どんな仕事を望んでいるの？」

彼女はまた肩をすくめた。「わたしはボストン大学卒の文学士よ……そんなものは学士号を印刷した紙ほどの値打ちもないけど。専攻は美術だけど、副科目として英文学もやったわ。教育は受けたけど、なにも知らない人間の典型というところね。オフィスの装飾さえできないわ。ハイスクール時代の同級生の何人かは秘書の仕事をりっぱにこなしているけど、わたしときたらタイプさえろくに打てないんだから」

「それじゃ、ほかになにができる？」

「そうね……出版社ならどうかしら」あまり自信のなさそうな口ぶりだった。「それとも雑誌か……広告の仕事かな。注文通りの絵が描ける人間なら、そういう会社で使い道があるでしょう。そういう能力はあるのよ。いまスケッチ・ブックを持っているわ」

「どこかから話はあるのかい？」

「いいえ……ないわ。だけど……」

「あてもなしにニューヨークへ行っちゃいけないな。ぼくを信じたまえ。靴の踵《かかと》をすりへらすだけだよ」

彼女はぎごちなくほほえんだ。「たぶんそういうことはあなたのほうがよく知ってるわね」

「この土地で絵を売ったことはあるのかい？」

「あるわよ」彼女はだしぬけに笑いだした。「いままでの最大の買手はサイネックス・コーポレーションよ。この会社はポートランドに新しい映画館をオープンしたとき、ロビーに飾るためにわたしの絵を三十二枚まとめて買ってくれたの。七百ドル稼がせてもらったわ。おかげで小型車を月賦《げっぷ》で買えたのよ」

「ニューヨークのホテルに一週間ばかり部屋を取って、雑誌社や出版社に手当りしだいにスケッチ・ブックを見せてまわるんだね。編集長や人事担当者の予定表がふさがらないうちに、少なくとも六カ月前に予約を取っておくことだ。絶対にあてもないのに大都会へ出ちゃだめだよ」

「あなたはどうなの？」彼女はストローを口からはなして、アイスクリームを掬《すく》いながら質問した。「人口千三百人の大都市、メイン州ジェルーサレムズ・ロットへいったいなにをしにきたの？」

彼は肩をすくめた。「小説を書きにきたんだよ」

とたんに彼女が興奮で顔を輝かせた。「ザ・ロットで小説を？　どんな小説なの？　この町を選んだ理由は？　あなた――」

彼はいかめしい表情で彼女を見た。「こぼれてるよ」

「ほんと？　あら、ごめんなさい」彼女はグラスの底をナプキンで拭いた。「せんさくする気はなかったのよ。わたし、ふだんはあまりおしゃべりじゃないんだけど」

「謝る必要はないさ。小説家はみな自分の作品について話すのが好きなんだ。ぼくもときどき夜ベッドに横になって、自分を対象にしたプレイボーイ・インタビューをでっちあげたりする。時間の無駄だけどね。プレイボーイ・インタビューで取りあげられるのは学生に人気のある作家だけさ」

空軍の兵隊が立ちあがった。グレイハウンド・バスがブレーキを軋ませながら店の前で停まった。

「ぼくは子供のころ四年間セイラムズ・ロットに住んでいた。バーンズ・ロードにね」

「バーンズ・ロードに？　いまあすこには沼地と小さな墓地しかないわ。ハーモニー・ヒルという名の墓地よ」

「ぼくはシンディおばさんの家に住んでいた。シンシア・スタウェンズだよ。おやじが死んだあと、おふくろが……神経衰弱みたいになっちゃってね。そのためぼくはおふくろがよくなるまで養育費を払っておばの家にあずけられた。シンディおばさんが、おふくろのいるロード・アイランド行きのバスにぼくを乗せてくれたのは、大火の一カ月あとだったよ」彼はソーダ・ファウンテンのうしろの鏡に映った自分の顔を見た。「おふくろと別れてバスに乗ったときも、シンディおばさんやジェルーサレムズ・ロットに別れを告げてバスに乗ったときも、泣けてしかたがなかったことをおぼえている」

「わたしは大火の年に生まれたのよ」と、スーザンがいった。「この町で起きた最大の事件なのに、わたしはその間ずっと眠っていたわ」

ベンは笑いながらいった。「するときみは、公園でぼくが考えたよりも七歳ぐらい年を食っていることになる」

「ほんと?」彼女はうれしそうな顔をした。「どうもありがとう……といっていいんでしょうね? じゃ、あなたのおばさんの家はきっとあの火事で焼けてしまったのね」

「そう。あの晩のことはいまでもはっきりおぼえている。手動式ポンプを背中にしょった男たちが戸口にやってきて、早く避難しろといった。たいへんな騒ぎさ。シンディおばさんは家の中をおろおろ駆けまわって手まわり品をかきあつめ、ハドソンに積みこんだ。まったくたいへんな晩だったよ」

「おばさんの家は保険に入っていたの?」

「いや。だけど家は借家だったたし、貴重品はテレビを除いてほぼ全部持ちだせたからね。テレビだけは持ちあげようにも床に根を張ったようにてこでも動かないんだ。七インチのヴィデオ・キングで、ブラウン管に拡大鏡のついたやつだった。ひどく目が疲れてね。当時はチャンネルが一つしかなかった――そこでカントリー・ミュージックや、農場レポートや、キティ・ザ・クラウンなんかを見たもんだよ」

「そして小説を書くためにこの町に戻ってきたってわけね」と、彼女は不思議そうにいった。

ベンはすぐには答えなかった。ミス・クーガンが煙草のカートンの封を切って、キャッシュ・レジスターの脇の陳列台に中身を並べていた。薬剤師のミスター・ラブリーは高いドラグ・カウンターのうしろで、霜に覆われた幽霊のようにちょこまかと動きまわっていた。空軍の兵隊はバスの入口に立って、運転手が手洗いから戻ってくるのを待っていた。

「そうだ」と答えて、ベンははじめて彼女の顔を正面からじっとみつめた。美しくととのった顔、青く澄んだ率直な目、高く秀でた、日焼けした額。「きみもこの町で育ったの？」と彼は質問した。

「ええ」

彼はうなずいた。「それならきみにもわかるだろう。ぼくはセイラムズ・ロットに住む少年だった。この町はぼくの心に焼きついているんだ。だからここに戻ってきたとき、町が昔と変わってしまったかもしれないと心配で、もう少しでここを素通りするところだった」

「ここではなにも変わらないわ。変わったにしてもほんの少しだけよ」

「ぼくはよく沼地でガードナーの子供たちと戦争ごっこをして遊んだものだ。ロイヤルズ・ボンドでは海賊ごっこ、公園では旗取りや隠れんぼをした。おふくろとぼくは、ぼくがシンディおばさんの家を出たあと、生活に追われながらあちこちを転々とした。おふくろはぼくが十四歳のときに自殺したが、そのころはとっくにぼくの心から魔法の塵が剝げ落ちてしまっていた。魔法がわずかに残っていたとすれば、それはこの町に残っていた。そしてそれはいまでもここにある。この町はたいして変わっていない。ジョイントナー・アヴェニューを眺めていると、まるで薄氷を通して物を見ているような気がしてくる――ほら、十一月に町の貯水槽に氷が張るだろう、それを縁のほうからかいてとる――そいつを通して自分の子供のころを眺めているような気がしてくるんだ。物の形が歪んだり白く濁ったりして、よく見えないところもあるが、大部分はいまだに存在している」

彼はびっくりして口をつぐんだ。いつの間にか大演説をぶっていた。

「まるであなたの本に出てくるようなお話ね」と、彼女が感心していった。

彼は笑った。「こんなことをいったのははじめてだよ。人前ではね」

「お母さんが……亡くなってから、なにをしてたの？」

「あちこち放浪したよ」彼は言葉少なにいった。「アイスクリームを食べるといい」

彼女はいわれた通りにした。

「変わったものもあるわ」と、しばらくして彼女はいった。「スペンサーさんが死んだのよ。あの人をおぼえてる？」

「おぼえているとも。シンディおばさんは毎週木曜の夜に町へきてクロッセンズ・ストアで買物をしたけど、そのたびにぼくをここへよこしてルート・ビアを飲ませてくれたもんだ。五セント貨を一枚ハンカチにくるんだやつをぼくに持たせてね」

「わたしのころは十セントだったわ。あの人がいつもなんていってたかおぼえてる？」

ベンは背中を丸め、片手の指を関節炎にかかったようにねじまげ、口の一端を麻痺したように下向きに歪めた。「膀胱《ぼうこう》に気をつけろよ」と、彼はささやいた。「ルート・ビアは膀胱に悪いぞ、ぼうず」

彼女の笑い声は頭の上でゆっくり回転している扇風機にこだました。ミス・クーガンがけげんそうに彼女のほうを見た。「そっくりよ！　わたしには娘っこっていってたけど」

彼らは笑いながら顔を見合わせた。

「ねえ、今夜映画を見に行かないか？」

「いいわね」

「いちばん近いのはどこ？」

彼女はいたずらっぽく笑った。「ポートランドのサイネックスよ。そこのロビーにはスーザン・ノートンの不滅の傑作が飾ってあるわ」

「よし、そこに決めた。きみはどんな映画が好きなの？」

「カー・チェースのある、手に汗握るようなのが好きよ」

「よしきた。きみ、ノーディカをおぼえているかい？　この町にあった映画館だよ」

「ええ。あれは一九六八年につぶれちゃったわ。ハイスクール時代はよくあそこへダブル・デートにでかけたわ。映画がつまらないと、スクリーンにポプコーンの箱を投げつけたりしちゃってね」彼女はくすくす笑った。「たいていつまらない映画ばかりだったけど」

「あそこじゃよく古いリパブリックのシリーズ物をやってたな。『ロケット・マン』『ロケット・マンの逆襲』『クラッシュ・キャラハンとヴードゥーの死神』……」

「わたしのころより前の話ね」

「あそこはどうなっちゃったんだい？」

「いまはラリー・クロケットの不動産屋になってるわ。たぶんカンバーランドのドライヴ・イン・シアターに客を取られちゃったのね。それとテレビのせいよ」

二人はしばしば沈黙してそれぞれの思いにふけった。グレイハウンド・バスの時計は十時四十五分を指していた。

やがて二人は異口同音《いくどうおん》にいった。「ねえ、おぼえてる——?」

そしてたがいに顔を見合わせた。今度はミス・クーガンが笑い声を聞いて二人の顔を見くらべた。ミスター・ラブリーまで彼らのようすをうかがった。

それからさらに十五分語り合ってから、スーザンが残念だけど用事があって行かなきゃならない、でも七時半には出かける用意をして待っているといった。別れ別れになったとき、二人とも人生のさりげない、自然な、偶然の出会いというものに驚いていた。

ベンはジョイントナー・アヴェニューをぶらぶら戻りながら、ブロック・ストリートの角でふと足を止めてマーステン館を見あげた。そして一九五一年の山火事がついその庭先まで迫ったときに、急に風向きが変わったことを思いだした。

あのとき焼けてしまったほうがよかったのかもしれない。たぶんそのほうがよかったのだ、と彼は思った。

3

ノリー・ガードナーが町役場から出てきて、パーキンズ・ギレスピーと並んで階段に腰をおろしたとき、ちょうどスペンサーズに入って行くベンとスーザンの姿が見えた。パーキンズはポール・モールを一本くわえながら、黄色に染まった指の爪をポケット・ナイフで掃除していた。

「あれが例の小説家だろう?」と、ノリーがきいた。

「そうだ」

「スージー・ノートンは彼と一緒だったのかい?」

「そうだよ」

「へえ、こいつは面白いぞ」ノリーはギャリスン・ベルトをぐいと引っぱりあげた。保安官代理の星のバッジが彼の胸に麗々しく輝いていた。ある探偵雑誌に注文して取り寄せたバッジである。町の当局は保安官代理にバッジを支給しなかった。パーキンズはバッジを持っているが、いつも財布の中にしまってある。ノリーにはどうしてそんなことをするのか理解できなかった。もちろんザ・ロットの人間は彼が保安官であることをだれでも知っている、がしかし伝統というものがある。また責任というものがある。法の番人であるからには、常にその二つを念頭に置かなければならない。ノリーはパート・タイムで保安官代理をつとめるだけだったが、その二つを忘れることはめったになかった。

パーキンズのナイフが滑って、親指の甘皮を傷つけた。「くそっ」と、彼は低い声でいった。

「あいつは本物の小説家だと思うかい、パーク?」

「本物だよ。ここの図書館には彼の本が三冊ある」

「実話かい、それとも作り話かい?」

「作り話さ」パーキンズはナイフをしまって溜息をついた。

「フロイド・ティビッツはほかの男が自分の女をくどくのを見たら面白くないだろうな」

「彼らは結婚してるわけじゃない」と、パーキンズがいった。「それに彼女は子供じゃないよ」

「フロイドは面白いはずがないさ」

「おれとしては、フロイドが自分の帽子にうんこしてうしろ向きにかぶろうとどうしようとやつの勝手だよ」パーキンズは階段の上で煙草をもみ消し、ポケットからシュークレットの箱を取りだして吸殻を入れ、箱をポケットにしまった。

「小説家先生はどこに住んでるんだい？」

「エヴァのところだよ」パーキンズは傷ついた爪を仔細に眺めた。「こないだマーステン館を見あげてたな。なんともいえない妙な顔をしてね」

「妙な顔だって？　そいつはどういう意味だい？」

「妙な顔は妙な顔さ」パーキンズはまた煙草を出した。陽ざしが顔を暖かく照らして心地よかった。「それからラリー・クロケットに会いに行ったよ。あの家を借りる気らしい」

「マ、ー、ス、テ、ン、館をかい？」

「そうさ」

「頭がどうかしてるのかな？」

「かもしれん」パーキンズはズボンの左腰に止まった一匹の蠅《はえ》を手で追いはらい、蠅がぶうんと音をたてて明るい朝の中へ飛び立つのを見送った。「ラリー・クロケットのやつ、このところ商売繁盛らしいよ。噂じゃヴィレッジ・ウォッシュタブを売ったそうだ。しばらく前のことらしいがね」

「なんだって、あのおんぼろ洗濯屋をかい？」

「そうさ」

「いったいだれがなにに使おうってんだ？」

「知らんね」

「さて」ノリーは腰をあげて、またベルトを引っぱりあげた。「町をひとまわりしてくるか」

「そうしてくれ」パーキンズは新しい煙草に火をつけた。

「一緒にくるかい？」

「いや、おれはもうしばらくここに坐ってるよ」

「オーケー。じゃ、またあとで」

ノリーは階段をおりながら、パーキンズのやつはいったいいつになったら引退して、おれを常勤の保安官に昇格させてくれるつもりなんだろうと考えた（そう考えたのは今日がはじめてではなかった）。町役場の階段に坐っていて、どうやって犯罪を発見するつもりだろう？

パーキンズはいささかほっとしながら彼のうしろ姿を見送った。ノリーはいいやつだが、熱心すぎるのが玉にきずだ。彼はふたたびポケット・ナイフを取りだして、爪を切りはじめた。

4

ジェルーサレムズ・ロットは、ミズーリ協定の結果メインが州に昇格する五十五年も前の一七六五年に、町として誕生した。それから二百年後に、公園で仕掛花火とページェントで二百年祭が祝われた。小さなデビー・フォレスターのアメリカ先住民のプリンセスの衣裳に、だれかが投げた花火の火がつき、パーキンズ・ギレスピーは酔っぱらいを六人も町の留置場にぶちこまなければならなかった。

この町の奇妙な名前ははなはだ散文的な出来事に由来する。この土地に最初に住みついた人間の一人に、チャールズ・ベルクナップ・タナーというひょろひょろに痩せた陰気な農民がいた。彼は豚を飼っており、牝豚の一頭がジェルーサレムという名前だった。ジェルーサレムはある日餌の時間に豚小屋の柵をこわして近くの森の中に逃げこみ、野性にかえって凶暴化した。タナーはそれから何年も先まで、自分の地所の柵から身を乗りだして、鳥のようにしゃがれた不吉な声で、近づいてくる子供たちを追いはらった。「ジェルーサレムの森の縄張り《ロット》に近づくんじゃねえぞ、はらわたを腹の中にちゃんとしまっておきたかったらな！」この警告も、ジェルーサレムの縄張り《ロット》という名前もともに生き残った。アメリカという国ではおそらく豚でさえも不滅に憧れることができるという点を別にすれば、このことはとりたてて意味はない。

はじめポートランド・ポスト・ロードと呼ばれていたメイン・ストリートは、一八九六年にイライアス・ジョイントナーにちなんで改名された。六年間下院議員をつとめたジョイントナーは（五十八歳で梅毒で死ぬまでその地位にあった）、ザ・ロットが世に誇れる人物に最も近い存在といえるだろう――あとは豚のジェルーサレムと、一九〇七年にニューヨークに出奔してジーグフェルド・ガールになったパール・アン・バッツという女性がいるくらいのものである。

ブロック・ストリートはジョイントナー・アヴェニューのちょうど中心で鋭角に交わっており、町そのものはほぼ円形に拡がっている（もっとも曲がりくねったロイヤル・リヴァーが境界を形作っている東のほうはやや扁平である）。地図で見ると、この二つの主要道路は望遠銃の照準とそっくりの感じを町に与えている。

二つの道路で四分された円の北西の部分は、森のいちばん多いノース・ジェルーサレムである。ここは高台になっているが、おそらく中西部出身の人間でもなければそれほど高いとは感じないだろう。古い丸太の伐出し道が縦横に入りくんだ、くたびれた丘の連なりがゆるやかに町のほうに傾斜し、町にいちばん近い丘の上にマーステン館が立っている。

北東四分円の大部分は、チモシーやアルファルファなどの牧草地からなる広々とした平地である。ほとんど基準面まで浸蝕しつくした古い川、ロイヤル・リヴァーがここを流れている。この川は小さな木造のブロック・ストリート・ブリッジの下を通って、陽光にきらめくゆるやかな弧を描きながら北に向かって流れ、薄い土壌の下に堅固な花崗岩《かこうがん》層が横たわる町の北端に近い土地に達する。そこで百万年の歳月の間に高さ五十フィートの石の断崖を切り開いた。町の子供たちはここを「酔っぱらいの跳込台《ドランクス・リープ》」と呼んでいる。数年前にヴァージル・ラズバンの飲んだくれの弟トミー・ラズバンが、立小便をする場所を捜していて崖の縁から川に落ちたことがあるからだ。ロイヤル・リヴァーは工場で汚染されたアンドロスコッギン・リヴァーに注いでいるが、ロイヤル自体はまったく汚れていない。ザ・ロットの唯一の産業といえば、とっくに閉鎖されてしまった製材工場が一つあっただけだからである。夏の季節には、ブロック・ストリート・ブリッジから釣糸を垂れる釣人の姿がよく見られる。ロイヤル・リヴァーでは制限量いっぱいの魚が釣れない日はめったにない。

南東四分円が眺めはいちばん美しい。ここも地形は高台になっているが、醜い山火事の焼跡や、山火事の名残りである表土の傷はどこにも見当たらない。グリフェン・ロードの両側はメカニック・フォールズ以南の最大の酪農経営者であるチャールズ・グリフェンの所有地で、スクールヤード・ヒルからはアルミニウムの屋根が巨大な日光反射信号のように輝くグリフェン農場の大きな納屋が見える。この地区にはほかにも農場がいくつかあるし、ポートランドかルーイストンに通勤するホワイト・カラー族の家もたくさんある。秋の季節にスクールヤード・ヒルの頂上に立つと、ときおり野火《のび》の香わしい匂いが鼻をつき、野火が拡がりすぎたときに出動すべく待機しているセイラムズ・ロット自警消防団のおもちゃのような消防車が見える。一九五一年の教訓が町の人々の身にしみついているのだ。

都市郊外のそのまた周辺の小惑星帯のように、トレーラーの群とそれにともなうもろもろが入りこみはじめたのは、町の南西地区だった。スクラップと化した自動車が何台も積みあげられ、ほつれたロープにはタイヤのブランコがぶらさがり、道ばたにはビールの空缶が投げ捨てられて陽光を反射し、間に合わせの柱に張りわたされた物干し綱にぼろぼろの洗濯物が乾かされ、急ごしらえの浄化槽からは腐敗した汚物の匂いが漂っている。ベンド地区の家々は薪小屋と大差ないが、ほとんどすべての家にピカピカのテレビ・アンテナが立っていて、受像機の大部分はグランツかシアーズから月賦で買ったカラー・テレビである。たいていのバラックやトレーラーの庭は、子供たち、おもちゃ、小型トラック、スノーモービル、モーターバイクなどで足の踏み場もない。中には小ぎれいなトレーラーもあるが、ほとんどは目障りなことこのうえない。タンポポや稗が足首まで隠れるほどぼうぼうにのびている。ブロック・ロードがブロック・ストリートになる町の境界線の近くに、毎週金曜日にはロックンロール・バンド、土曜日にはカントリー・アンド・ウェスタン・コンボが出演するデルという店がある。この店は一九七一年に一度焼けたのだが、その後再建された。カウボーイたちやそのガール・フレンドたちのほとんどが、ここでビールを飲んだりけんかしたりする。

電話線はほとんどが二軒、四軒、あるいは六軒の共同電話なので、人々は噂の種には事欠かない。小さな町はどこでもそうだが、スキャンダルは常にバーナーの上で煮えたぎっている。スキャンダルの主な産地はベンド地区だが、ときおりもう少し社会的地位の高い人間が町のスキャンダル鍋に材料を提供することもある。

町政は町民大会によっておこなわれており、一九六五年以降年二回の予算公聴会を伴う議会形式に移行する話が出ているのだが、目下のところこの話はまったく進展していない。わずらわしい直接民主主義が一部の新しい住民をあきれさせはするものの、町は古いやり方で支障をきたすほど急激に成長していないのだ。

町には三名の行政委員と、警察、民生委員、町役場書記(車を登録するときははるばるタガート・ストリーム・ロードまで出かけて行って、そこで放し飼いされている二匹の凶暴な犬に敢然と立ち向かわなければならない)、それに教育委員がいる。自警消防団は年間三百ドルという名ばかりの予算しかもらっていないが、ここは年金で生活している老人たちの社交クラブと大差ない。枯草が燃える季節だけは結構忙しいが、あとは年間を通じてリライアブルを囲んで坐り、だぼらを吹いてすごすことが多い。町には公共水道、ガス本管、下水道、電力施設といったものがないので、当然のことながら公共事業課はない。セントラル・メイン電力の高圧線の鉄塔が北西から南東へ斜めに町を二分して、森林地帯に百五十フィート幅の空地を切り開いている。鉄塔の一つがマーステン館のすぐそばに立っていて、異形の歩哨のようにそれを上から見おろしている。

セイラムズ・ロットの住民が戦争や動乱や政府の危機のニュースを知るのは、おおかたテレビのウォルター・クロンカイトの番組を通じてである。ポターのところの息子がヴェトナムで戦死したそうだ。クロード・ボウイーの息子は義足をつけて帰ってきたが――地雷を踏んだために――郵便局でケニー・ダンレスの仕事を手伝うことになったから、足の不自由は心配ない。男の子たちはみな長髪で、父親たちと違って櫛でととのえたりはしないが、もうだれもそんなことは気にしない。合同ハイスクールが服装に関する規則を廃止したとき、アギー・コーリスがカンバーランド・レジャーに投書したが、もともとアギーは何年も前から、主としてアルコールの弊害とイエス・キリストを各人の救い主として心の中に迎え入れる奇蹟について、毎週欠かさずレジャーに投書しているので、だれも相手にする者はいなかった。

若者たちの中には麻薬をやる者もいる。ホレース・キルビーの息子のフランクは八月にフーカー判事に呼びだされて、五十ドルの罰金をいい渡されたが（判事は彼の麻薬ルートからあがる利益で罰金を払うことを認めた）、それ以上に大きな問題はアルコールだった。飲酒年齢が十八歳にさがってからというもの、多くの若者たちがデルを溜り場にするようになった。彼らはまるで道路をゴムで再舗装しようとするかのように猛スピードで車をとばして町へ帰り、途中で事故を起こして死んだ者も何人かいた。たとえばビリー・スミスは時速九十マイルでディープ・カット・ロードの立木に激突し、ガール・フレンドのラヴァーン・デュープと一緒に命を落とした。

しかしこれらを除けば、セイラムズ・ロットの抱える問題は非現実的なものだった。ここでは時間がほかと違う時間表で流れていた。このような平和な田舎町では、極端に不愉快な事件など起きるはずがなかった。

5

アン・ノートンがアイロンかけをしているところへ、食料品の袋を持った娘が勢いよくとびこんできて、ジャケットの裏にどちらかといえば痩せ顔の若い男の写真がのっている一冊の本を彼女の目の前に突きつけ、早口で話しはじめた。

「落ち着きなさいよ」と、彼女はいった。「テレビを切ってゆっくり話してちょうだい」

スーザンはピーター・マーシャルが『ハリウッド・スクエアズ』で何千ドルもの金をばらまいていたテレビを切って、ベン・ミアーズとの出会いを母親に報告した。ミセス・ノートンは、娘のスーザンが新しい男の子の話を持ちだすたびに点滅する黄色い警戒信号にもかかわらず、静かにうなずきながら共感をこめて話に聞き入った——今度は男の子ではなく、一人前の男性らしい、と彼女は思った。スージーがそんな年になったとはどうしても思えなかったが。しかし今日の信号はいつもより少し明るかった。

「すてきじゃないの」彼女は相槌《あいづち》を打ちながら夫のつぎのワイシャツをアイロン台に拡げた。

「とってもすてきな人よ」と、スーザンがいった。「態度がすごく自然なの」

「まあ、あきれた」ミセス・ノートンはしゅうしゅうと蒸気を吐くアイロンを台の上に置いて、見晴らし窓のそばのボストン・ロッカーに腰をおろした。「その人、だいじょうぶなの、スージー?」

スーザンはちょっと言訳めいた微笑を浮かべた。「心配ないわよ。彼は——どういったらいいか——そう、大学の講師みたいな感じの人なの」

「ニューヨークの爆弾魔は庭師みたいな感じの人だったそうよ」と、ミセス・ノートンは反射的にいった。

「ばっかみたい」と、スーザンがはしゃいだ口調でいった。そういう口のきき方はいつもミセス・ノートンを苛立たせた。

「どれ、その本を見せてごらん」彼女は片手をさしだした。

スーザンは本を渡しながら、ふと刑務所を描いた部分の同性愛者の強姦シーンを思いだした。『『風のダンス』ね』アン・ノートンは考えこむようにいって、ぱらぱらとページをめくりはじめた。スーザンは観念して待った。彼女は猟犬のように問題のページを嗅ぎつけるだろう。いつだってそうなんだから。

窓があいていて、午前のものうい微風が台所の黄色いカーテンをそよがせた——ママはまるで大邸宅にでも住んでいるように、この台所を食料貯蔵室と呼びたがる。それはれんが造りの快適な家で、冬は暖房があまりよく効かないけれども、夏は洞窟のように涼しい。ブロック・ストリートのゆるやかな高台にあって、ミセス・ノートンが坐っている見晴らし窓からは町までの眺めが一望のもとに見渡せる。それはすばらしい眺めで、冬になると白一色の輝くような雪景色と、遠くの建物が雪原に投げかける長方形の黄色い光は、息をのむばかりの美しさだった。

「ポートランドの新聞で本の書評を読んだような気がするけど、あまりほめていなかったわ」

「わたしは好きよ」と、スーザンが断定的にいった。「それに作者も」

「たぶんフロイドもその人が気に入るでしょうね」ミセス・ノートンはものうげにいった。「あなた、二人を紹介しなくちゃ」

スーザンは激しい怒りをおぼえ、そのことで狼狽《ろうばい》した。彼女は自分と母親が思春期の最後の嵐とその余波を無事に切り抜けたものと思っていたが、実はまだ嵐は去っていなかったのだ。二人は娘の自主性と母親の経験および信念との対立といういい古された議論を、やりかけの編物のようにまた取りあげた。

「フロイドのことはもう充分話し合ったじゃないの、ママ。わたしたちの間にははっきりしたものはなにもなかったのよ」

「新聞にはぞっとするような刑務所のシーンもあると書いてあったわ。男と男がなにするんですってよ」

「ああ、よしてよ、ママ」彼女は母親の煙草を一本抜いて口にくわえた。

「どなることはないわ」ミセス・ノートンは落ち着きはらっていった。それから娘に本を返して、長くなった煙草の灰を、魚の形をした陶器の灰皿に落とした。その灰皿は婦人会の友達の一人からもらったもので、それを見るたびにスーザンはなぜか無性にいらいらした。スズキの口に煙草の灰を落とすという行為には、どこかしら猥褻《わいせつ》な感じがあった。「買物をかたづけてくるわ」と、スーザンが立ちあがった。

ミセス・ノートンが静かにいった。「わたしのいいたいのはね、もしあなたとフロイド・ティビッツが結婚するつもりなら――」

苛立《いらだ》ちは限界に達して、いつもの煽《あお》りたてられた怒りに変わった。「なんだってそんなことを考えるの？　わたしが一度でもそんなことをいった？」

「かりにの話よ――」

「その仮定は間違ってるわ」彼女はいきりたって答えたが、それはかならずしも真実ではなかった。だがこの数週間来、フロイドに対する彼女の気持は徐々に冷えはじめていた。

「同じ男の子と一年半もデートを続けていたら」と、母親は穏やかだが執拗な口調で続けた。「手を握るだけじゃ済まないところまで進んでいると考えるのがふつうでしょう」

「たしかにフロイドとわたしは単なる友達以上よ」と、スーザンは落ち着きはらっていった。それがなにを意味するかは好きなように解釈して。

無言の応酬が母と娘の間を飛び交った。

フロイドと肉体関係はあるの？

よけいなお世話よ。

そのベン・ミアーズという人はあなたにとってどういう人なの？

ママの知ったことじゃないわ。

その男にのぼせてばかなことをしようというつもりなの？

ママには関係ないったら。

ママはあなたを愛してるのよ。スージー。パパもママも愛してるのよ。

それには答なし。だからこそニューヨークへ――あるいはほかの土地へ――どうしても行かなければならないのだ。結局はいつも当て物をした独房の壁のような、両親の愛という無言のバリケードに突き当たってしまう。彼らの愛が真実なだけに、それ以上の有意義な議論は不可能になり、それまでの議論からは意味が失われてしまう。

「やれやれ」ミセス・ノートンは小声で呟《つぶや》いて、吸いさしをスズキの口にくわえさせ、腹の中に落としこんだ。

「わたし、二階へ行くわよ」と、スーザンがいった。

「どうぞ。その本を読み終わったらわたしにも読ませて」

「読みたいんなら、どうぞ」

「わたしもその人に会ってみたいわ」

スーザンは両手を拡げて肩をすくめた。

「今夜は遅くなるの？」

「わからないわ」

「フロイド・ティビッツから電話があったらなんていえばいいの？」

ふたたび怒りがこみあげてきた。「好きなようにいってよ」それからちょっと間をおいてつけ加えた。「どうせそのつもりなんでしょう」

「スーザンったら！」

彼女は振りむきもせず二階へあがった。

ミセス・ノートンはロッキング・チェアに坐ったまま、窓の外と町の景色を見るともなしに眺めていた。頭上ではスーザンの足音と、イーゼルを引っぱりだす音が聞こえていた。

彼女は腰をあげてまたアイロンかけにとりかかった。スーザンが制作に没頭しはじめたと思われるころ（もっとも彼女はその考えを意識の片隅にちらと浮かべただけだったが）、彼女は食料貯蔵室の電話に近づいて、メイベル・ワーツを呼びだした。話の途中に有名な作家が町にきていることをスージーから聞いたというと、メイベルはふんと鼻を鳴らして、それはきっと『コンウェイの娘』の作者のことでしょうといった。ミセス・ノートンがそうだと答えると、メイベルがあれは小説なんてものじゃない、そのものずばりの猥本《わいぼん》よときめつけた。ミセス・ノートンは質問した。彼はモーテルに泊まっているの、それとも――

実際は、彼は町の唯一の下宿屋であるエヴァズ・ルームズに泊まっていた。ミセス・ノートンはそれを知ってほっとした。エヴァ・ミラーはしっかりした未亡人で、いかがわしいことを大目に見るような人間ではなかったからである。女性が下宿人の部屋を訪れることに関して、彼女の規則は簡にして要を得たものだった。その女性が下宿人の母親か姉妹なら黙って部屋に通す。そうでない場合は台所に坐らせる。この規則についての話合いはいっさい受けつけない。

ミセス・ノートンは電話をかけた本当の目的を世間話で巧みにカムフラージュして、十五分後に電話を切った。

そしてアイロン台に戻りながらスーザンのことを思った。ああ、スーザン、わたしはあなたのためによかれと思っていろいろ心配しているのよ。それがあなたにはわからないの？

6

彼らは二九五号線を通ってポートランドから帰ってくるところだった。時間はまだそれほど遅くなく――十一時を少しまわったばかりだった。ポートランドの郊外を出たあとの高速道路の制限速度は五十五マイルで、彼の運転は確かだった。シトローエンのヘッドライトが滑らかに闇を切り裂いた。

二人とも映画を楽しんだが、おたがいの領域を手探りでたしかめようとするときにはだれでもそうするように、ある程度の慎重さを失わなかった。スーザンは母親の質問を思いだしていった。「ねえ、あなたどこに住んでいるの？　どこかに家を借りているの？」

「レイルロード・ストリートにあるエヴァズ・ルームズの三階の小部屋だよ」

「まあ、ひどい！　暑いでしょうに！」

「暑いのは好きなんだよ。暑いほうが仕事がはかどる。上半身裸になって、ラジオをかけて、ビールをがぶ飲みするんだ。一日に十ページずつ書いているよ。あの家には面白い老人が何人かいてね。それに仕事を終えてからポーチに出て風に当たると……それこそ天国さ」

「でも……」彼女はまだ疑わしそうだった。

「マーステン館を借りようかとも思ったんだ」と、彼はさりげなくいった。「実はその件でたずねてみたんだよ。そしたらもう買手がついていた」

「マーステン館に？」彼女は笑った。「それはきっと違う家よ」

「いや。町の北東のいちばん手前の丘に建っている家さ。ブルックス・ロードの」

「あの家が売れたの？　いったいどんな人が――？」

「ぼくもそう思ったよ。人からきみは頭がおかしいんじゃないかとよくいわれてきたが、そのぼくでさえあの家を借りることを考えはしたものの、本気でそうするつもりはなかった。不動産屋は買手を教えてくれないんだ。どうやら重大な秘密らしいよ」

「だれか州外の人間があそこを夏の別荘にでもしようとしているのかしら。だれがそんなことを考えたにしても、頭がどうかしてるわ。あの家を修復しようなんてどだい無理な話よ。わたしの子供のころからすでにがたがただったんだから。なぜあそこに住もうなんて気を起こしたの、ベン？」

「きみはあの家の中に入ったことがあるかい？」

「いいえ、一度こわごわ窓からのぞいただけよ。あなたは？」

「あるよ、一度だけ」

「薄気味の悪い家よね」

二人とも沈黙して、それぞれにマーステン館のことを考えた。この家にまつわる記憶だけは、ほかの思い出のようなパステル調のノスタルジアとは無縁だった。そこで起こったスキャンダルと惨劇は彼らが生まれる前のことだが、小さな田舎町では記憶がいつまでも生き残って、その恐怖を儀式のように代々伝えてゆくものなのだ。

ヒューバート・マーステンと妻のバーディの物語は、町の人々が外聞を恐れて口にしたがらない事柄の一つといってよい。ヒュービーは一九二〇年代にニュー・イングランドで栄えた大きな運送会社の社長だった——もっともこの会社は真夜中すぎの業務、つまりカナダのウィスキーをマサチューセッツ州に運びこむ仕事で最大の利益をあげていた、という噂もあった。

マーステン夫妻は一財産ためて一九二八年にセイラムズ・ロットに引退し、一九二九年の株式市場の大暴落でその大部分を失った（彼らの財産が正確にいくらあったかは、あのメイベル・ワーツをも含めて、だれ一人知らなかった)。

株の暴落からヒトラーの擡頭《たいとう》までの十年間、マーステン夫妻はこの家で世捨て人のように暮していた。町の人々が彼らの姿を見かけるのは、水曜の午後町へ買物におりてくるときだけだった。そのころ郵便屋だったラリー・マクラウドは、マーステンが日刊新聞を四紙と、サタデー・イヴニング・ポスト、ニューヨーカー、それにアメージング・ストーリーズというパルプ・マガジンを購読していることを町の人々に伝えた。また、マサチューセッツ州フォール・リヴァーにある運送会社から、マーステン宛に月々小切手が送られてきた。封筒を折りまげて宛名用の窓から中をのぞけば、小切手だということがわかる、とラリーはいっていた。

一九三九年の夏に夫妻を発見した人々の一人がこのラリーだった。五日分の新聞雑誌が郵便受けに山のように溜まって、もうどこにも押しこむ余地がなくなっていた。ラリーはそれらをスクリーン・ドアと玄関のドアの間に置いてくるつもりで、マーステン館の私道を登って行った。

頃は八月、盛夏のはじまりで、前庭の草はふくらはぎのあたりまで青々と生い茂っていた。スイカズラが建物の西側の格子垣に伸びほうだいに伸びて、白蠟《はくろう》色の馥郁《ふくいく》たる花のまわりで、太った蜂の群がけだるい羽音をたてていた。当時マーステン館は、雑草が生い茂っていたにせよ堂々たる建物で、ヒュービーは頭がおかしくなる前にセイラムズ・ロットでいちばんの豪邸を建てたという意見に異を唱える者はいなかった。

私道を半分ほど行ったとき、あとでラリーが婦人会のメンバーに会うたびに恐ろしさに息をはずませながら語ったところによれば、彼は肉の腐ったようなひどい匂いを嗅ぎつけた。玄関のドアをノックしたが返事はなかった。ドアの窓から家の中をのぞいたが、薄暗くてなにも見えなかった。そこで玄関から入らずに裏へまわったのだが、これが彼にとってはさいわいした。悪臭は裏のほうがいちだんとひどかった。ラリーは裏口のドアを試してみた。鍵がかかっていなかったので、台所に入りこんだ。バーディ・マーステンが脚をぶざまに拡げ、はだしで台所の隅に倒れていた。至近距離から撃たれて顔の半分が吹っとんでいた。

（「蠅が」オードリー・ハーシーはこのくだりにくるといつも権威ある落ち着いた口調で語ったものだ。「ラリーの話では、台所に蠅がいっぱいいたそうよ。それがわんわん音を立てながら……止まったり飛びたったりしていたんですって。蠅がね」）

ラリー・マクラウドは踵《きびす》を返して町へすっとんで帰った。そして当時警官だったノリス・ヴァーニーとクロッセンズ・ストアの常連三、四人を連れて戻った——当時はまだミルトの父親が店をやっていた。その中にはオードリーのいちばん上の兄のジャクスンもいた。彼らはノリスのシヴォレーとラリーの郵便トラックに分乗してマーステン館に向かった。

それまで町の人間でマーステン館の中に入ったものは一人もなく、この事件の噂も間もなく下火になった。町じゅうの興奮がしずまったあとで、ポートランド・テレグラムがこの事件を読物記事に仕立てた。ヒューバート・マーステンの家は山のようながらくたを雑然と積みあげた鼠の巣と化しており、黄色くなった新聞、雑誌、かびのはえた無用の本の山の間に、くねくねと曲がった狭い通り道が残されているだけだった。ディケンズ、スコット、マリアットの全集は、ロレッタ・スターチャーの前任者によってジェルーサレムズ・ロット町立図書館に引きとられ、現在もそこの書棚におさまっている。

ジャクスン・ハーシーはサタデー・イヴニング・ポストを手に取ってページをぱらぱらとめくったとき、二度目の驚きに見舞われた。各ページに一ドル紙幣が一枚ずつ貼りつけられていたからである。

ノリス・ヴァーニーは裏口へまわったラリーがどれほど運がよかったかを知った。殺人に使われた凶器が玄関のドアに銃口を向けて椅子に結えつけられ、ちょうど胸の高さに狙いが定められていた。銃の撃鉄が起こされ、引金に結えつけた紐がホールを横切って玄関のドアの把手につながっていた。

(「しかも銃には弾丸が入っていたのよ」と、オードリーはこのくだりで説明する。「ドアをあけた瞬間にラリーはあの世行きだったのよ」)

それほど危険でない仕掛けはほかにもいくつかあった。食堂のドアの上には四十ポンドの新聞紙の束が仕掛けられ、ドアをあけたとたんに頭に落ちてくる仕組みになっていた。階段の蹴込みの一カ所が蝶番《ちようつがい》で動くようになっていて、だれかが足首を骨折する危険があった。ヒュービー・マーステンは頭がおかしいどころではなく、正真正銘のいかれたやつだったことがすぐに明らかになった。

彼は二階の廊下のはずれにある寝室で、垂木《たるき》で首をくくって死んでいた。

(スーザンと彼女の幼友達の女の子たちは、大人から聞いた話でぞくぞくするような恐怖感を楽しんだものだった。エミー・ロークリフの家の裏庭に丸太造りの子供の家があって、彼女たちはそこに閉じこもって暗闇の中に坐り、ヒトラーがポーランドを侵略する前からすでに語り草になっていたマーステン館の話で相手をこわがらせたり、大人たちの話を子供心に思いつくかぎりの尾鰭《おひれ》をつけて繰りかえしたりした。それから十八年たったいまでも、マーステン館という言葉は魔法使いの呪文のように彼女の心に作用し、エミーの子供の家の中にうずくまって手を握り合い、エミーの不気味な言葉に耳を傾ける女の子たちのイメージが、痛々しいほど鮮明によみがえってくる。「顔がすっかり腫れあがって、どす黒い舌がだらりと垂れさがり、その上を蝿が這いまわっていたのよ。ママがミセス・ワーツにそういってたわ」）

「……家だった」

「えっ？　ごめんなさい」スーザンはほとんど暴力的といってもよいほどの力で現在に引き戻された。ベンはターンパイクからセイラムズ・ロットの出口のランプに入りこんだところだった。

「薄気味の悪い家だったっていったのさ」

「あなたがあの家に入ったときのことを話して」

彼は陰気に笑ってライトをハイ・ビームに切りかえた。松と樅の林を貫いて、二車線のアスファルト道路が一直線にのびており、ほかには通る車とてなかった。「はじめは子供の遊びだった。いや、結局すべてがそうだったのかもしれない。なにしろ一九五一年のことで、いまと違ってシンナー遊びなんてものは知られていなかったから、子供たちはなにかほかの遊びを考えださなきゃならなかった。ぼくはベンド地区の子供たちとよく遊んだもんだが、もうあのころの仲間も大部分町を出てしまったろうな……セイラムズ・ロットの南地区はいまでもベンドと呼ばれているのかい？」

「ええ」

「あのころぼくが一緒に遊びまわった仲間は、デーヴィ・バークレー、チャールズ・ジェームズ──彼はみんなに坊《ソニー》やと呼ばれていたな──それからハロルド・ローバースン、フロイド・ティビッツ──」

「フロイドも?」と、彼女は驚いて質問した。

「うん、彼を知ってるのかい?」

「彼とはずっとデートしているのよ」と答えながら、自分の声が少しあわてているような、変な声に聞こえたのではないかと心配になった。「ソニー・ジェームズもまだ町にいて、ジョイントナー・アヴェニューでガソリン・スタンドをやってるわ。ハロルド・ローバースンは死んだわ。白血病よ」

「連中はみんなぼくより一つか二つ年上だった。彼らのクラブがあってね。ほら、よくある排他的なクラブさ。ブラディ・パイレーツは少なくとも保証人が三人いないと入会を認めないんだ」彼は冗談めかしていったつもりだったが、その言葉にははるか昔の口惜しさが刺のように埋もれていた。「だがぼくは諦めなかった。ブラディ・パイレーツに仲間入りすることがぼくの望みだったんだ……少なくともその夏は。

彼らもついに折れて、デーヴィがその場で思いついた入会式にパスすれば仲間入りさせてくれることになった。みんなでマーステン館へ行って、ぼくが家の中に入り、なにか品物を持ってくるというのがその条件だった。戦利品としてね」彼は小さく笑ったが、口はからからに乾いていた。

「それでどうしたの?」

「窓から家の中に入りこんだよ。事件から十二年後のそのころも、まだ家の中はがらくたでいっぱいだった。新聞は戦争中に持ちだされていたが、ほかはすべて元のままだった。玄関ホールにテーブルがあって、その上に例の雪のガラス玉が一個のっかっていた――ぼくのいってるのがどんなものかわかるかい？ ほら、中に小さな家があって、揺り動かすと雪が舞いあがるやつだよ。ぼくはそいつをポケットにしまったが、すぐには外へ出なかった。自分の勇気を試してみたかったんだ。それでマーステンが首をくくった二階へあがって行ったんだよ」

「まあ、こわい」

「グラヴ・ボックスから煙草を取ってくれないか。禁煙しようと思っているんだが、いまは吸わずにいられない気分だ」

彼女は煙草を一本取ってやって、ダッシュボードのライターを押した。

「家の中はひどく匂った。きみは信じないだろうが、ほんとにひどく匂ったよ。かびの匂いと、家具の詰物の腐った匂いと、すえたバターのような気色の悪い匂い。それに生き物の匂い――壁の中に巣を作ったり、地下室で冬眠したりしている鼠やマーモットの匂いだ。じめじめと陰気くさい匂いだった。

ぼくは抜足さし足で二階へあがって行った。わずか九歳の、死ぬほどおびえきったぼくがだよ。建物はぎしぎし軋《きし》み、空気はどんより澱《よど》んでいた。漆喰壁の向う側ではぼくの足音に驚いて逃げだす生き物の気配がした。うしろからぼくをつけてくる足音が聞こえるような気がした。だけど首吊りの輪を手に持って、どす黒い顔をしたヒュービー・マーステンが、よろめきながらぼくを追ってくるような気がして、とても振りかえる気にはなれなかったよ」

彼はハンドルをしっかりと握りしめていた。その口調から軽みが消えていた。彼の記憶の密度が、彼女には少しばかり恐ろしかった。ダッシュボードのランプの光の中に浮かぶ彼の顔には、そこから完全にはのがれることのできない憎しみの土地を旅する男のように、長い苦悩の皺が刻まれていた。

「階段をのぼりきったところで、ぼくはありったけの勇気をふるいおこしてあの部屋まで廊下を駆けて行った。部屋に駆けこんで、そこからもなにか証拠になるものを手に入れてから、急いで逃げ帰るつもりだった。廊下のはずれのドアはしまっていた。ドアがしだいに近づいてくるのが、蝶番が固定され、ドアの下端が敷居に密着しているのが見えた。かつて何度も人間の掌に包まれたドアの銀の把手が、いくらか変色しているのが見えた。その把手を引いたとき、ドアが苦痛に呻く女の声のような音をたてた。ふだんのぼくだったら、そこで回れ右して逃げ帰っていただろう。だがそのときはアドレナリンが体じゅうに溢れていたので、把手に両手をかけて力いっぱい引いた。ドアがさっとあいた。そしたら窓からさしこむ光の中に、天井からぶらさがったヒュービーの死体のシルエットが目の前にあらわれたんだ」

「ベン、まさか――」と、彼女が神経質にいった。

「いや、嘘じゃない」と、彼はいいはった。「これは九歳の男の子が見た真実、そしてそれから二十四年後に一人の男が記憶している真実なんだ。ヒユービーはそこにぶらさがっていた。彼の顔は黒くなんかなくて、まっ青だった。目はふくれあがって閉じられていた。両手は鉛色で……ひどく不気味だった。やがて彼が目を開いたんだ」

ベンは煙草を深々と吸って、窓から夜の闇の中へ吸いさしを投げ捨てた。

「ぼくはおそらく二マイル先まで聞こえたほどの恐ろしい悲鳴をあげた。そして夢中で駆けだした。階段の途中で転び、起きあがり、玄関のドアから外にとびだして道路を突っ走った。仲間は半マイルほど先で待っていた。例のガラス玉をまだ手に持っていることに気がついたのはそのときだった。ぼくはいまだにそれを持っているんだ」

「ほんとにヒューバート・マーステンを見たとは思ってないんでしょう、ベン？」はるか前方に黄色にまたたく町の中心部の灯が見えてきたので、彼女は内心ほっとした。

長い沈黙のあとで、彼は「わからない」と答えた。むしろそうは思っていないと答えて、その話題にケリをつけてしまうことを望んでいるような、いかにもいいにくそうで気乗りのしない口調だった。「ぼくは緊張のあまり幻を見たのかもしれない。しかしその反面、家がその中で放出された感情を吸収し、一種の……乾いた電荷を帯びるという考えにも、一面の真理があるかもしれない。おそらくそれに適した人格、たとえば想像力に富む少年の人格がその乾いた電荷に触媒として作用し、現実の出現……なにかの……をうながすのだろう。ぼくは幽霊のことをいってるんじゃないよ。そうじゃなしにある種の三次元の心霊像のことをいってるんだ。それはひょっとしたら生きているなにかかもしれない。モンスターといいたければいってもいい」

彼女は彼の煙草を一本抜いて火をつけた。

「いずれにせよ、それから数週間というもの、ぼくは寝室の明りをつけたままで眠った。それ以来今日までときどきそのドアをあける夢を見る。疲れたときにはきまってその夢を見るんだ」

「恐ろしいわ」

「いや、そうでもないよ。べつにそれほど恐ろしくはない。人間だれだって悪い夢を見るからね」彼はちょうど通りかかったジョイントナー・アヴェニューの、静かに眠る家々を指さした。「ぼくはときおりこれらの家の羽目板が、夢の中で起きる恐ろしい事件でわめきださないのを不思議に思うくらいだよ」それからちょっと言葉を休めて、「よかったらぼくの下宿へ寄って、しばらくポーチで休んでいかないか。部屋へは通せないが——それが規則でね——アイス・ボックスにコーラが入っているし、寝酒を一杯やりたければ、部屋にはバカーディもある」

「いいわね」

彼はレイルロード・ストリートに入りこんで、ヘッドライトを消し、下宿屋専用の小さな舗装していない駐車場に車を乗り入れた。バック・ポーチは白ペンキの上に赤で縁どりがしてあり、三つ並んだ籐椅子はロイヤル・リヴァーのほうを向いていた。川はまばゆい夢のようだった。満月に近い夏の深夜の月が、川の対岸の木々にかかり、川面を横切って銀色の小径を描いていた。町じゅうが寝しずまったいま、ダムの水路を流れ落ちるかすかな水音が聞こえていた。

「掛けてくれ。すぐに戻ってくる」

彼は家の中に入ってスクリーン・ドアを静かにしめた。彼女はロッキング・チェアの一つに腰をおろした。

彼女はベン・ミアーズという人間がまだつかみきれなかったにもかかわらず、彼に好意をおぼえた。瞬間的な欲望（ふつうはもう少し無邪気な陶酔という言葉が使われる）がしばしば訪れることを信じないわけではなかったが、一目惚れというものを彼女は信じていなかった。それでいて、彼は夜更けに鍵のかかった日記帳に書き残したくなるような男ではなかった。彼は背丈の割には痩せていて、顔もやや青白かった。内省的で学究的な感じのする顔、目の表情からはなにを考えているのかうかがい知れない。その上にブラシを使わずに指でかきあげただけのように見える、ふさふさした黒い髪がある。

それにさっきのあの話——

『コンウェイの娘』も『風のダンス』も、そうした病的な気質を感じさせる作品ではなかった。前者は親元から逃げだしてカウンター・カルチャーの世界に身を投じ、ヒッチハイクで国じゅうをあてもなく旅して歩く牧師の娘の話だし、後者は脱獄した囚人フランク・バッジーがよその州で自動車修理工として新しい生活を始め、ふたたびつかまるまでの話だった。どちらも明るく、活気にみちた作品で、九歳の少年の目に映ったヒュービー・マーステンの首吊り死体が、それらの上に影を落としているとは思えなかった。

ヒュービー・マーステンとの比較が誘い水になったかのように、彼女はいつの間にか川面からポーチの左手の、町にいちばん近い丘が星の光をさえぎっている方角に視線を移動させていた。

「ほら」と、彼の声がした。「こんなものしかないんだが——」

「マーステン館を見て」と、彼女はいった。

彼は丘の上に目を向けた。マーステン館に灯がともっていた。

7

飲物はなくなり、夜は更けていった。月はもう姿を消す寸前だった。彼らはしばらくおしゃべりをした。やがて話がとぎれたあとで、彼女がいった。

「あなたが好きよ、ベン。とっても」

「ぼくもきみが好きだよ。そして驚いている……いや、そんなつもりじゃないんだ。ぼくが公園でばかげた警句を吐いたのをおぼえているかい？　つまり、思いがけないなりゆきに驚いているんだよ」

「あなたさえよかったら、またお会いしたいわ」

「ぼくもだよ」

「だけど、あんまりせかさないでね。わたしは田舎娘だから」

彼は微笑を浮かべた。「まるでハリウッドだな。ただしいいほうのハリウッドだ。そろそろキスをしてもいいかな？」

「いいわ」彼女は真剣な表情でいった。「それが物事の順序だと思うわ」

彼は彼女の隣りのロッキング・チェアに坐っていたが、前後のゆったりした動きを止めずに身を乗りだして唇を重ねた。彼女の舌を吸ったり、体に触れたりはしなかった。彼の唇は健康な歯に圧迫されて感触が固く、ラムと煙草の匂いと味がかすかにした。

彼女も椅子を揺らしはじめた。その動きが彼らのキスに新しい感じを与えた。唇の接触が強まったり弱まったりした。この人はわたしを味わっている、と彼女は思った。その思いが彼女の中にひそかな、清潔な興奮を呼び起こしたので、彼女は深入りしないうちにキスを中断した。

「すてきだよ」と、彼がいった。

「明日の晩うちへ食事にきて。きっと家族もあなたに会いたがるわ」この一瞬の穏やかな喜びを思えば、母親のご機嫌を取り結ぶためにそれぐらいはしてもいい気分だった。

「家庭料理かい?」

「これ以上はないというほど家庭的よ」

「うれしいね。ここへ越してきてからずっとTVディナーばかりなんだよ」

「六時でどうかしら? 田舎町は夕食が早いのよ」

「いいとも。家庭の話で思いだしたが、きみを家まで送って行くほうがよさそうだ。じゃ、行こうか」

車の中では二人とも口をきかなかったが、やがて娘が外出した晩に母親がいつも一つだけつけておく明りが、丘の上に見えてきたとき、彼女がマーステン館のほうを見ながらいった。

「今夜だれがあそこにいるのかしら?」

「たぶん新しい持主だろう」と、彼があいまいに答えた。

「電気の明りじゃなかったみたい。黄色っぽくて、光が弱かったわ。石油ランプの明りよ、たぶん」

「おそらく電気を引く暇がなかったんだろう」

「そうかもしれないけど、だれだって引っ越し前に電力会社に電話ぐらいするんじゃないかしら？」

彼は答えなかった。もう車は彼女の家の私道に達していた。

「ベン」と、彼女がだしぬけにいった。「あなたの新しい本はマーステン館を扱った話なの？」

彼は笑いながら彼女の鼻のてっぺんにキスをした。「もう時間が遅いよ」

彼女はほほえみかえした。「せんさくするつもりはなかったのよ」

「いいんだよ。そのうち話してあげるよ……明るいときに」

「オーケー」

「もう家に入るほうがいい。明日、六時だね？」

彼女は時計をのぞいた。「今日の六時よ」

「おやすみ、スーザン」

「おやすみ」

彼女は車からおりると、軽やかな足どりで勝手口まで駆けて行き、振り向いて、走りだした彼に手を振った。家の中へ入る前に、牛乳屋の注文にサワー・クリームを書き加えた。ベイクト・ポテトにサワー・クリームを添えれば、夕食がいくらか上品な感じになるだろう。

彼女は家へ入る前に一分間だけ立ちどまって、丘の上のマーステン館を見あげた。

8

彼は小さな箱のような部屋で、電気を消したまま服を脱ぎ、裸でベッドに横たわった。スーザンは感じのよい娘だった。ミランダが死んでからはじめて会った感じのよい娘だった。自分が彼女を新しいミランダに仕立てようとしているのではないことを祈った。そうだとすれば彼にとっては苦痛であり、彼女に対してはひどい仕打ちということになる。

彼は横たわって眠りが訪れるのを待った。やがて寝入る直前に、片肘をついて体を起こし、タイプライターの四角い影とかたわらの薄い原稿の束ごしに、窓の外を眺めた。彼はエヴァ・ミラーに部屋をいくつか見せてもらったあとで、とくにこの部屋を希望した。ここがまっすぐマーステン館に面していたからである。

マーステン館の灯はまだ消えていなかった。

その夜彼は、ジェルーサレムズ・ロットに住むようになってからはじめて、あの馴染み深い夢を見た。ミランダがオートバイの事故で死んだあとの恐ろしい灰色の日々以来、夢がこれほど鮮明に訪れたことは絶えてなかった。廊下を走って行く、ドアをあけたとたんにぞっとするような軋み音、首吊り死体がふくらんだ目をかっと見開く、彼はドアに向かって、夢の中特有のもどかしさをおぼえながら必死になって逃げだす……

そしてドアに鍵がかかっているのを発見する。

第三章　ザ・ロット（その一）

1

町の目ざめは早い——日々の仕事は待ってくれないからだ。太陽がまだ地平線上に顔をのぞかせず、闇が地上を覆っている間に、早くも活動は始まっていた。

2

午前四時。

グリフェン兄弟——十八歳のハルと十四歳のジャック——と二人の使用人は、乳しぼりを始めていた。納屋はぴかぴかに輝く白一色の清潔さそのものだった。中央の、両側の牛舎に面したたしみ一つ見当たらない通路の間を、セメントの細長い水槽が通っている。ハルは水槽のはしにあるスイッチを押してヴァルヴを開き、水槽に水を入れはじめた。農場の二つの掘抜き井戸の一つから水を汲みあげる電動ポンプが、ぶうんと唸って滑らかに動きだした。ハルは陰気な若者で、あまり利口なほうではなく、今朝はとくに不機嫌だった。前の晩父親と遅くまでやりあったのだ。彼は学校をやめたかった。学校がいやでたまらず、五十分も教室に坐っていなければならないのが、退屈なうえに苦痛だったし、木工とグラフィック・アートを除くすべての学科が嫌いだった。英語は腹立たしく、歴史はばかげていて、商業数学にいたってはちんぷんかんぷんもいいところだった。しかもそんなものはみなどうでもいいことばかりだからよけいに腹が立つのだ。牝牛どもは彼が文法的に間違った言葉で話しかけても、くそいまいましい南北戦争当時の、くそいまいましいポトマック軍の司令官がだれだか知らなくても、いっこうに気にしない。それに数学ときたら、彼の父親だって、たとえそれがわからなければ銃殺されるといわれたって、五分の二たす二分の一という問題に答えられやしないのだ。だからこそ彼は会計士を雇っている。だいたいあの会計士を見てみろ！　大学出のくせしていまだにうちのおやじみたいな無学な人間に使われているじゃないか。彼の父親は、いくら本を読んだって事業で成功する秘訣などわかりっこない（酪農だってほかの商売と同じようにりっぱな事業だ）、その秘訣は人間を知ることだよと、口を酸《す》っぱくしていっている。彼は本と名のつくものはリーダーズ・ダイジェストしか読まないのに、農場は年間一万六千ドルもの収益をあげている。人間を知ること、相手と握手をかわして、奥さんは元気かと名ざしでたずねる。ハルは人間を知っていた。人間には二つの種類がある。意のままになる人間とならない人間。世の中には十対一の割合で前者のほうが多い。

残念なことに、彼の父親はその一割のほうに属していた。

彼は肩ごしに弟のジャックを見た。ジャックはフォークを使って、最初の四つの牛舎にのんびりと夢心地で干草をやっているところだった。あいつは本の虫だ、おやじのペットだ。くそったれめ。

「おい！」と、彼はどなった。「さっさと干草をやれ！」

彼は物置のロッカーをあけて、四台の搾乳機の最初の一台を引っぱりだした。そしてぴかぴかのステンレスの上蓋の上で大げさに顔をしかめながら、通路をがらがら押して行った。

学校。くそいまいましい学校。

つぎの九カ月が終わりのない墓場のように彼の前に横たわっていた。

3

午前四時三十分。

昨日の午後搾《しぼ》ったミルクが加工されて、いまザ・ロットへ戻ってくるところだった。容器はブリキのミルク缶から、スルーフット・ヒル酪農場の色あざやかなレッテルを貼ったカートンに変わっている。チャールズ・グリフェンの父親は自家産のミルクを自分の手で売っていたが、いまはそういうやり方が不可能になっていた。コングロマリットが最後に残った独立業者まで侵略してしまったのだ。

ウェスト・セイラム担当のスルーフット・ヒルの配達人は、アーウィン・ピューリントンで、彼はブロック・ストリート（この土地ではブロック・ロード、またはあの罰当りな洗濯板《ザット・クライストレス・ウオッシュボード》と呼ばれている）から配達を始めた。そのあと町の中心部をカバーしてから、ブルックス・ロードを済まして帰るのが彼の仕事の順路だった。

ウィンは八月で六十一歳になり、間近に迫った引退の日がはじめて現実味を帯びたところだった。彼の妻はエルジーという憎たらしい女だったが、一九七三年の秋に死んだ（二十七年間の結婚生活で彼女が示した唯一の思いやりは、夫より先に死んだことだった）。引退の日がきたら、彼はコッカー・スパニエルの血が半分まじった雑種犬のドックを連れて、ペマクィッド・ポイントへ引っ越すつもりでいる。そこでは毎日九時まではベッドに入らず、朝は日の出を見ないですむ時間まで寝ている予定だった。

彼はノートン家の前で車を止めて、注文の品をキャリー・ラックにのせた。オレンジ・ジュース、二クォートのミルク、卵一ダース。車からおりるときに膝がずきんと痛んだが、大した痛みではなかった。今日はいい天気になりそうだった。

ミセス・ノートンのいつもの注文に、スーザンの丸っこい字で追加が書き添えてあった。

「小さなサワー・クリームを一つ頼みます、ウィン。ありがとう」

ピューリントンはサワー・クリームを取りに戻りながら、ますます妙な世の中になって、だれもがなにか特別なものを欲しがるご時世なのだと思った。サワー・クリームとは！　彼も一度だけそいつを舐めてみたことがあったが、吐気をもよおす代物だった。

東の空が白みはじめ、ノートン家と町の間に拡がる野原では、露が王様の身代金のダイヤモンドのように輝いていた。

4

午前五時十五分。

エヴァ・ミラーはくたびれた部屋着にくたびれたピンクのスリッパをつっかけて、四十五分前から起きていた。いまは朝食の用意をしているところだった——四個分のスクランブルド・エッグ、ベーコン八枚、フライパン一杯のポテト・フライ、そしてこのつつましい献立にジャムつきトースト二枚、十オンス・タンブラー一杯のオレンジ・ジュース、二杯のクリーム入りコーヒーで彩りを添える予定だった。彼女は大女だが、とくに太っているというわけではなかった。家の中をきちんとしておく仕事がかなりの重労働で、太る暇がなかった。彼女の肉体の曲線は超人的というかラブレー的だった。彼女がエイト・バーナーの電気ストーヴの前で動きまわるさまは、潮の干満か砂丘の移動を連想させた。

彼女はこうして完全に独りぼっちで、一日の仕事の計画を立てながら朝食をとるのが好きだった。仕事は山ほどあった。水曜日はシーツを取りかえる日だった。現在下宿人は新入りのミスター・ミアーズを含めて全部で九人いる。建物は三階建ての十七室からなり、そのほかに床を洗ったり、階段を磨いたり、手摺にワックスをかけたり、中央の共同部屋の絨毯《じゅうたん》を掃除したりする仕事があった。ウィーゼル・クレイグが前の日に飲みすぎて二日酔いで寝ていないときは、彼の手を借りることにしていた。

彼女がテーブルに坐った矢先に、裏口のドアがあいた。

「おはよう、ウィン。どう、元気？」

「まあまあだよ。膝がちょっと痛むがね」

「気の毒に。ミルクを一クォートと例のレモネードを一ガロン余分に置いてってもらえないかしら？」

「いいとも」ウィンは諦め顔でいった。「今日はそんな日になりそうな気がしていたんだよ」

彼女は相手の感想を無視して卵を食べはじめた。ウィン・ピューリントンは永年連れ添ったあばずれ女房が、地下室の階段から落ちて首の骨を折って以来、この世でいちばんしあわせな男だったにもかかわらず、いつもなにかしら愚痴をこぼす種を見つけださずにはいなかった。

六時十五分前、ちょうど彼女が二杯目のコーヒーを飲みながらチェスターフィールドを吸っているときに、プレス＝ヘラルドが家の壁にぶつかってバラの茂みに落ちる音が聞こえた。今週は今日で三度目だった。キルビーの息子はひどく急いでいた。たぶん新聞配達に厭気がさしたのだろう。しばらくほうっておくとしよう。かぼそく貴重な早朝の日の光が東の窓から斜めにさしこんできた。いまが彼女にとっては一日の最良の時間であり、どんなことがあってもこの穏やかな平和を乱されるのはご免だった。

彼女の下宿人たちは、ストーヴと冷蔵庫を彼女と共同で使っているので——それも週に一度のシーツの取りかえと一緒に部屋代に含まれている——間もなくグローヴァー・ヴェリルとミッキー・シルヴェスターが朝食のコーンフレークを作りにおりてきて、この束の間の平和をかき乱すことになる。彼らはそのあとで一緒に働いているゲート・フォールズの織物工場へ出勤するのだ。

彼女のその思いが彼らの起床の前ぶれとなったかのように、二階のトイレの水が流れる音がして、シルヴェスターのどっしりしたブーツの足音が階段に響いた。

彼女は大儀そうに腰をあげて、新聞を取りに出て行った。

5

午前六時五分。

赤ん坊のかぼそい泣声がサンディ・マクドゥガルの朝の浅い眠りを破った。彼女はベッドから起きだして、まだ半分眠ったままの目で赤ん坊のようすを見に行った。ナイト・スタンドに向う脛《ずね》をぶっつけて、思わず「くそっ！」と叫んだ。

それを聞きつけた赤ん坊の泣声がいちだんと激しくなった。「おだまり！」と、彼女は叫んだ。「いま行くわよ！」

彼女はトレーラーの狭い通路を台所のほうへ歩いて行った。ほっそりした体つきで、かつてはいくらか美しかったにしても、いまはそれさえも失われかけていた。彼女は冷蔵庫からランディのミルク壜《びん》を取りだして、それを暖めてやろうかと思ったが、面倒くさくなってやめた。そんなに飲みたいんなら冷たいままで飲むがいいわ。

彼女はランディの寝室へ行って冷やかに彼を見おろした。ランディは生後十カ月にもなるのに、病気がちで泣いてばかりいた。ようやく先月からはいはいをしはじめたばかりだった。もしかするとポリオかなにかにかかっているのかもしれなかった。ふと見ると、ランディの両手にも壁にもなにかがついていた。いったいどうしたんだろうと思いながら近づいて行った。

彼女は十七歳で、彼ら夫婦はこの七月に最初の結婚記念日を祝った。六カ月の身重で、グッドイヤー・タイヤの飛行船みたいなおなかを抱えてロイス・マクドゥガルと結婚したとき、結婚生活はキャラハン神父の言葉通りに――祝福された脱出口――祝福されているかに見えた。ところがいまはそれがうんこの塊としか思えなかった。ランディが両手と、壁と、髪の毛に塗りたくっているのは、まさにそのうんこ以外の何物でもないことに気がついて、彼女はがっくりした。

彼女は冷たいミルク壜を片手に持って、ぼんやりランディを見おろしながら立っていた。

彼女はこんな生活のためにハイスクールを中退し、友達を捨て、モデルになる希望を棒に振ったのだ。ベンドにどっかり腰を据えたおんぼろトレーラーのために、日がな一日工場で働いて、夜はガソリン・スタンドのいかがわしい仲間たちと酒を飲んだりポーカーをしたりしに出かけて行く夫のために。いいところのない父親にそっくりの、そこらじゅうにうんこを塗りたくるがきのために。

ランディはありったけの声をはりあげて泣き叫んでいた。

「おだまりったら！」彼女は急にどなりつけて、プラスチックのミルク壜を赤ん坊めがけて投げつけた。それは赤ん坊のおでこに当たって、ベビー・ベッドの中で泣き叫びながら両手を振りまわす彼の背中のほうに転げ落ちた。額のはえぎわのすぐ下に、赤く輪のような痕がついたのを見て、彼女は胸がすっとすると同時に、憐れみと憎しみで喉がつまるような感じに襲われた。まるでぼろぎれのように、ベビー・ベッドから手荒に赤ん坊を抱きあげた。

「うるさいわよ！　おだまり！」彼女は赤ん坊を二度殴りつけてから、苦痛のあまり声が出なくなったのに気がついて、ようやく自分にブレーキをかけた。ランディは顔を紫色にしてベビー・ベッドの中であえいだ。

「ごめんよ」と彼女は呟いた。「イエスさま、マリアさま、ヨゼフさま。ごめんなさい。だいじょうぶ、ランディ？　すぐにママがきれいにしてあげるからね」

彼女が濡れたぼろきれを持って戻ってくるころ、ランディの両目は腫れあがってふさがり、痣《あざ》になりはじめていた。それでもミルク壜を拾いあげて、彼女が顔を拭いてやると、歯のない口で笑いかけた。

ロイには着替えさせているときにテーブルから落ちたということにしよう、と彼女は思った。彼はたぶん信じるわ。神さま、彼に信じさせてください。

6

午前六時四十五分。

セイラムズ・ロットのブルー・カラー人口の大部分は出勤の途上にあった。マイク・ライアースンは町の中で働いている数少ない人間の一人だった。町の年次報告には、彼は運動場管理人として記載されているが、実際には町の三つの墓地の管理が彼の仕事だった。夏の間はほとんどフル・タイムの仕事だったが、冬でも口うるさい金物屋のジョージ・ミドラーたちが考えているような楽な仕事ではなかった。彼はザ・ロットの葬儀屋カール・フォアマンのところでパート・タイムで働いているが、年寄りのほとんどは冬の季節に死ぬことが多いようだった。

彼はピック・アップ・トラックを運転してバーンズ・ロードに向かうところだった。トラックには植木ばさみ、生垣用の電動刈込み機、倒れた墓石を起こすためのかなてこ、十ガロン入りのガソリン缶、ブリッグズ&ストラットン芝刈機二台などが積まれていた。

今朝はハーモニー・ヒルで草を刈り、墓石や石垣のこわれたところを修理してから、午後は町の反対側にあるスクールヤード・ヒル墓地へ行く予定だった。ここへは学校の教師たちがときどき拓本作りにやってくる。いまはなくなったシェーカー教徒のコロニーが昔ここにあって、彼らは死者をこの場所に埋葬していたからだ。しかし彼は三つの墓地の中でハーモニー・ヒルがいちばん好きだった。スクールヤード・ヒルほど古くはないが、木陰が多くて快適だった。自分も死んだらここに埋めてもらいたいものだ、と彼は思った——もっともそれは百年ぐらい先のことであって欲しいが。

彼はこの年二十七歳で、かなり曲折のある経歴をへてカレッジで三年間学んでいた。そのうちまた機会を見てカレッジに戻り、卒業まで漕ぎつけるのが彼の希望だった。率直で感じのよいハンサムな青年で、土曜日の晩にデルやポートランドの町で、きまった相手のいない女たちと問題を起こしたことは一度もなかった。女たちの何人かは彼の仕事を聞いただけでそっぽを向いたが、マイクにすればそれは理解しがたいことだった。仕事は楽しいし、肩ごしに目を光らせる監督もいない。広々とした青空の下で仕事ができる。墓を掘ったり、ときおりカール・フォアマンの霊柩車を運転するからといって、それがどうだというのだ? どうせだれかがやらなければならない仕事じゃないか。彼にいわせれば、死よりも自然なことはセックスだけだった。

彼は鼻唄を歌いながらバーンズ・ロードに折れ、ギヤをセカンドに入れて丘を登りはじめた。後方に乾いた埃が舞いあがった。道の両側の窒息しかけた夏の緑を通して、五一年の大火で焼けた骸骨のような木の幹が、朽ちかけた古い骨のような姿を晒《さら》していた。倒木があちこちにあって、うっかりすると脚を折るおそれがあることを彼は知っていた。二十五年たったいまでも、大火の爪痕は歴然と残っていた。まさにそういうことだった。生のさなかにも、人は死と隣り合わせている。

墓地は丘のてっぺんにあった。マイクはトラックからおりて、ゲートの鍵をあけるつもりで墓地の道に入りこんだ……が、急いでブレーキを踏み、車を止めた。

鍛鉄《たんてつ》のゲートに犬の死骸が逆さ吊りになり、その下の地面に血溜りができていた。

マイクはトラックからおりて、急いでゲートに近づいた。ズボンの尻ポケットから作業用手袋を取りだして、片手で犬の頭を持ちあげた。頭はまるで骨を抜かれでもしたような不気味な感触で、なんの抵抗もなく持ちあがった。彼はウィン・ピューリントンの雑種のコッカー、ドックの、どんよりと生気の失われた目をのぞきこんだ。ドックの死体はまるで厚切りの肉のように、ゲートの高い忍返《しのびがえ》しの釘にひっかけて吊るされていた。早くも死体には蠅がたかって、早朝の冷気の中で鈍い動きを示していた。

マイクはぴちゃぴちゃいう濡れた音に吐気をもよおしながら、苦心の末死骸をゲートからおろした。墓地でのいたずらは珍しいことではなかったし、とりわけハロウィーンのころにはそれが多くなったが、ハロウィーンはまだ一カ月半も先のことだったし、ましてやこんな野蛮ないたずらを目にするのは生まれてはじめてだった。ふつうはせいぜい墓石を倒したり、落書をしたり、ゲートに紙で作った骸骨を吊るす程度だった。だが、もしもドックを殺したのが子供たちの仕業だとすれば、そいつらはとんでもないがきどもだ。ウィンはこのことを知ったら悲嘆に暮れるだろう。

彼はすぐに犬の死体を町へ持ち帰って、パーキンズ・ギレスピーに見せることを考えたが、そんなことをしても無駄だと思いなおした。かわいそうなドックの死体は昼飯を食いに行くときに持って帰ることにしよう——とはいっても今日は食欲がありそうにもないが。

彼はゲートの鍵をあけて、血だらけの手袋を眺めた。鉄柵の血を洗い落とさなければならないので、午後からスクールヤード・ヒルへまわるのは無理なようだった。トラックを墓地の中に乗り入れて止めた。もう鼻唄どころではなかった。いやな一日になりそうだった。

7

午前八時。

がたがたの黄色いスクール・バスが所定のコースを通って、ランチ・ボックスを持ってばか騒ぎをしながら、郵便受けのそばに立って待つ子供たちを拾ってまわっていた。チャーリー・ローズはスクール・バスの運転手の一人で、彼の受持地区はイースト・セイラムのタガート・ストリーム・ロードとジョイントナー・アヴェニューの上《かみ》の半分だった。

チャーリーのバスに乗る子供たちは町じゅうでもっとも行儀がよかった——行儀のよさでは学区全体を見まわしても彼らがいちばんだった。彼の六号車の中では、大きな声をだしたり、ばか騒ぎをしたり、髪の毛の引っぱりあいをしたりする子はいなかった。おとなしくじっと坐っていないと、スタンリー・ストリート・エレメンタリー・スクールまで二マイルも歩かされたうえに、その理由を事務室で説明しなければならないからである。

チャーリーは子供たちが自分をどう思っているか知っていたし、かげで彼らにどう呼ばれているかも承知していた。バスの中では、子供たちが好き勝手な真似をするのを許しておくつもりはなかった。子供たちがそんなふうにしたければ、骨なしの教師どもを相手にしてやるがいい。

スタンリー・ストリートの校長は、ダラムの息子がバスの中で少々大きな声で話したというだけの理由で、三日間バスに乗せてもらえなかったとき、いくらなんでも「感情的すぎる」のではないかと、思いきってチャーリーを詰問した。彼が黙ってにらみつけると、四年前に大学を出たばかりの青二才の校長は、とうとう顔をそむけてしまった。S・A・D21モーター・プールの責任者デーヴ・フェルゼンは、彼とは昔からの友達だった。彼らは朝鮮戦争以来のつきあいだった。二人とも相手を知り抜いていたし、この国でなにが起こりつつあるかを理解していた。一九五八年にスクール・バスの中で「少々大きな声で話していた」子供たちが、一九六八年にはアメリカ国旗に小便をひっかける若者たちになったことを知っていた。

彼は幅の広いバック・ミラーをのぞいて、メアリ・ケート・グリーグスンが親友のブレント・テニーに手紙を渡すのを見た。このごろの子供たちときたら、小学校の六年生にもなるともう一緒に寝るやつがいる。

彼はバスを道路のはしに寄せて、ストップ・フラッシャーをつけた。メアリ・ケートとブレントがあわてて顔をあげた。

「二人で話したいことがたんとあるんだろう？」と、彼はバックミラーに向かっていった。

「いいとも。遠慮はいらんよ」

彼はバスのドアをあけて二人がおりるのを待った。

8

午前九時。

ウィーゼル・クレイグは文字通りベッドから転がりでた。二階の彼の部屋の窓からさしこむ日光が目にまぶしかった。頭がずきずきした。三階ではもうあの小説家とかいう男がタイプを叩きはじめていた。まったく、ああやってくる日もくる日もタイプを叩いていられるなんて、頭がどうかしてるよ。

彼は今日が失業手当をもらいに行く日かどうかを確かめるために、下着のままカレンダーを見に行った。そうじゃない。今日は水曜日だ。

ときどき経験するもっとひどい二日酔いにくらべれば、今朝はましなほうだった。ゆうべは一時にデルが看板になるまで粘ったのだが、たった二ドルしか持っていなかったし、それを使いはたしたあとは、ただのビールにいくらもありつけなかった。おれも腕が鈍ったもんだ、と思いながら、彼は片手で頬ぺたをごしごしこすった。

彼は夏冬通して着ている防寒下着にグリーンの作業ズボンをはいて、戸棚から朝食を取りだした——まず部屋で飲むための生ぬるいビール一本、それから階下で食べる政府支給のオートミールの箱。彼はオートミールが嫌いだったが、未亡人に絨毯《じゆうたん》をはがすのを手伝う約束をしていたし、たぶん彼女はほかにもいろんな仕事を用意しているだろう。

本人はべつにたいして気にもしていないのだが、今の状態はエヴァ・ミラーとベッドを共にしていたころからすればかなりの零落《れいらく》ぶりだった。彼女の夫は一九五九年に製材工場で事故死したのだが、このような恐ろしい事故をそう形容することが許されるならば、それはある意味で滑稽《こっけい》な死に方だった。当時製材工場には六、七十人の従業員がいて、ラルフ・ミラーは将来の工場長候補だった。

その事故がなぜ滑稽だったかといえば、ラルフ・ミラーが七年前の一九五二年に職長からフロント・オフィスへ昇進して以来、現場で機械に手を触れる機会がなくなってから起きた事故だったからである。この昇進はまぎれもなく経営者の感謝のあらわれであり、ラルフはみずからの手でそれをかちとったのだ、とウィーゼルは思っていた。マーシュ地区で発生した山火事が時速二十五マイルの風に煽られてジョイントナー・アヴェニューを越えたとき、製材工場もまた確実に焼失する運命にあるかに見えた。近隣の六つの町の消防署は、セイラムの町を救うのに手いっぱいで、セイラムズ・ロット製材工場まで手がまわらなかった。ラルフ・ミラーは夜間勤務の労働者全員を消防隊に組織して、みずから陣頭指揮をとって工場の屋根に水をかけさせ、合同消防隊が全力をあげてもジョイントナー・アヴェニューの西ではなしえなかったことをやってのけた――つまり防火線を築いて火を食いとめ、火勢を南の方角に向けて、結局そこで消し止めたのである。

それから七年後に、彼はマサチューセッツのある会社から工場を視察にきたお歴々と話をしているときに、製材鋸の上に倒れた。彼らに工場を買収させる魂胆で工場内を案内してまわっているときに、水溜りで足を滑らせて、訪問客の目の前で鋸の上に倒れたのだ。いうまでもなく、買収話はラルフ・ミラーの死とともに立ち消えになった。彼が一九五一年に救った製材工場は、一九六〇年の二月に永久に閉鎖された。

ウィーゼルは斑点の浮きでた鏡の前で白髪に櫛を入れた。髪はふさふさしていて、美しく、六十七歳にもなるのにまだまだセクシーだった。彼の体の中でアルコールが栄養になっているように思われるのはこの髪の毛だけだった。それからカーキ色の作業シャツを着ると、オートミールの箱を持って階下におりた。

そして、そうしたもろもろのことがあってから十六年近くもたったいま、彼はかつて一緒に寝た女に掃除人として雇われているのだ――しかも彼はいまだに彼女をたいそう魅力的だと思っていた。

陽当りのよい台所に入って行くと、すかさず未亡人が禿鷹《はげたか》のように彼に襲いかかった。

「ねえ、朝食が済んだら表の手摺《てすり》にワックスをかけてもらえないかしら、ウィーゼル？　その暇ある？」

二人の間では、彼が週十四ドルの二階の部屋代のかわりとしてではなく、好意からこれらの雑用を引き受けてやっているという、優雅な虚構が保たれていた。

「いいとも、エヴァ」

「それから表の部屋の絨毯だけど――」

「――剝がすんだろう？　ああ、忘れちゃいないよ」

「今朝は頭はどうなの？」彼女は同情的な響きが入りこまないように、事務的な口調でたずねた……が彼はそのうわべの下に同情を感じとった。

「頭はすっきりしてるよ」彼はオートミールを火にかけるために水を加えながら、気むずかしげに答えた。

「ゆうべ帰りが遅かったんで、ちょっときいてみただけよ」

「おれの手綱を握っているつもりなのかい？」彼はおどけて彼女に目配せをし、もう九年近くも前から肉体関係がなくなっているにもかかわらず、彼女がいまだに女学生のように顔を赤らめるのを見て満足した。

「あのねえ、エド――」

いまだに彼をエドと呼ぶ人間は彼女だけだった。ザ・ロットのほかの人間はみな彼をいたち《ウィーゼル》と呼んでいた。それはそれでちっとも構わない。どうとでも好きなように呼ばせておくさ。彼はすっかり弱気になっていた。

「気にするなよ」彼はむっとしていった。「今日は起きぬけから機嫌が悪いんだ」

「あの音じゃ、起きたんじゃなくて、ベッドから転げ落ちたみたいだったわよ」彼女は自分で意図した以上に早口でいったが、ウィーゼルは不機嫌に唸《うな》っただけだった。大嫌いなオートミールの朝食を食べ終わると、ワックスの缶とぼろきれを持って、振りむきもせずに出て行った。

　三階では小説家のタイプライターの音が切れ目なしに聞こえていた。彼の真向いの部屋を借りているヴィニー・アプショーの話では、毎朝九時に始めて正午まで休みなしに続け、午後は三時から六時まで仕事をして、そのうえ夜も九時から十二時までタイプを打ち続けるのだという。ウィーゼルには、頭の中にそんなにたくさん言葉が詰まっているということが想像もできなかった。

それでも、あいつはなかなかよさそうな男だし、そのうちデルの店でビールの二、三杯はおごってくれるだろう。小説家というやつは大酒飲みが多いと、ウィーゼルは話に聞いていた。

彼は手摺を丹念に磨きながら、ふたたび未亡人のことを考えはじめた。彼女は死んだ夫の保険金でこの家を下宿屋に改造し、りっぱに切り盛りしていた。下宿屋商売が繁盛したのも不思議はなかった。彼女は馬車馬のように働いたのだから。ただ夫に定期的に抱かれることに体が馴染んでいたらしく、悲しみが薄れたあともその欲求だけは残った。彼女はそれが好きな女だった！

そのころ、六一年から六二年ごろは、彼もまだウィーゼルではなくエドと呼ばれており、羽振りもよかった。それは一九六二年一月のある晩の出来事だった。

彼はワックスをかける手を休めて、二階の踊り場の細長いのぞき窓から外を眺めて物思いにふけった。窓からは夏の終わりの愚かしいほどに金色の明るい光がさしこんでいた。冷たい木枯らしの吹く秋と、そのあとにくる寒い冬を笑っているような夏の光……

その夜の出来事は、なかばは彼女の誘いかけであり、なかばは彼のほうから持ちかけたものだった。そうなってしまってから、彼女の寝室の闇の中に二人並んで横たわっているとき、彼女はさめざめと泣きだして、わたしたちは道ならぬことをしてしまったと彼にいった。彼は善悪のけじめもつかないままに、そしてそんなことはどうでもよいと思いながら、これでよかったのだと彼女を慰めた。その夜は北風が吹き荒れて軒をひゅうひゅう鳴らしていたが、彼女の寝室は暖かく、安全だった。やがて二人はひきだしの中の重なったスプーンのように寄り添って眠った。

ああ、時は川の流れに似ている。あの小説家はそのことを知っているだろうか？

彼はふたたび大きく手を動かして手摺を磨きはじめた。

9

スタンリー・ストリート・エレメンタリー・スクールの休み時間。ここはザ・ロットでいちばん新しい、自慢の学校で、学区がまだ建築費の支払いを終えていない、この低い、四教室からなるガラス張りの建物は、ブロック・ストリート・エレメンタリー・スクールが古くて暗いのと同じくらい明るくてモダンだった。

学校一のがき大将で、自分でもそのことを鼻にかけているリッチー・ボッディンは、算数ならどんな質問にも答えられる頭のよい新入りの生徒を目で捜しながら、肩をいからせて運動場にあらわれた。新入りの生徒で、だれがボスかということを知らずに彼の学校に通ってくるやつはいなかった。とくにあいつみたいな四つ目のなよなよした先生のお気に入りには、そのことを思い知らせてやらなくちゃ。

リッチーは十一歳で体重が百四十ポンドもあった。彼の母親は息子が生まれたときから体が大きいことを人々に自慢し続けていた。そのため彼自身も自分の大きさを自覚していた。彼が歩くと足の下の地面が揺れるような気がすることさえあった。彼は大人になったら父親と同じようにキャメルを吸ってやろうと思っていた。

四年生と五年生は彼を恐れていたし、それ以下の生徒は彼を校庭のトーテム・ポールのようにみなしていた。彼がブロック・ストリート・スクールの第七学年に進級すると、彼らの万神殿には悪魔がいなくなるだろう。そのことが彼をひどく喜ばせた。問題のペトリー少年が、休み時間のタッチ・フットボールの仲間に入れてもらおうとして待っていた。

「おい！」と、リッチーが声をかけた。

ペトリーを除く全員が声のしたほうを振りむいた。どの目にも鈍い輝きがあり、リッチーの目が自分に向けられていないことを知ると、全員がほっとしたような表情を浮かべた。

「おい、お前！　四つ目小僧！」

マーク・ペトリーが振りかえってリッチーを見た。鉄縁の眼鏡が朝日にきらりと光った。背丈はリッチーと同じくらいで、ということはクラスメートの大部分よりも頭抜けて大きかったが、体はほっそりしていて、顔だちも腕力とは縁のない秀才ふうだった。

「ぼくかい？」

「ぼくかい？」リッチーが甲高い裏声を真似してからかった。「お前、おかまみたいだぜ、四つ目小僧。どうだ、おかまを知ってるか？」

「いや、知らないよ」

リッチーは一歩前に進んだ。「お前、しゃぶるんだろう、四つ目。毛のはえたでっかいやつをしゃぶるんだろう」

「そうかい？」ペトリーの落ち着いた口調が火に油を注いだ。

「そうとも、お前はしゃぶるって聞いたぜ。木曜が待ちきれなくて、毎日だってな」

リッチーが新入りをやっつけるのを見ようとして、子供たちが集まってきた。今週の運動場当番のミス・ホルコームは、遠くのほうで小さな子供たちのブランコやシーソー遊びを見守っていた。

「ぼくになんの用だい？」と、マーク・ペトリーがきいた。まるで新種の珍しい甲虫でも見るような目つきでリッチーを見た。

「ぼくになんの用だい？」リッチーがまた声色を使った。「用なんかないよ。お前がおかま野郎だって聞いただけさ」

「そうかい？」マークはまだ落ち着いていた。「ぼくはきみのことを、体がでっかいばかりで頭は空っぽだって聞いたよ」

一瞬あたりがしいんと静まりかえった。ほかの子供たちはぽかんと口をあけた（が彼らは興味津々《しんしん》だった。自分の死刑執行令状に署名する人間など見たことがなかったからである）。リッチーも完全に不意を衝かれて、ほかの連中と同じようにぽかんと口をあけた。

マークが眼鏡をはずして、隣りの少年に渡した。「これを持っててくれるかい？」少年は眼鏡を受けとって、無言で目を丸くしてマークをみつめた。

リッチーが攻撃を開始した。それは優雅さや繊細さのかけらもない、のろのろしたぶざまな攻撃だった。彼の足の下で地面が揺れた。自信満々で、相手をぶちのめす喜びにあふれていた。四つ目の口を正確にとらえて、ピアノの鍵盤のように歯をへし折るはずの右のノックアウト・パンチを振りまわした。歯医者行きの覚悟をしろよ、おかま野郎。さあ、行くぞ。

その一瞬、マークは頭をさげて横にとびのいた。ノックアウト・パンチは彼の頭上を素通りした。リッチーは勢いあまって半回転し、マークは片足を突きだすだけでよかった。リッチー・ボッディンはどすんと地面に倒れて唸り声をあげた。見物の子供たちが「あはは」と笑った。

マークは、この図体の大きい不器用な少年に先手を取らせたら、自分がひどく痛めつけられることを知っていた。マークは敏捷《びんしょう》だったが、校庭の取っ組みあいでは、敏捷さだけでは長くは持ちこたえられない。街のけんかだったらここで逃げだして足の遅い相手に水をあけ、振りかえってからかってやる潮時だった。しかしここは街頭ではない、それにいまこのうすのろを徹底的に懲《こ》らしめておかなければ、永久にこいつにつきまとわれることが目に見えていた。

それらの考えが一瞬のうちに彼の心に浮かんだ。

彼はリッチー・ボッディンの背中に跳びのった。

リッチーがまた呻き声をあげた。ふたたび笑い声が起こった。マークは汗で滑らないように袖口の上をつかんで、リッチーの腕を背中にねじあげた。リッチーが苦痛の叫びを発した。

「まいったか」と、マークがいった。

リッチーの答を聞いたら、二十歳の海軍の兵隊が大喜びしたことだろう。

マークはリッチーの腕を肩胛骨《けんこうこつ》のところまでねじあげた。リッチーがふたたび悲鳴をあげた。腹立たしさと、恐怖と、当惑でいっぱいだった。こんなことはいままで一度もなかった。こんなことがあっていいはずがない。四つ目のおかま野郎が背中に坐って腕をねじあげ、おれが手下どもの目の前で悲鳴をあげるなんて、そんなばかなことがあるもんか。

「まいったか」と、マークが繰りかえした。

リッチーは必死で膝を立てた。マークは裸馬でも乗りこなすように、自分の両膝でリッチーの脇腹をしめつけて、振り落とされるのを防いだ。二人とも埃まみれだったが、リッチーのほうがはるかにひどかった。顔は真赤に充血し、目の玉がとびだし、頬にかすり傷ができていた。

彼が肩ごしにマークを振り落とそうとしたので、マークがまた腕をぎゅっとねじあげた。今度はリッチーの口から悲鳴でなく泣声が洩れた。

「降参しないと腕を折っちゃうぞ」

リッチーのシャツがズボンからはみだしていた。腹が熱く、ひりひりした。彼は泣きながら肩を左右に揺さぶりはじめた。それでも四つ目のおかま野郎は振り落とされなかった。二の腕が氷のように冷たくなり、肩は火がついたように熱かった。

「はなせよ、この野郎！　お前は汚いぞ！」

痛みが爆発した。

「まいったか」

「まいるもんか！」

彼は膝のバランスをくずして地面に顔を突っこんだ。腕は痛みで感覚を失いかけていた。口のなかに土が入りこんだ。目にも土が入りこんだ。彼は夢中で足をばたばたさせた。自分の体が大きいことを忘れていた。自分が歩くと地面が揺れ動くことも忘れていた。大人になったら父親のようにキャメルを吸うつもりだったことも忘れていた。

「まいった！　まいった！　まいったよ！」と、リッチーは叫んだ。腕さえはなしてもらえるのなら、何時間でも何日でもまいったと叫び続けてもいいような気がした。

「おれはでかのうすのろだといえ」

「おれはでかのうすのろだよ！」リッチーは地面に向かって叫んだ。

「よし」マーク・ペトリーは彼の背中からおりて、リッチーが起きあがると、相手の手が届かないところまで用心深くさがった。あんまり強くしめつけていたために太腿が痛んだ。リッチーのファイトが消え失せていることを願った。さもないと今度は自分がこてんぱんにのされてしまう番だ。

リッチーが起きあがった。そしてきょろきょろまわりを見まわした。みんなが彼の目を避けた。彼らはリッチーに背を向けて、さっきまでそれぞれがやっていたことに戻って行った。いまいましいグリックのやつはおかま野郎のそばに立って、神さままでも見るような目つきで彼を見ている。

リッチーは独りぽつんとはなれて立ちながら、あっという間に身の破滅が訪れたことが信じられない思いだった。怒りと屈辱の涙が縞状に埃を洗い流したところを除いて、顔じゅうどこもかしこも泥だらけだった。彼はマーク・ペトリーに逆襲することを考えてみた、しかし屈辱と恐怖が、かつて知らなかった巨大な屈辱と恐怖が、それを許さなかった。いまはまだ早い。腕が虫に食われた歯のように痛んだ。なんて汚いやつなんだ。もしさっきとは逆におれがあいつの背中にのっかったんなら――

だが今日はやめておこう。彼はくるりと向きを変えて歩きだしたが、もはや地面は揺れなかった。だれとも顔を合わせずに済むように、地面を見ながら歩いて行った。

女の子の中のだれかが笑った——朝の空気の中で残酷なまでによく響く、甲高い、からかうような笑いだった。

彼は顔をあげてだれが笑ったのか確かめようともしなかった。

10

午前十一時十五分。

ジェルーサレムズ・ロット町営ごみ捨場は、一九四五年に粘土層に達して役に立たなくなるまでは、ありふれた古い砂利採掘場だった。それはハーモニー・ヒル墓地を過ぎて二マイルほど行ったところで、バーンズ・ロードから枝分れした道のはずれにあった。

ダッド・ロジャーズの耳には、墓地のほうからマイク・ライアースンの芝刈機のかすかな音が聞こえてきた。だがその音も間もなく燃えさかる火の音にかき消されるだろう。

ダッドは一九五六年以来ごみ捨場の管理人をしており、毎年町民大会で彼の再任を決めるときに、異議を唱える者は一人もいなかった。彼はごみ捨場の小さな差掛け小屋に住んでおり、斜めにゆがんだ小屋のドアには「ごみ捨場管理人」の札がかかっていた。三年前にけちな行政委員会から暖房装置をせしめてからというもの、町の部屋を放棄してここに住みついてしまったのだった。

彼はこの世に生まれでる前に、神様が機嫌をそこねて最後のひとひねりを加えたかのように、頭だけ奇妙な恰好にふんぞりかえったような姿の男だった。ゴリラのように腰の下まで届く両腕は、驚くほど力が強かった。町の金物屋が店の改築に当たって、古い売場をそっくりごみ捨場まで運んだとき、大の男が四人がかりでそれをパネル・トラックに積みこまなければならなかった。あまりの重さにトラックのタイヤが少し沈んだほどだった。ところがダッド・ロジャーズはそれをたった一人でトラックからおろした。首の筋を突っぱらせ、額と二の腕と二頭筋の静脈を青いケーブルのように浮かせながら、独力でそれをごみ捨場の東の縁から穴の中へ突き落としたのだ。

ダッドはごみ捨場が気に入っていた。ここへ空壜を割りにくる子供たちを追いはらったり、ごみを運んできたトラックに投棄場所を指示したりする仕事が気に入っていた。それから管理人の特権である廃品あさりが好きだった。おそらく人々は、腰まである防水ゴム靴をはき、革手袋をはめ、ピストルのホルスターをさげ、肩に袋をかつぎ、ポケット・ナイフを手に持って、ごみの山を歩きまわる彼を笑っていることだろう。笑いたけりゃ笑え。ごみの中からは銅線や、ときには銅の被覆がそっくり残っているモーターまで見つかったが、銅はポートランドへ持って行けばいい値で売れた。こわれた衣裳だんすや椅子やソファの中には、修理して一号線の古道具屋に売れるものもあった。ダッドは古道具屋を騙して高く売りつけ、古道具屋は避暑客を騙して高く売りつけたが、世の中は万事その調子でうまくいっているのではないだろうか。二年前のことだが、フレームのこわれたベッドを掘りだして、ウェルズに住む同性愛者の男に二百ドルで売りつけたことがあった。この男はダッドがヘッドボードの裏の《メイド・イン・グランド・ラピッズ》という文字を、用心深くサンド・ペーパーで削りとったことも知らずに、本物のニュー・イングランド製のベッドを手に入れたと狂喜したものだった。

ごみ捨場の向う側には、ビュイック、フォード、シヴォレーなど、あらゆる種類の廃車が捨てられており、まだ使える部品がいくらでも見つかった。ラジエーターがいちばん高く売れたが、四気筒のキャブレターのましなやつは、ガソリンで洗ってから売れば七ドルにはなった。ファン・ベルト、テールライト、ディストリビューター・キャップ、ウィンドシールド、ステイアリング・ホイール、フロア・マットなどはいうまでもない。

たしかにごみ捨場はすばらしいところだった。そこはディズニーランドと地上の楽園《シャングリラ》をひとつにしたようなところだった。しかしダッドの安楽椅子の下の、地中に埋められた黒い箱に貯めこんである金よりも、もっとすばらしいものがここにはあった。

それは火と——それから鼠である。

ダッドは日曜と水曜の朝、それから月曜と金曜の夜に、ごみ捨場の一部に火をつける。昼間より夜の火のほうがきれいだった。彼はごみの入ったグリーンのプラスチックの袋や、古新聞や、ダンボールの箱の山から、まるで花が開いたように燃えあがる黒っぽいバラ色の炎の輝きをこよなく愛していた。しかし鼠には朝の火のほうがよかった。

いましも、安楽椅子に坐り、しだいに燃え拡がって黒い油煙を空に噴きあげ、カモメの群を空高く追いやる炎を眺めながら、ダッドは二二口径のターゲット・ピストルを片手に持って、鼠があらわれるのを待っていた。

鼠があらわれるときは、群をなしてあらわれる。ピンクの目をした、大きな、灰色の、汚い鼠どもだった。小さな蚤《のみ》やダニが毛皮の上で跳びはねていた。彼らは太いピンク色の針金のようなしっぽを引きずっていた。この鼠どもを撃つのがダッドの楽しみだった。

「えらい強力な弾丸を買うんだな、ダッド」これは金物屋のジョージ・ミドラーが、レミントンの弾丸の箱を押してよこしながら、よく通る声でいつも口にする冗談だった。「費用は町から出ているのかい?」数年前、ダッドはホロー・ポイントの二二口径カートリッジ二千発分の注文を町に出したことがあったが、ビル・ノートンが言下に断わって彼を追いかえした。「なんせ」と、ダッドはミドラーの冗談に答えることにしている。「こいつは文句なしの公務だからな」

ほらきた。あの後肢を引きずった太った大鼠はジョージ・ミドラーだ。チキン・レバーのかけらみたいなものを口にくわえているぞ。

「行くぞ、ジョージ。覚悟しろ」といいながら、ダッドは引金を引いた。二二口径の銃声は薄っぺらで派手なところがなかったが、それでも鼠は二度とんぼ返りをうって痙攣《けいれん》しながら横たわった。それがホロー・ポイントのいいところだった。そのうち四五口径か三五七マグナムを買って、こいつらに威力のほどを見せてやる。

つぎのやつは、あのふしだらなルーシー・クロケットのあまっこだ。あいつは学校へ行くときもノーブラだし、おれと道ですれちがうときは、いつも仲間を肘でつついてくすくす笑いやがる。バン。あばよ、ルーシー。

鼠どもは狂ったようにごみ捨場の向うはしの物かげへ逃げこんだが、ダッドはその前に六匹仕止めていた——ひと朝の収穫としては上々だった。椅子から腰をあげて近づけば、冷たくなってゆく死体から逃げだすダニが見えるだろう……まるで……沈みかけた船から逃げだす鼠の群のように。

このたとえがあんまりおかしかったので、ダッドは奇妙にふんぞりかえった頭をいっそうのけぞらせ、背中の瘤《こぶ》をうしろに揺すりながら、大きな声で笑いだした。火はオレンジ色の指でつかみかかるように、めらめらと燃え拡がった。

人生はこれだからこたえられない。

11

十二時。

正午を告げるサイレンが十二秒間鳴り響いて、三つの学校に昼食時間を知らせるとともに、午後の到来を歓迎した。ザ・ロットの次席行政委員であり、クロケット・サザン・メイン保険・不動産の経営者であるローレンス・クロケットは、読みかけの本（『悪魔のセックス奴隷』）を置いて、サイレンに時計を合わせた。それから立ちあがって、ドアの日除けの引き手に「一時帰社」の札をかけた。この習慣は一日として変わらなかった。このあとエクセレント・カフェまで歩いて行って、チーズバーガー二つとコーヒー一杯の昼食をとり、ウィリアム・ペンを一本吸い終わるまでポーリーンの脚を観賞する。

彼はドアの把手を一度だけまわして、鍵がかかっていることを確かめてから、ジョイントナー・アヴェニューを歩きだした。角のところで立ちどまって、ちらとマーステン館を見あげた。それは私道に一台の車が止まっていた。ボディに日光が反射するのがかろうじて見分けられた。それは彼の胸の中にかすかな不安をかきたてた。彼は一年以上前にマーステン館と、長い間空家になっていた「村の洗濯だらい《ヴィレッジ・ウオッシュタブ》」を、こみで売っていた。長い間にはいろんな妙な取引もしてきたが、これほど奇妙な取引をしたのははじめてだった。あそこに見える車の持主はおそらくストレイカーという男だろう。R・T・ストレイカー。そのストレイカーからつい今朝がた郵便を受けとったばかりだった。

その男はいまから一年ちょっと前の七月のある暑い午後に、車でクロケットのオフィスにやってきた。彼は車からおりると、中へ入る前にしばらく歩道に立っていた。うだるような暑さにもかかわらず、長身を地味な三つ揃いのスーツに包んでいた。玉突きの玉のようなみごとな禿頭で、同じように汗ひとつかいていなかった。眉は黒く、傷痕のようにまっすぐで、その下の眼窩《がんか》は、骨ばった顔の表面にドリルでうがったかと思われる暗い穴に向かって徐々に落ちこんでいた。彼は片手に薄い黒の書類鞄を持っていた。ストレイカーが入ってきたとき、オフィスにはラリーのほかにだれもいなかった。パート・タイムの秘書は、見たこともないほどみごとな乳房を持ったファルマスに住む娘だったが、午後はゲイツ・フォールズの弁護士のところで働いていた。

禿頭の男は客用の椅子に腰かけて、膝の上に書類鞄を置き、ラリー・クロケットの顔をじっとみつめた。相手の目からなにかの表情を読みとることは不可能で、それがラリーを不安にした。彼は相手が口を開く前になにを望んでいるかを読みとるのが得意だった。この男は掲示板にピンで留めてある地元の物件の写真を眺めることもしなければ、握手をして名乗りをあげることはおろか、こんにちはともいわなかった。

「どんなご用で?」と、ラリーが質問した。

「わたしはある人の依頼で、この美しい町に住居と店を買うためにきました」と、禿頭の男は答えた。その抑揚のない平板な口調は、電話で天気予報を聞いたときに返ってくるテープ録音を連想させた。

「そうですか、そりゃ結構ですな」と、ラリーはいった。「それなら恰好の物件がいくつか――」

「もう決めてあります」男は片手をあげてラリーを制した。ラリーは相手の指が驚くほど長いことに気づいて茫然とした――中指はつけ根から先端まで四インチか五インチはありそうだった。「店のほうは町役場から一ブロック行ったところにある、公園に面した建物です」

「ああ、あれならお売りできます。クリーニング店だったんですが、一年前につぶれましてね。あそこなら商売にはうってつけ――」

「住居のほうは」男はまたしてもラリーを無視していた。「この町でマーステン館と呼ばれている建物です」

さすがにラリーは長年この商売をやっているので、内心度肝を抜かれたが表情には出さなかった。「ほう、そうですか」

「ええ、私の名前はストレイカー、リチャード・スロケット・ストレイカーです。書類はすべてわたしの名義でお願いします」

「承知しました」と、ラリーは答えた。男は万事事務的にやるつもりらしく、少なくともそれだけは明らかだった。「マーステン館の売値は一万四千ドルですが、売主との交渉しだいではいくらか安くなると思いますよ。それからクリーニング店のほうですが――」

「だめです。わたしは一ドルで買うようにいわれております」

「一ドル──？」ラリーは相手の言葉を聞きちがえたときに人がよくやるように、ちょっと首を前にかしげた。

「そうです。これをどうぞ」

ストレイカーの長い指が書類鞄の留金をはずし、鞄をあけてブルーの透明なフォルダーに綴じこんだたくさんの書類を取りだした。

ラリー・クロケットは眉をひそめながら彼を見た。

「読んでください。そのほうが手間が省けます」

ラリーはフォルダーのプラスチックのカバーをめくって、変人に調子を合わせるかのように最初の書類に目を落とした。彼の視線はしばらく行き当りばったりに左から右へと往復したが、やがてある個所に釘づけになった。

ストレイカーがかすかな笑みを浮かべた。上衣の内ポケットに手をのばして、薄い金のシガレット・ケースを取りだし、煙草を一本抜いた。それから吸口をとんとん叩いて、マッチで火をつけた。トルコ・ブレンドの強烈な香りが部屋じゅうに拡がり、扇風機にかきまわされて渦を巻いた。

それから十分間というもの、オフィスには沈黙がみなぎり、聞こえるのは扇風機の唸りと外の通りの弱められた車の音だけだった。ストレイカーは爪が焦げそうになるまで吸った煙草の火を指でもみ消して、新しい煙草に火をつけた。

ラリーが青ざめ、動揺した顔をあげた。「これはなにかの冗談でしょう。だれにいわれてきたんです？　ジョン・ケリーですか？」

「ジョン・ケリーという人は知りません。わたしは冗談などいってませんよ」

「この書類……権利放棄証書……地権証書……いったい、あんた、あの土地に百五十万ドルの値打があることを知らないんですか？」

「とんでもない」ストレイカーは冷やかに答えた。「土地の値打は四百万ですよ。間もなくショッピング・センターができればもっと値上りするでしょう」

「いったいなにが望みなんです？」と、ラリーがかすれた声できいた。

「それはもういいましたよ。わたしのパートナーとわたしは、この町で商売を始める計画です。そしてわれわれはマーステン館に住む予定です」

「なんの商売です？　殺人請負業かなんかですか？」

ストレイカーは冷やかに笑った。「残念ながらごくありふれた家具の店ですよ。蒐集家向けのかなり特殊な古い家具を扱う予定ですがね。わたしのパートナーはその分野の専門家なんです」

「嘘でしょう」ラリーは吐き捨てるようにいった。「マーステン館は八千五百ドル、店のほうは一万四千ドルで買えます。あなたのパートナーもそれを知っているはずです。それからこんな町では趣味の骨董家具店などやっていけないことぐらい、あなた方は承知のはずですよ」

「わたしのパートナーは自分が関心を持った事柄についてはなんでもよく知っています」と、ストレイカーがいった。「この町が観光客や避暑客の利用するハイウェイぞいにあることももちろん知っているんですよ。われわれは主としてその人たちを相手に商売しようとしているんです。しかし、それはあなたには関係のないことだ。書類に不備な点はありませんか?」ラリーはブルーのフォルダーで机を叩いた。「ないようですな。しかし、口先だけでなんといおうと騙されやしませんよ」

「そうでしょうとも、もちろん」ストレイカーの口調に上品ぶった軽蔑の響きが加わった。

「たしかボストンにあなたの弁護士がいますね。フランシス・ウォルシュとかいう」

「どうしてそれを知ってるんです?」

「そんなことはどうでもいい。書類を弁護士に見せなさい。彼がその書類の妥当性を確認してくれるでしょう。ショッピング・センターが建設される土地は、三つの条件を守ればあなたのものになります」

「なるほど」ラリーはほっとした表情でいった。「三つの条件ですか」それから椅子にもたれて、机の上の陶器の葉巻入れからウィリアム・ペンを一本取りだし、靴の革でマッチをすって煙を吐きだした。「どうやら話が核心に触れてきたようだ。さあ、それをいってください」

「第一の条件は、マーステン館と店舗を一ドルでわたしに売ることです。マーステン館の持主はバンゴアの土地会社だし、店舗のほうは現在ポートランドのある銀行の持物になっているが、あなたが妥当な最低価格との差額を自分で埋め合わせれば、どちらも売却に異存はないでしょう。もちろんあなたの仲介手数料はなしにしてですよ」

「どこでその情報を仕入れてきたんです?」

「それはあなたが知る必要のないことですよ、クロケットさん。第二の条件は、今日ここでおこなわれた取引についていっさい口外しないことです。絶対に口外は無用。万一だれかに質問されたら、いまわたしがいったこと――つまりわれわれが観光客と避暑客めあての商売を始めることしか知らないと答えるのです。いいですか、これは非常に重要なことですよ」

「わたしはよけいなことをしゃべらん人間ですよ」

「それでも、わたしはこの条件の重要性をあなたに印象づけておきたいのですよ。いいですかなミスター・クロケット、あなたはそのうち今日のこのすばらしい取引のことをだれかに話したくなるかもしれない。万一話したりしたら、わたしにはすぐにわかります。そのときはあなたを破滅させますよ。わかりましたね？」

「まるで安っぽいスパイ映画みたいなおどし文句ですな」と、ラリーはいった。いっこうに動揺していないような口ぶりだったが、内心では恐怖のおののきを感じていた。あなたを破滅させますよという言葉は、今日はご機嫌いかがとでもいうのと同じくらいさりげなく発せられた。そのためにかえって凄味があり、ラリーを不安な気持にさせた。それにいったいこの男はどうしてフランク・ウォルシュを知っているのだろうか？　ラリーの妻でさえフランク・ウォルシュのことは知らなかった。

「わかりましたか、クロケットさん？」

「わかりましたよ」と、ラリーは答えた。「わたしは秘密の取引になれていますからね」

ストレイカーはふたたびかすかな笑みを浮かべた。「そうでしょうとも。だからこそわたしはあなたを取引の相手に選んだのです」

「第三の条件は？」

「マーステン館は修理が必要です」

「そういういい方もあるでしょうな」ラリーは皮肉をいった。

「わたしのパートナーはこの仕事を自分でやるつもりです。だが、そのためにはあなたに彼の代理人になってもらわなければなりません。ときおりあなたに依頼がゆくでしょう。たとえば住居や店舗にさまざまな品物を運びこむときに、必要な人手をあなたに集めてもらうといったような。しかしこのことは絶対に口外してもらいたくないのです。いいですね?」

「いいですとも。しかし、あなたはこの土地の方じゃないようですね?」

「それがどうかしましたか?」ストレイカーは眉を吊りあげた。

「もちろんですよ。ここはボストンでもニューヨークでもない。わたしが黙っていればそれで済むというもんじゃないですよ。町の人間がかならず噂しはじめます。なにしろレイルロード・ストリートにメイベル・ワーツというばあさんが住んでいて、一日じゅう双眼鏡で見張ってますから――」

「町の人間のことなら心配してませんよ。わたしのパートナーもです。田舎の町の人間は噂好きです。電話線に止まったカササギと同じですね。彼らはいくらもしないうちにわれわれを受け入れますよ」

ラリーは肩をすくめた。「どっちみちわたしの知ったことじゃない」

「その通り」と、ストレイカーは相槌を打った。「作業員の手間賃はあなたが払って、送り状や請求書は全部とっておいてください。その分はあとで払いますから。いいですね?」

ラリーは、いましがたストレイカーに請け合ったように、秘密の取引にはなれていたし、カンバーランド郡では最も強いポーカー・プレイヤーの一人にかぞえられていた。それにうわべは冷静に見せかけているものの、内心はひどく興奮していた。この妙ちきりんな男が持ちかけた取引は、もしあるとしても一生に一度しかないようなうまい話だった。たぶんこの男のボスはよくある酔狂な大金持の世捨て人の一人なのだろう――

「クロケットさん。あなたの返事を待っているんですよ」

「わたしのほうにも条件が二つあります」と、ラリーがいった。

「ほう?」ストレイカーは関心ありげな態度を示した。

ラリーはブルーのフォルダーを軽く叩いた。「第一に、この書類をチェックさせてもらいます」

「いいですとも」

「第二に、もしあなたがあの家でなにか違法なことを企んでいるとしても、わたしはそのことを知りたくない。つまり――」

だが、またしても彼は途中でさえぎられた。ストレイカーはのけぞって奇妙に冷たい、感情のこもらない笑い声を発した。

「わたしがなにかおかしなことをいいましたか?」ラリーはにこりともせずにきいた。

「いや……別に……もちろんそんなことはありませんよ、クロケットさん。笑ったりしてかんべんしてください。あなたのおっしゃったことがわたしだけの理由でおかしかったもんですから。いまいいかけたのはどんなことですか?」

「改修のことですよ。わたしは危ない橋を渡る気はありません。過激派のヒッピーども相手に密造酒かLSDか爆弾でも作るつもりだとしても、わたしの知ったことじゃないですからね」

「いいでしょう」ストレイカーの顔から笑いが消えた。「では、取引成立ですね？」

ラリーはなぜか気が進まないながら、こう答えたのだった。「書類のチェックが済んだら、そういうことになるでしょうな。もっとも取引は一方的にあなたのほうでやって、わたしはただ金儲けをさせてもらっただけらしいが」

「今日は日曜日です。木曜日の午後またきますが、どうですか？」

「金曜日にしてください」

「いいでしょう」ストレイカーは腰をあげた。「では失礼します、クロケットさん」

書類はたしかなものだった。ラリーのボストンの弁護士は、ポートランドのショッピング・センター建設予定地はセントラル土地・不動産という会社によって買われていることを確かめた。この会社はニューヨークのケミカル・バンク・ビルディングにオフィスを構えるダミー会社だった。コンチネンタルのオフィスには空っぽのファイル・キャビネットがいくつかと、たくさんの埃があるだけだった。

ストレイカーは約束の金曜日にふたたび訪れ、ラリーは必要な権利書に署名した。署名はしたものの、心の中に深い疑惑が残ったことは否めなかった。食事をする場所には糞をするな、という彼の個人的信条をはじめて破ってしまったのだ。たしかに投げ与えられた餌が大きかったことも事実だが、ストレイカーがマーステン館と「村の洗濯だらい」の権利書を書類鞄にしまいこんだとき、ラリーは自分が相手のいいなりになってしまったことを知った。それはいまここにいない彼のパートナーのバーローという男に対しても同様だった。

ようやく八月が終わり、夏が秋から冬へと移り変わるにつれて、彼は名状しがたい安堵をおぼえはじめた。そして春が訪れるころには、ポートランドの貸金庫に預けてある書類を手に入れるためにおこなった取引のことを、ほとんど忘れかけるまでになっていた。

そのあといろんなことが起こりはじめた。

まず十日ほど前に、あのミアーズという小説家がマーステン館を貸してもらえないかといってきた。あの家はもう売れたと答えると、彼はなんとも妙な目つきでラリーを見た。

昨日は郵便受けにストレイカーからの長い紙筒と手紙が入っていた。メモといってもいいほどの短い手紙だった。「別便で送ったポスターを店のウィンドーに貼ってください――R・T・ストレイカー」ポスターそのものはありふれた、むしろ地味なものだった。「一週間後に開店。バーロー・アンド・ストレイカー。美しい家具。厳選された骨董品。ご鑑賞歓迎」彼はロイヤル・スノーを使ってそのポスターを貼らせた。

そしていま、マーステン館に車が止まっている。彼が依然としてその車を眺め続けていると、だれかが横から声をかけた。「道の真中で居眠りかね、ラリー？」

びっくりして振りむくと、パーキンズ・ギレスピーが街角に彼と並んで立って、ポール・モールに火をつけているところだった。

「まさか」と答えて、彼は神経質に笑った。「ちょっと考えごとをしていたのさ」

パーキンズはマーステン館の私道に止まった車に太陽が反射しているのを見あげてから、ウインドーに新しい看板をだした元クリーニング店に視線を移した。「おそらく考えごとをしているのはあんただけじゃないね。町に新しい人たちを迎えるのはいつでも気分がいいもんだ。あんたは彼らと会ったんだろう？」

「一人だけ会ったよ。昨年のことだ」

「バーローさん、それともストレイカーさんのほうかね？」

「ストレイカーだよ」

「よさそうな男だったんだろう？」

「なんともいえんね」と、ラリーは答えた。舌なめずりをしたいような気分だったが、さすがにそれは控えた。「仕事の話をしただけだから。しかし、悪い男じゃなさそうだった」

「そいつはよかった。さあ、エクセレントまで一緒に行こうか」

通りを横切るとき、ローレンス・クロケットは悪魔との契約のことを考えていた。

12

午後一時。

スーザン・ノートンはバブズ・ビューティ・ブティックに入って、バブズ・グリフェン（ハルとジャック兄弟の長姉）にほほえみながら話しかけた。「こんなに早くやってもらえて、ほんとにありがたいわ」

「ウィークデイは暇なのよ」と、バブズが扇風機を回しながらいった。「それにしてもむし暑いこと。午後から雷雨がくるわよ」

スーザンは雲ひとつない空を見あげた。「そうかしら？」

「ええ。どんなスタイルにするの？」

「自然なのがいいわ」彼女はベン・ミアーズのことを思いだしながら答えた。「このお店に近づきもしなかったみたいな」

「あのねえ」バブズは溜息をつきながら彼女に近づいた。「お客さんはみんなそういうのよ」

溜息と一緒にジューシー・フルーツ・ガムの匂いが漂った。バブズは「村の洗濯だらい」に新しい家具の店が開店するというポスターを見たかと、スーザンにたずねた。店の構えを見ると高い品物を扱うらしいけど、わたしの部屋にあるような小さなハリケーン・ランプも売るんならすてきだと思わない？　それで思いだしたけど、家を出て町に部屋を借りたのは、わたしがこれまでやったことの中でいちばん利口なことだったわ。今年の夏はいい夏だったわね。夏が終わるのが残念なくらいよ。

13

午後三時。

ボニー・ソーヤーはディープ・カット・ロードにある自宅の大きなダブル・ベッドに寝そべっていた。トレーラーではないふつうの家で、土台も地下室もちゃんとあった。夫のレジーは、バクストンにあるジム・スミス・ポンティアクの自動車修理工としていい金を稼いでいた。

彼女は透きとおるようなパンティをはいただけのしどけない恰好で、ナイト・スタンドの上の時計をじれったそうに見た。三時二分――いったい彼はどこにいるのかしら？

その思いが通じたかのように、ベッドルームのドアがわずかにあいて、コーリー・ブライアントが中をのぞきこんだ。

「いいかい?」と、彼は小声でいった。コーリーはまだ二十二歳で、二年前から電話会社で働いており、人妻——とくに一九七三年度のミス・カンバーランド郡だったボニー・ソーヤーのような美人——との情事は、彼を気遅れさせ、不安でこちこちにさせた。

ボニーはキャップをかぶせた美しい歯並みを見せてほほえみかけた。「もしだめだといったら」と、彼女は答えた。「ひどくがっかりするでしょうに」

彼は腰のまわりの工具ベルトをがちゃがちゃ鳴らしながら、爪先立って部屋に入ってきた。

ボニーはくすくす笑いながら両手を拡げた。「あなたが大好きよ、コーリー。とってもかわいいわ」

コーリーの視線が張りつめたブルー・ナイロンの下の黒っぽい翳《かげ》りにとまると、気遅れよりも欲望が先に立った。彼は忍び歩きも忘れて女のほうに駆け寄った。やがて彼らがひとつになったとき、森のどこかで一匹の蟬が鳴きだした。

14

午後四時。

ベン・ミアーズは午後の執筆を終えて机の前からはなれた。夕方自責の念なしにノートン家の夕食に行くために、いつもの公園の散歩を今日は見合わせて、ほとんどまる一日休みなしに書き続けたのだった。

立ちあがって思いっきり背のびをした。背骨がぽきぽき音をたてた。上半身は汗びっしょりだった。ベッドの頭のほうにある衣裳だんすから新しいタオルを取りだして、ほかの下宿人たちが勤めから帰ってきてバスルームが混みはじめる前に、シャワーを浴びに行った。

タオルを肩にかけて、ドアに背を向け、それからふとなにかに気づいて窓に近づいた。町のようすに変わったところはなかった。夏の終わりの日々に、ニュー・イングランド特有のあの深い青みをおびる空の下で、町は遅い午後の惰眠をむさぼっていた。

ジョイントナー・アヴェニューの二階建ての建物や、ピッチを塗った平らな屋根や、学校から帰った子供たちがぶらぶらしたり、自転車を乗りまわしたり、けんかしたりしている公園や、町の北西地区の、ブロック・ストリートがいちばん手前の木々におおわれた丘の肩に隠れて見えなくなるあたりまで、一望のもとに見渡すことができた。彼の視線は自然にバーンズ・ロードとブルックス・ロードがT字型に交わる森の切れ目まで移動し——さらにそこからマーステン館が町を見おろしながら建っているあたりまでのぼって行った。

そこから眺めるマーステン館は、子供の人形の家ぐらいの大きさの、完全なミニチュアだった。彼にはそのほうが望ましかった。そこから見るマーステン館となら、どうにか太刀打《たちう》ちできそうだった。片手をのばして掌の中に包みこむこともできそうだった。

マーステン館の私道に一台の車が止まっていた。

彼はタオルを肩にかけて立ったまま、身動きもならずに、その車をじっとみつめていた。下っ腹のあたりが恐怖でむずむずしたが、その恐怖感の性質を分析してみようという気も起きなかった。こわれて落ちた鎧戸《よろいど》のうちの二枚が新しいのとかえられて、それまでになかった秘密めいた感じをマーステン館に与えていた。

彼の唇が音もなく動いた、だれ一人として——彼自身にさえ——理解できない言葉を口に出そうとするかのように。

15

午後五時。

マシュー・バークは書類鞄を抱えてハイスクールを出ると、がらんとした駐車場を横切って、昨年のスノー・タイヤをつけたままの古ぼけたシヴォレー・ビスケーンのところまで歩いて行った。

彼は今年六十三歳で、定年を二年後に控えながら、いまだに英語のクラスと課外活動を手いっぱい受け持たされていた。秋の課外活動は学校側で、ちょうど『チャーリーの問題』という三幕の喜劇の朗読を終えたばかりのところだった。例によって箸にも棒にもかからない連中が大部分で、少なくとも台詞ぐらいはおぼえられそうな（そして耳をふさぎたくなるような棒読みでそれを述べるだろう）まああの生徒が十人あまりと、ものになりそうなのが三人ほどいた。彼は金曜日に配役を決定して、来週から稽古に入るつもりだった。それから上演日の十月三十日までの間には、なんとか恰好がつくだろう。ハイスクールの学校劇はキャンベルのアルファベット・スープのようなものでなければならない、つまりまずくてもいいが不快であってはならない、というのがマットの持論だった。生徒の親戚たちは喜んで見にくるだろう。カンバーランド・レジャーの劇評家は麗々しい賛辞を書きつらねるだろう。彼は地元の芝居をほめるために金をもらっているのだから。主演女優（今年はおそらくルーシー・クロケットだろう）は出演者のだれかと恋仲になって、打上げパーティのあとでまず間違いなく妊娠するだろう。そして彼自身は弁論クラブの指導を引き受けることになるだろう。

六十三歳にもなって、マット・バークはいまだに教師生活を楽しんでいた。およそ生徒に対して厳しさに欠けた教師で、そのため管理職になれるチャンスをみすみす逃してきたが（教頭の任を果たすにはいささかロマンティックすぎた）、厳格さに欠けるからといって決して消極的なわけではなかった。紙ヒコーキや紙つぶての飛びかう寒々とした、騒々しい教室で、シェークスピアのソネットを読み、画鋲《がびょう》の上に坐りながら無意識のうちにそれを投げ捨てて、文法書の四百六十七ページを開くよう生徒に命じ、作文の答案を取りだすためにひきだしをあけて、コオロギや、蛙や、一度などは七フィートもある黒い蛇まで発見したこともあった。

彼は孤独な、奇妙に満ちたりた老水夫のように、英語のあらゆる分野を縦横に航海してきた。一時間目はスタインベック、二時間目はチョーサー、三時間目は時事的な文章、そして昼食の直前には動名詞の機能といったぐあいだった。彼の指はニコチンよりもチョークの粉で常時黄色に染まっていたが、それもまた中毒性物質の名残りだった。

子供たちは彼を尊敬しても愛してもいなかった。彼はアメリカの片田舎で悩み多い日々を送りながら、映画プロデューサー、ロス・ハンターに発見されるのを待っているチップス先生の一人ではなかったが、生徒たちの多くは彼に一目おくようになったし、何人かは、たとえどんな風変りな取るに足らないものであっても、献身は注目に値するということを彼から学んでいた。彼は自分の仕事を愛していた。

彼は車に乗りこみ、アクセルを強く踏みすぎてシリンダーを濡らしてしまったので、少し待ってからまたやりなおした。ラジオのダイヤルをポートランドのロックンロール・ステーションに合わせて、音にひずみが出る直前までボリュームをあげた。彼はロックンロールをすばらしい音楽だと思っていた。駐車スペースからバックで出ようとしてエンストを起こし、またエンジンをかけなおした。

彼はタガート・ストリーム・ロードに小さな家を持っていたが、訪ねてくる人間はめったにいなかった。生涯独身を通してきて、テキサスの石油会社で働いている、一度も手紙をよこしたことのない弟のほかには家族もいなかった。だがとくに独り暮しを淋しいと思ったことはなかった。彼は孤独な男だったが、孤独が彼の性格をゆがめはしなかった。

ジョイントナー・アヴェニューとブロック・ストリートの交差点の点滅灯で停車してから、わが家のほうに曲がった。影が長くなり、光は奇妙に美しい暖かさをおびた――印象派の絵のようにむらのない金色を呈していた。ふと左を見あげると、マーステン館が目についた。一度伏せた視線をあらためてその方角に向けた。

「鎧戸だ」彼はラジオの力強いビートに逆らうように独りごとをいった。「鎧戸が新しくなったぞ」

バック・ミラーの中に、私道に止まっている一台の車が映った。彼は一九五二年以来セイラムズ・ロットで教鞭《きょうべん》をとっているが、マーステン館の私道に止まった車を見るのははじめてだった。

「だれか住んでいるのかな?」と、だれにともなく質問し、車を走らせ続けた。

16

午後六時。

スーザンの父親で、ザ・ロットの首席行政委員をしているビル・ノートンは、自分でも意外だったが、ベン・ミアーズがすっかり気に入った。ビルは黒い髪を持つトラックのように頑丈な大男で、五十を過ぎたというのに余分な脂肪はどこにも見当たらなかった。彼は父親の許しを得てハイスクールを二年で中退して海軍に入り、それから苦労して今日まで辿りついた。途中で思いなおしたようにハイスクールの資格検定試験を受けて、二十三歳で卒業証書も手に入れた。そこらのがさつな労働者たちは、運が悪かったり自分にやる気がなかったりして、彼らにも可能だった学問水準に辿《たど》りつけなかったとき、がむしゃらなインテリ嫌いになりがちなものだが、彼にはそういうところはなかった。そのかわりスーザンが学校から連れてくる芸術家気どりの長髪の男の子たちには我慢がならなかった。べつに長髪や服装がいけないというわけではなかった。腹が立つのは彼らに真剣味が欠けていることだった。スージーがハイスクール卒業後もっぱらデートしているフロイド・ティビッツは、彼の妻のお気に入りだったが、彼自身はフロイドが大して好きでもないかわりに、とくに嫌ってもいなかった。フロイドはファルマスのグランツで管理職レベルのいい仕事をしており、ビル・ノートンの目から見ればまずまず真剣なほうだった。それにフロイドは町の人間だった。もっともこのミアーズという男も、ある意味では町の人間だった。

「ねえ、パパの口癖の芸術家気どりという言葉だけど、彼の前では慎んでよ」スーザンはドアベルの音を聞きつけて立ちあがりながらいった。彼女はライト・グリーンのサマー・ドレスを着て、自然な感じの新しい髪型をうしろにまとめて、太い編糸でゆるく結んでいた。

ビルは笑って答えた。「わたしは見たままの呼び方をする、スージー。だがお前を困らせたりはしない……いつだってそうだろう？」

彼女は考えこむような、神経質な微笑を浮かべながらドアをあけに行った。

彼女が案内してきたのは、手足がひょろ長く、敏捷そうで、ととのった顔だちと、生まれながらの滑らかさにもかかわらずたったいま洗ったばかりのように見える、つやつやした黒い髪を持った青年だった。彼は真新しい質素なブルー・ジーンズに、袖を肘までまくったワイシャツという、ビルが好感をおぼえるような服装をしていた。

「ベン、こちらがわたしのパパとママ――ビルとアン・ノートンよ。ママ、パパ、ベン・ミアーズを紹介します」

「こんばんは。お会いできてうれしいです」

彼が遠慮がちな態度でアン・ノートンにほほえみかけると、彼女は答えた。「こんばんは、ミアーズさん。本物の小説家を近くで見たのは今日がはじめてですわ。スーザンはとっても興奮していたんですよ」

「どうぞご心配なく、自分の作品の引用なんかしませんから」彼はまた微笑を浮かべた。

「いらっしゃい」といいながら、ビルが椅子から立ちあがった。ポートランドの造船所で現在の組合指導者の地位まで叩きあげた男だけに、握手する手も頑丈で力強かった。しかしミアーズの手もスーザンが連れてくる芸術家気どりのなよなよした連中とは違って、がっちりした手だったので、ビルはまずその手が気に入った。彼は二番目のテストにかかった。

「ビールを一本どうかね？　向うに冷やしてあるんだが」と、自分で造った裏庭のほうを指さした。芸術家気どりの連中は例外なしにビールは結構ですと答える。彼らの大部分はマリファナ常習者で、ごたいそうな意識とやらを酒なんかでだいなしにはできないというわけだ。

「ビールですか、いいですねえ」ベンの微笑が顔いっぱいに拡がった。「二本でも三本でもいただきますよ」

ビルの笑い声が響き渡った。「オーケー、気に入ったぞ。さあ、こっちへきてくれ」

笑い声を聞いたとたんに、瓜二つの母と娘の間を、ある種の奇妙なコミュニケーションが通い合うように見えた。アン・ノートンの額に皺が寄り、一方スーザンのほうには安堵の表情が浮かんだ——テレパシーによって気がかりの種が一方から他方へ伝達されたかのようだった。

ベンはビルに従ってヴェランダへ出た。隅のスツールの上に、パブストの缶ビールがいっぱい詰まったアイス・ボックスが置いてあった。ビルが缶ビールを一本取りだしてベンにひょいと投げてやると、ベンは泡が立たないように片手で軽く受けとめた。

「外は気持がいいですね」と、ベンが裏庭のバーベキューのほうを見ながらいった。それはれんがを積み重ねた低い頑丈な造りで、その上で熱気のためにかげろうが舞っていた。

「わたしが造ったんだよ」

ベンはビールをごくごく飲んでゲップをした。それがまたビルには気に入った。

「スージーはきみをすばらしい男だと思っているようだ」と、ノートンがいった。

「彼女もすばらしいですよ」

「しっかりしたいい子だよ」と、ノートンはつけ加えて、反射的にゲップをした。「きみは本を三冊書いたそうだね。そして三冊とも出版されたと聞いたが」

「そうです」

「よく売れたかね？」

「一冊目は売れました」ベンはそれ以上なにもいわなかった。ビル・ノートンはかすかにうなずいた。それは金銭の問題を人前でべらべらしゃべらないだけの分別を持った相手の態度を是認したしるしだった。

「バーガーとホット・ドッグを手伝ってもらえるかね？」

「いいですとも」

「ホット・ドッグが破裂しないように切れ目を入れるんだが、知ってるかね？」

「ええ」ベンは右手の人差指で空気を斜めに切る真似をしながら、にやりと笑った。フランクフルト・ソーセージの皮に小さな切れ目を入れると、ふくらんで破裂するのを防げるのだ。

「そういえばきみは昔この町にいたんだったな。道理でよく知ってる。じゃ、その固型燃料の袋を運んでもらおうか、わたしは肉を取ってくる。ビールを忘れずにな」

「ほかのものを忘れてもビールだけは忘れませんよ」

ビルは家の中へ入りかけて立ちどまり、片方の眉をあげた。「きみは真面目な男かね？」と、彼は質問した。

ベンは苦笑した。「そうですとも」

「それはよかった」ビルはうなずいて中へ入った。

バブズ・グリフェンの天気予報は大はずれで、裏庭の夕食はしごく快適だった。微風が起こって、バーベキューから渦を巻いて立ちのぼるヒッコリーの煙をかきまぜ、夏の終わりの蚊を追いはらった。女たちは紙の皿や薬味を片づけ終わると、庭に戻ってきてそれぞれビールを飲みながら、トリッキーな風を巧みに利用したビルが、バドミントンの試合で二十一対六とベンを負かすのを、笑いながら観戦した。ベンは時計を指さしながら残念そうにリターン・マッチを断わった。

「いま執筆に脂が乗っているところなんです」と、彼はいった。「今日はあと六ページ書かなきゃならないんですよ。今夜酔っぱらっちゃうと、明日の朝、今日の分を読みかえすこともできませんからね」

スーザンが門まで彼を送って出た——彼は町から歩いてきたのだった。ビルはバーベキューの火を消しながら独りでうなずいていた。ベン・ミアーズは自分を真面目な男だといったが、ビルはその言葉を額面通りに受けとる気になっていた。あの男は自分を印象づけようとして偉そうな口をきいたりはしなかったが、夕食のあとも仕事をするような人間は人目を惹かずにいないだろう。

しかし、アン・ノートンはまだすっかり心を開いていなかった。

17

午後七時。

フロイド・ティビッツは、デルの経営者兼バーテンダーのデルバート・マーキーが、店先の新しいピンクのネオン・サインのスイッチを入れた十分後に、砕石を敷いた駐車場に車を乗り入れた。ネオンのDELL'Sの文字は高さが三フィートもあり、〈'〉の記号はハイボール・グラスだった。外では、しだいに濃くなってゆく紫色の夕闇が、空から太陽光線を濾《こ》しとり、間もなくくぼ地に霧が漂いはじめるころあいだった。あと一時間もすれば夜の常連の客が姿をあらわすだろう。

「やあ、フロイド」デルは冷蔵庫からビールを取りだしながらいった。「元気かね?」

「元気だよ」と、フロイドは答えた。「ビールがうまそうだな」

フロイド・ティビッツは背が高く、よく手入れされた砂色のひげをはやし、勤め先のグランツの制服であるダブル・ニットのスラックスに、くつろいだスポーツ・ジャケットを着ていた。彼はクレジット部門の上から二番目の地位にあり、とくに仕事熱心というわけではないが、まあまあ現在の仕事が気に入っていた。いま彼はある種の放心状態にあったが、その感覚はかならずしも不快ではなかった。そして彼にはスージーがいる——すばらしい娘だ。彼女もいずれ近いうちに考えが変わるだろう、そろそろおれもはっきりした態度をとらなければならないころだ。

彼はカウンターに一ドル紙幣をおいて、グラスを傾けながらビールを注ぎ、一気に飲みほして二杯目を注いだ。客は彼のほかに電話会社の作業服姿の若い男が一人いるだけだった——たしかブライアントの息子だ、と彼は思った。その男はテーブルでビールを飲みながら、ジュークボックスのムードたっぷりのラヴ・ソングに聞き入っていた。

「町でなにか変わったことはあるかい？」と、フロイドはたずねたが、答は最初からわかっていた。なにも変わったことなどあるはずがない。ハイスクールの生徒が酔って学校にあらわれた。ニュースはせいぜいそんなところだろう。

「そうだな、あんたのおじさんの犬を殺したやつがいるよ」

フロイドは口に持っていきかけたグラスを途中で止めた。「えっ？　アンクル・ウィンのドックが殺されたって？」

「そうだよ」

「車に轢《ひ》かれたのかい？」

「そうじゃないらしいよ。マイク・ライアースンが見つけたんだ。ハーモニー・ヒルへ草を刈りに行ったら、ドックが墓地のゲートの長釘に吊るされていたんだって。腹を裂かれてね」

「ひどいやつがいるもんだ！」フロイドは仰天して叫んだ。

デルは相手の反応に満足して重々しくうなずいた。実はほかにも今夜町じゅうの噂になっていることがあった——フロイドのガールフレンドがエヴァのところに泊まっている例の小説家と一緒に歩いているのを、町の人間が見かけているのだ。しかしそのことはフロイド自身に発見させるほうがいい。

「ライアースンは犬の死体をパーキンズ・ギレスピーのところへ持ちこんだよ。ギレスピーは犬の死体を見つけた子供たちが、いたずらに墓地のゲートに吊るしたんじゃないかと考えている」

「ギレスピーのやつになにがわかるもんか」

「そうかもしれんが、おれの考えをいおうか」デルはカウンターに太い腕をおいて身を乗りだした。「おれは子供たちの仕業だと思うよ……そうに決まっているさ。しかしこいつはただのいたずらにしてはあくどすぎる。こいつを見てくれ」彼はカウンターの下から新聞を取りだして、叩きつけるように置くと、中のほうのページを開いた。

フロイドが新聞を手にとった。**悪魔崇拝者フロリダの教会を冒瀆**、という見出しが目についた。彼は記事にざっと目を通した。フロリダ州クルーイストンで、真夜中すぎに子供たちがカトリック教会に押し入って、ある種の冒瀆的な儀式をあげたらしい。祭壇は汚され、座席や告解聴聞室や聖水盤にはけがらわしい言葉がなぐり書きされ、本堂に通じる階段には点々と血が滴っていたという。分析の結果一部は動物（山羊らしかった）の血だが、大部分は人間の血であることが判明した。クルーイストンの警察署長はさしあたり手がかりはなにもないという談話を発表していた。

フロイドは新聞をカウンターに置いた。「ザ・ロットに悪魔崇拝者がいるっていうのかい？よせよ、デル。そいつはあんたの思いすごしだよ」

「子供たちはおかしなことになってるんだよ」と、デルはいいはった。「まあ見ててみな。今度はグリフェンの牧場で人間をいけにえに捧げかねないぜ。ビールをもう一本抜くかい？」

「いや、もういいよ」フロイドは止り木からおりた。「ちょっと行ってアンクル・ウィンのようすを見てくる。なにしろかわいがってた犬だからな」

「よろしくいってくれ」デルは新聞をカウンターの下にしまいこんだ——今夜の客に見せる証拠物件としてとっておくつもりだった。「ウィンには気の毒なことをしたよ」

フロイドがドアの手前で立ちどまって、だれにともなくいった。「ゲートの長釘に吊るしたんだって？　ちきしょう、そんなひどいことをした子供たちを、この手でつかまえてやりたいよ」

「悪魔崇拝者どもの仕業だよ」と、デルがいった。「おれは別に驚かんね。このごろの人間はなにを考えているかわかったもんじゃない」

フロイドが外へ出て行った。ブライアントの息子がジューク・ボックスにまたコインを入れ、ディック・カーレスが『おれと一緒に酒壜を埋めてくれ』を歌いだした。

18

午後七時三十分。

「早く帰っておいでよ」と、マージョリー・グリックが長男のダニーにいった。「明日は学校があるからね。九時半にはお前の弟を寝かせなくちゃ」

ダニーは不満そうに足踏みをした。「だいたいどうしてあいつを連れてかなきゃならないんだい？」

「そうとも」マージョリーが危険をはらんだ上機嫌な口調で答えた。「お前たち二人とも出かけなくたっていいんだよ」

彼女が魚の塩出しをしているカウンターのほうを向くと、ラルフィーがべろりと舌を出した。ダニーが拳を振りあげて殴る真似をしたが、悪たれ小僧の弟はにやりと笑っただけだった。

「わかったよ、早く戻るよ」彼はラルフィーを従えて台所から出ようとした。

「九時までだよ」

「わかったってば」

居間ではトニー・グリックがテレビの前に陣どって両足を高くあげ、レッド・ソックスとヤンキースの試合を見ていた。「おいお前たち、どこへ行く?」

「新しく越してきた友達のところだよ」と、ダニーが答えた。「マーク・ペトリーって子だよ」

「そうだよ」と、ラルフィーがつけ加えた。「ぼくたちあいつの……電車を見せてもらいに行くんだ」

ダニーはこわい顔で弟をにらみつけたが、父親はラルフィーが電車という前にちょっと間をおいたことにも、妙にその言葉を強調したことにも気がつかなかった。ちょうどダグ・グリフエンが三振をくらったところだった。

「早く戻れよ」と、彼は上の空でいった。

外へ出ると、日はとっくに暮れていたが、空にはまだ夕映えが残っていた。裏庭を横切りながらダニーがいった。「こいつめ、ぶちのめしてやりたいよ」

「知ってるぞ」とラルフィーが生意気そうにいった。「ほんとはなんであんなに行きたがったか知ってるぞ」

芝を刈りこんだ庭の裏から、踏みかためられた小径が森のほうへくだっていた。グリック家はブロック・ストリートにあり、マーク・ペトリーの家はサウス・ジョイントナー・アヴェニューにあった。この小径は、クロケット・ブルックの飛石伝いに対岸へ渡ることをいとわない十二歳と九歳の少年にとっては、かなりの時間を短縮する近道だった。彼らの足の下で松葉や小枝がぱりぱりと音をたてた。森のどこかでヨタカが鳴き、コオロギがそこらじゅうで鳴いていた。

ダニーはマーク・ペトリーがオーロラのプラスチック製モンスターの完全なセット――狼男、ミイラ男、ドラキュラ、フランケンシュタイン、マッド・ドクター、それにマダム・タッソーの恐怖館まで持っていることを、うっかり弟のラルフィーに話してしまった。彼らの母親はそんなものは子供の頭をだめにしてしまうので、教育上よろしくないと考えており、ラルフィーはたちまち脅迫者と化してしまった。

「お前は鼻持ちならないやつだよ、わかってるのか？」と、ダニーがいった。

「わかってるさ」ラルフィーは得意そうに答えた。「でも鼻持ちならないってどういうこと？」

「腐ってぐしゃぐしゃにつぶれた虫みたいに、いやな匂いがするってことさ」

「しっかりしろ」と、ラルフィーがいった。彼らはクロケット・ブルックの川岸をくだりつつあった。小川は水面にかすかな真珠の輝きを宿して、河床の砂利の上をゆっくり音をたてながら流れていた。この川は二マイル東でタガート・ストリームに合流し、やがてロイヤル・リヴァーに注いでいる。

ダニーがしだいに濃くなってくる夕闇の中で足もとをすかし見ながら、飛石を渡りはじめた。「うしろから押しちゃうぞ！」とラルフィーが浮かれて叫んだ。「気をつけろよ、ダニー、うしろから押してやるぞ！」

「やれるもんならやってみろ、お前を流砂の中に突き落としてやる」と、ダニーがいった。

彼らは対岸に辿りついた。「ここには流砂なんかないぜ」とラルフィーはからかうような口調でいったが、そのくせ兄のそばにぴったり寄りそった。

「そうかい？」ダニーがおどかすようにいった。「二、三年前に流砂にはまって死んだ子供がいるんだぜ。店に集まる年寄りたちがそのことを話しているのを聞いたんだ」

「ほんと？」ラルフィーがびっくりしたような目をして問い返した。

「ほんとさ。その子は泣きわめきながら沈んでいって、口の中まで砂がいっぱいに詰まって死んだんだよ」

「ねえ、急ごうよ」ラルフィーが心配そうにいった。もうあたりはすっかり暗くなり、森の中は動く影でいっぱいだった。「早くここから出よう」

彼らは松葉で足を滑らせながら川岸をのぼりはじめた。ダニーが店で聞いたのは、ジェリー・キングフィールドという十歳の男の子の話だった。彼は泣き叫びながら流砂に吸いこまれたのかもしれないが、もしそうだとしても、その声を聞いた者は一人もいなかった。六年前に魚釣りにでかけたまま、沼地《マーシュ》で行方不明になってしまったのである。流砂に呑まれたのだという者もいれば、性倒錯者に殺されたのだという者もいた。倒錯者はいたるところにいた。

「いまでもこの森にその子の幽霊が出るんだってさ」ダニーはマーシュ地区がそこから三マイ

ルもはなれていることを弟には教えずに、真面目くさっていった。

「やめてよ、ダニー」ラルフィーは急に元気がなくなった。「暗いところで……そんな話をしないでよ」

森が彼らのまわりで秘密めいた音をたてた。ヨタカの鳴き声はやんでいた。うしろのほうで木の枝が折れる音がかすかに聞こえた。空からもほとんど光が消えていた。

「ときどき」と、ダニーのこわがらせは続いた。「悪い子が暗くなってから出歩くと、そいつは砂だらけの顔からいやな匂いをぷんぷんさせながら、木の間からとびだしてきて――」

「ダニー、やめてよ」

ラルフィーがいまにも泣きだしそうな声で頼んだので、ダニーはようやく口をつぐんだ。自分でもこわいような気がしはじめていた。周囲の黒々とした木々が、夜の微風の中でゆっくりと揺れ動いて、たがいに触れあい、関節をぽきぽき鳴らすような音をたてていた。

今度は左のほうで枝の折れる音がした。

ダニーは急に近道をしなければよかったと悔やみだした。

また枝が折れた。

「ダニー、こわいよ」と、ラルフィーが小声でいった。

「ばかいうな。さあ、行こう」

二人はまた歩きだした。足の下で松葉がぱりぱりと音をたてた。ダニーは枝の折れる音なんか聞こえなかったと、自分にいいきかせた。いや、聞こえたのは枝の折れる音だけだ。こめかみがどきんどきんと脈うち、手は氷のように冷たかった。歩数をかぞえるんだ、と自分に命じた。あと二百歩でジョイントナー・アヴェニューに出る。そして帰りはラルフィーのやつがこわがらないように本道を通ることにしよう。もうすぐ街灯が見えてくる。とたんにこわがったことがばかばかしく思えるだろう。でも、ばかばかしくてもいいから歩数をかぞえるんだ。一……二……三……


ラルフィーがぎゃっと叫んだ。

「見たよ！　幽霊だ！　**ぼくは見たよ！**」

熱した鉄のような恐怖がダニーの胸に突き刺さった。両脚がぎくしゃくとこわばった。回れ右をして走りだしたかったが、ラルフィーがしっかりと彼にしがみついていた。

「どこだ？」彼は自分で幽霊をでっちあげたことも忘れて、小声で聞いた。「どこにいる？」

そしてこわごわ森の中をのぞいたが、一面の闇だけでほかにはなにも見えなかった。

「消えちゃったよ……でもぼくは見たんだ……目が見えたよ。こわいよ、ダニー——」ラルフィーは泣きながら訴えた。

「幽霊なんかいやしないよ、ばか。さあ、行こう」

ダニーは弟の手を握って歩きだした。両脚が一万個の消しゴムでできているような感じがした。膝ががくがくした。ラルフィーは彼を小径から押しだしてしまうほどぴったり体を押しつけてきた。

「ぼくたちを見てたんだよ」と、ラルフィーが囁いた。

「いいかラルフィー、そんなでたらめをいったって——」

「嘘じゃないよ、ダニー。ほんとだってば。あれを感じないの？」

ダニーは立ちどまった。そして子供らしくなにかを感じ、森の中にいるのは自分たちだけではないことを知った。深い静寂が森をおおった。だがそれは不吉な静寂だった。まわりで影が風に吹かれてものうげに揺れた。

そしてダニーはある強烈な匂いを嗅いだ。だがその匂いを嗅いでいるのは彼自身の鼻ではなかった。

この世に幽霊なんかいるはずはないけど、変態男はいる。そいつらは黒塗りの車を停めて子供にお菓子をくれたり、街角をぶらついたり……森の中まで子供のあとをつけたり……

そして……

それから彼らは……

「走れ」と、彼はかすれた声で叫んだ。

しかしラルフィーは恐怖で麻痺したように震えていた。荷造り用の針金のようにダニーの手を握りしめながら。彼の目が森の中をのぞきこみ、やがて大きく見開かれた。

「ダニー？」

また枝の折れる音がした。

ダニーは振りむいて弟の視線を追った。

闇が二人を包みこんだ。

19

午後九時。

メイベル・ワーツはこの前の誕生日に七十四歳になったものすごく太った女で、彼女の両脚はますます頼りにならなくなっていた。いわば町と歴史とゴシップの貯蔵庫のような存在で、その記憶力は五十年前までさかのぼって町の死亡者、姦通、盗み、精神疾患などをカバーしていた。彼女はゴシップ屋に違いなかったが、ことさら意地悪くはなかった（もっとも彼女に噂を広められた人間はそうは思わないだろうが）。本人はこの町のためにこの町に住んでいるつもりだった。ある意味で彼女は町そのものであり、いまではめったに外出することもないこの太った未亡人は、テントのようなシルクのキャミソールを着て、黄色がかった象牙色の髪を太編みにして王冠のように結いあげ、右手には電話、左手には日本製の高倍率の双眼鏡を置いて、一日の大半を窓の前ですごしていた。この二つの武器とありあまるほどの時間が、彼女をベンド地区からイースト・セイラムにまたがる通信網の中心に坐った、慈悲深い一匹の大蜘蛛《おおぐも》たらしめていた。

彼女がなにか面白い眺めを捜して双眼鏡でマーステン館をのぞいている最中に、ポーチの左手の鎧戸があいて、明らかにむらのない電気の光とは違う金色の光が四角い窓枠から外に洩れでた。光の中に男の頭と肩らしきもののシルエットがちらっと見えて、彼女に焦れったい思いをさせた。それは奇妙な戦慄を彼女にもたらした。

マーステン館にはそれ以上の動きは認められなかった。

彼女は思った。せっかく窓をあけるのなら、もっとよく見えるときにしてくれればいいのに。

彼女は双眼鏡を置いて、用心深く電話を取りあげた。二つの声が――彼女にはすぐにハリエット・ダラムとグリニス・メイベリーの声とわかった――ライアースンがアーウィン・ピユーリントンの犬を発見したことを話し合っていた。

彼女は電話を盗み聞きしていることに気づかれないように、口で息をしながら静かに坐っていた。

20

午後十一時五十九分。

一日がまさに終わろうとしていた。家々は闇の中で寝静まっていた。町の中心では、金物屋とフォアマン葬儀店とエクセレント・カフェが鈍い電灯の光を歩道に投げかけていた。まだ目ざめている者も何人かはいたが――たとえばゲイツ工場で三時から十一時の勤務をおえて帰宅したばかりのジョージ・ボイヤー、それから妻が死んだときよりも悲しい愛犬ドックの死を思って眠れずに、トランプの独り占いをやっているウィン・ピューリントン――大部分の人々はおこない正しく勤勉な人間の眠りをねむっていた。

ハーモニー・ヒル墓地では、一個の黒い人影が黙然とゲートの内側に立って、時の移るのを待っていた。やがてその人影は静かな洗練された声で話しはじめた。

「おお、わが父よ、われに御恵みを与えたまえ。蠅の王よ、いまこそ御恵みをたれたまえ。わたしは腐臭を放つ肉をあなたに捧げます。あなたの恩寵を得んがためにいけにえを捧げました。いまここに、左手でそれを持ちきたったのです。あなたの名によって神聖化された印を、この地面に描いてください。わたしはあなたの業《わざ》を始める印を待ち望んでいます」

声が徐々に消えていった。穏やかな風が吹きおこって、木の葉と草をそよがせ、近くのごみ捨場から腐肉の匂いを運んできた。人影はしばし沈思しながら立っていた。やがて身をかがめ、両手に子供の体を捧げ持って立ちあがった。

「これをあなたに捧げます」

そして人影はふたたび沈黙した。

第四章　ダニー・グリックその他の人々

1

ダニーとラルフィーのグリック兄弟は九時までに帰る約束でマーク・ペトリーの家へでかけたが、九時を十分すぎても帰ってこなかったので、マージョリー・グリックはペトリー家に電話をかけた。いいえ、おたくのお子さんたちはいませんよ、とミセス・ペトリーは答えた。今夜はうちへこなかったんです、ご主人とヘンリーとで話すほうがいいかもしれませんわ。ミセス・グリックは胃のあたりに軽い不安をおぼえながら夫に受話器を渡した。

男同士が電話で話し合った。ええ、子供たちは森の小径を通って行きましたよ。いやいや、この季節の小川は浅いですからね、まして好天続きのあとです。せいぜい踝《くるぶし》の深さですよ。ヘンリーがおたがいに強力懐中電灯を持って小径の両端から捜しに出ることを提案した。おそらく子供たちはマーモットの穴を見つけたか、隠れて煙草でも吸っているんでしょう。トニーはこの提案に賛成し、迷惑をかけて済みませんと、ペトリー氏に詫びた。ペトリー氏は迷惑なんてとんでもないと答えた。トニーは電話を切って、心配顔の妻を少し慰めた。子供たちを見つけたら、二人とも一週間は椅子に坐れないぐらい尻をぶってやろう、と彼は心に決めていた。

しかし彼が庭から外へ出ないうちに、ダニーが木陰からよろめきでてきて、裏庭のバーベキューのそばに倒れた。目はうつろで、舌はもつれ、なにをきいてもぽつりぽつりと答えるだけで、しかも意味をなさない言葉を口走ったりした。袖口には草の葉が、髪には枯葉が二、三枚くっついていた。

ダニーは父親に、自分とラルフィーは森の中の小径を通り、クロケット・ブルックを飛石伝いに渡って、難なく向う岸に辿りついたと語った。それからラルフィーが森の中で幽霊を見たといいはじめた（ダニーは自分が幽霊のことを弟の頭に吹きこんだことは話さなかった）。ラルフィーは闇の中にだれかの顔が見えたといってこわがりはじめた。ダニーは幽霊やお化けなどという子供っぽいものを信じていなかったが、闇の中でなにか音が聞こえたような気がした。

それからどうした？

ダニーはたしか二人で手を握りあって歩きだしたような気がすると答えた。でも確信はなかった。ラルフィーはまだ幽霊がどうのこうのと口走りながら泣いていた。ダニーはもうすぐジョイントトナー・アヴェニューの街灯が見えるから、泣くのはよせと弟を叱った。ジョイントナー・アヴェニューまではあと二百歩かそれ以下だった。そのとき恐ろしいことが起こった。

どうしたんだ？　恐ろしいことってなんだ？

ダニーは説明できなかった。

大人たちは彼を説得し、興奮し、叱った。ダニーはわけがわからずにゆっくり首を振るだけだった。思いだせないはずはないんだけど、どうしても思いだせないんだよ。ほんとにおぼえていないんだ。いや、どこでも転んだりはしなかったよ。ただ……なにもかも暗かった。真暗だった。そして気がついたら小径に倒れていて、ラルフィーがいなくなっていたんだ。

パーキンズ・ギレスピーが、今夜森の中へ捜索隊を繰りだすのは賢明じゃないといいだした。倒木が多すぎて危険だからという理由だった。たぶんラルフィーは小径からそれて道に迷っただけのことだろう。彼とノリー・ガードナー、それにトニー・グリックとヘンリー・ペトリーの四人が、携帯用スピーカーでラルフィーの名前を呼びながら小径を往復し、サウス・ジョイントナー・アヴェニューとブロック・ストリートの路肩ぞいを捜しまわった。

翌朝カンバーランド郡警と州警が森の中の合同捜査を開始した。それでもラルフィーは発見されなかったので、捜索範囲が拡げられた。捜索隊は四日間にわたって付近一帯を虱《しらみ》つぶしに捜しまわり、グリック夫妻は一縷《いちる》の望みにすがって息子の名前を呼びながら、山火事の名残りの倒木をよけて森や野原を歩きまわった。

四日間の努力が無駄に終わったあと、ついにタガート・ストリームとロイヤル・リヴァーの川浚《かわざら》えがおこなわれた。やはり成果はあがらなかった。

五日目の朝、午前四時にマージョリー・グリックがひどく取り乱した状態で夫を揺り起こした。ダニーが手洗いに起きて二階の廊下で倒れたのだった。彼は救急車でセントラル・メイン総合病院へ運ばれた。予備診断は遅発性の激しいショック症状と出た。

ゴービーという名の担当医がグリック氏を脇のほうへ呼んだ。

「お子さんは喘息《ぜんそく》の発作を起こしたことがありますか？」

グリック氏は目をぱちくりさせながら首を振った。一週間足らずのうちに十歳も老けた感じだった。

「リウマチ熱をやったことは？」

「ダニーが？　いや……ありませんよ」

「去年結核のパッチ・テストを受けましたね？」

「結核？　息子は結核なんですか？」

「グリックさん、われわれはただあらゆる可能性を――」

「マージ！　マージ、こっちへきてくれ！」

マージョリー・グリックが腰をあげて廊下をゆっくり歩いてきた。顔は青ざめ、髪は乱れていた。ひどい片頭痛に悩まされている女のように見えた。

「ダニーは今年結核のパッチ・テストを受けたかね？」

「ええ」彼女はもの憂げに答えた。「学校が始まったときに。陰性だったわ」

ゴービーが質問した。「お子さんは夜中に咳をしますか？」

「いいえ」

「胸や関節の痛みを訴えませんか？」

「いいえ」

「おしっこをするときの痛みは？」

「いいえ」

「正常でない出血はありませんか？　たとえばしょっちゅう鼻血を出すとか、便に血が混じるとか、あるいはかすり傷や打身が異常に多いとか？」

「いいえ」

ゴービーは微笑を浮かべながらうなずいた。

「よかったら入院させていろいろ検査したいんですが」

「いいですとも」と、トニーが答えた。「健康保険《ブルー・クロス》がありますから」

「反応がきわめて鈍いんです」と、医師はいった。「レントゲン撮影と、骨髄テストと、白血球測定を――」

マージョリー・グリックの目がゆっくりと見開かれた。「ダニーは白血病なんですか？」と、彼女は声をひそめて質問した。

「ミセス・グリック、そんなことは――」

だが彼女はみなまで聞かずに失神した。

2

ベン・ミアーズもセイラムズ・ロットの町民捜索隊に加わって、ラルフィー・グリックを捜しまわったが、ズボンの折返しをオナモミの実でいっぱいにし、晩夏のアキノキリンソウのために重い枯草熱にかかったほかは、なにも得るところがなかった。

捜査が始まってから三日目、彼は缶詰のラヴィオリを食べてから執筆にかかる前にひと眠りするつもりで、エヴァの台所におりてきた。思いがけないことにスーザン・ノートンがキッチン・ストーヴのまわりを忙しそうに動きまわって、ハンバーグ・キャセロールのようなものを作っているところだった。仕事から帰ってきたばかりの男たちがテーブルに坐って、世間話をするふりをしながら彼女に色目をつかっていた——彼女は色あせたチェックのブラウスの裾を結び、カット・オフのコーデュロイのショートパンツをはいていた。エヴァ・ミラーは台所の奥まったところでアイロンかけをしていた。

「やあ、こんなところでなにをしてるんだ?」と彼はたずねた。

「あなたがガリガリに痩せてしまわないうちに、まともなお食事を作ってあげようとしているところよ」と彼女がいうと、エヴァが壁のかげで大きな笑い声をたてた。ベンは耳が熱くなるのを感じた。

「この娘《こ》は大した料理上手だよ」と、ウィーゼルがいった。「おれにはわかる。ずっと見てたからね」

「それ以上見てると、あんたの目ん玉が落っこっちゃうぜ」と、グローヴァー・ヴェリルが冷やかして、甲高い声で笑った。

スーザンはキャセロールに蓋をしてオーヴンに入れてから、料理ができあがるまでベンと一緒に裏手のポーチに出た。燃えるような太陽が地平に沈みかけていた。

「なにかいい知らせは？」

「ないね」彼は胸のポケットからつぶれた煙草の箱を取りだし、一本くわえて火をつけた。

「殺虫剤のお風呂にでも入ったような匂いがするわ」と、彼女がいった。

「そいつのおかげで助かったよ」彼は片腕をさしだして、無数の腫れあがった虫刺されの痕や、なおりかけた掻き傷を見せた。「そこいらじゅういまいましいやぶ蚊やとげだらけだからね」

「彼はどうなったと思う、ベン？」

「わからんな」彼はふうっと煙を吐きだした。「だれかが上の子のうしろに忍び寄って、砂かなにかの詰まった靴下で殴り、弟のほうを攫《さら》って行ったのかもしれないよ」

「もう死んでると思う？」

彼は相手が正直な答と単なる希望的な答のどちらを望んでいるのかを判断するために、彼女の表情をうかがった。それから彼女の手を取って指と指を組み合わせた。「うん」彼はぽっつりといった。「子供はもう死んでると思う。まだ断定するだけの根拠はないが、ぼくはそう思うよ」

彼女はゆっくり首を振った。「わたしはあなたが間違っていることを祈るわ。ママやほかの奥さんたちがずっとミセス・グリックに付き添っているのよ。彼女もご主人も気が変になりそうな状態らしいの。それに上の子のほうは幽霊みたいにうろつきまわっているそうよ」

「うむ」ベンは彼女の話を聞くともなしに聞きながら、マーステン館を見あげていた。鎧戸はしまっていた。やがてその鎧戸があくだろう。日が暮れてから。鎧戸はいつも日が暮れてからあくのだった。彼はその考えにほとんど呪文に似た効果があることに気がついてぞっとした。

「……どうかしら？」

「なに？　ごめんよ」彼はスーザンのほうに向きなおった。

「パパが明日の晩あなたに家へきてもらいたいっていってるんだけど、どうかしらってきいたのよ」

「きみも家にいるのかい？」

「もちろんいるわ」

「いいよ。それじゃお邪魔しよう」彼は彼女の顔を見たかったが――夕焼けの中の彼女は美しかった――目が磁石のようにマーステン館のほうに引きつけられた。

「あの建物があなたを引きつけるのね？」と、彼女がいった。彼の心の中が手に取るように読めたということは、なにかしら不吉だった。

「そうなんだよ」

「ベン、新しい作品はどんな話なの？」

「いまはまだ話せない。もう少し待ってくれ。時期が来たら話してやるよ。今度の作品は……ひとりでに話が展開してゆくのを待たなきゃならないんだ」

彼女はその瞬間をとらえて愛してるわといいたかったが、その考えが意識の表面に浮かんできたときと同じように、自意識にとらわれずにすんなりと口に出したかったのに、口まで出かかった言葉を押し戻してしまった。彼があの家を見あげているときにはその言葉を口に出したくなかったからである。

彼女は腰をあげた。「お鍋を見てくるわ」

彼女がいなくなると、彼は煙草を吸いながらまたマーステン館を見あげた。

3

二十二日の朝、ローレンス・クロケットがオフィスに坐って月曜日の郵便物を読むふりをしながら片目で秘書のおっぱいを眺めているときに、電話のベルが鳴った。彼はセイラムズ・ロットにおける自分の事業の成功や、マーステン館の私道に止まっていたぴかぴかの小さな車や、悪魔との取引のことを考えていた。

ストレイカーとの取引が成立する前から、ローレンス・クロケットは疑いもなくセイラムズ・ロットでいちばんの金持であり、カンバーランド郡内でも有数の金持の一人だった。もっとも彼のオフィスの構えや服装からは、そのことはうかがい知れなかったが。オフィスは古ぼけた埃だらけの部屋で、蠅の糞のこびりついた二個の黄ばんだ電球が天井からぶらさがっていた。机は古めかしいロール・トップで、書類やペンや手紙が雑然と散らばっていた。机の一端には糊の壺が、反対側のはしにはそれぞれの面に家族の写真を飾った四角いガラス製の文鎮がのっていた。積み重ねられた帳簿の上には、マッチのいっぱい入ったガラスの金魚鉢が置いてあり、前面に「われらが比類なき友《マッチレス》へ」という文字が見えていた。三つの耐火ファイル・キャビネットと、狭い囲いの中にある秘書の机を除けば、部屋の中はがらんとしていた。

しかしながら、いたるところに写真があった。

およそ利用できる壁面という壁面には隙間なく、画鋲やクリップやテープで写真が貼りだされていた。新しいポラロイド・カメラのプリントもあれば、数年前に撮影されたコダックのカラー・プリントもあり、中には十五年も前の、角がめくれあがって黄ばんだ白黒写真まであった。それぞれの写真の下にはタイプで打ったキャプションがついていた。すばらしいカントリー・ライフ！　六室。または丘の上の家！　タガート・ストリーム・ロード、三万二千ドル——格安！　または地方名士向き！　十室の農家、バーンズ・ロード、といった調子だった。

とにかく一見わびしい、信用のおけない商売のようであり、事実一九五七年にジェルーサレムズ・ロットのまともな町民からは無能者扱いされていたラリー・クロケットが、トレーラーこそは未来の流行であると判断するまでは、商売の実態もそんなものだった。当時はほとんどの人間がトレーラーを、イエローストーン国立公園へ行くときに車のうしろに連結して引っぱって行き、オールド・フェイスフル間歇泉《かんけつせん》の前に妻や子供を立たせて記念写真を撮るための、こぎれいな銀色の乗物としか考えていなかった。当時はほとんどだれ一人として——トレーラーの製造業者さえもが——このこぎれいな銀色の乗物が、シヴォレー・ピック・アップの車台に固定する方式の、あるいはそれ自体にエンジンのついたキャンピング・カーにとってかわられる日がくることを予想していなかった。

しかしながら、ラリーはそんなことまで知る必要がなかった。せいぜいマイナー・リーグ級の夢想家でしかない彼は、とりあえず町役場へでかけて行って(当時の彼はまだ行政委員ではなかった。行政委員どころか野犬捕獲人にさえ選ばれなかったろう)土地使用制限法を調べてみた。結果は大いに満足すべきものだった。法令の行間に何千ドルもの大金が転がっているのが見えた。土地使用制限法は公共のごみ捨場を利用できないこと、古物置場の許可をとらないかぎり自分の庭には廃車を三台までしか置けないこと、町の衛生官の承認がなければケミカル・トイレット――名前はしゃれているが、実は屋外便所のことである――を使用してはならないことを規定していた。規定はたったそれだけだった。

ラリーは目いっぱいに担保を入れて金を借り、そのうえ担保なしの金まで借りてトレーラーを三台買った。こぎれいな銀色の小さなやつではなく、成型材のパネルとフォーミカ・バスルームのついた長くて大型の豪華なやつだった。それから地価の安いベンド地区に一台につき一エーカーの土地を買い、金のかからない基礎の上にトレーラーをのせて売りに出した。はじめは寝台車を思わせる家に住むことに懐疑的だった客を説き伏せて、三カ月で三軒の家を売り切ったとき、彼は一万ドル近い利益を手中にしていた。セイラムズ・ロットにも未来の波が押し寄せ、ラリー・クロケットは大成功をおさめつつあった。

R・T・ストレイカーが彼のオフィスにあらわれた時点で、クロケットは二百万ドル近い資産を持っていた。これは移動住宅産業の急成長を見越して、周辺の多くの町で土地投機をおこなった結果だった(ただしザ・ロットだけは投機の対象に含まれなかった。食事をする場所には糞をしない、というのがローレンス・クロケットのモットーだったからである)。この見通しはぴしゃりと当たって、金がいくらでも転げこんできた。

一九六五年にラリー・クロケットは、オーバーンにスーパーマーケット広場を建設していたロミオ・プーリンという建築業者の匿名のパートナーになった。プーリンは手抜き工事のヴェテランで、彼の抜目のないやり口とラリーの帳簿操作のおかげで、彼らはそれぞれ七十五万ドルもの利益をあげながら、政府にはその三分の一しか申告していなかった。これはきわめて満足すべき成果であり、スーパーマーケットの屋根からひどい雨漏りがしたとしても、それが人生というものだった。

一九六六年から六八年にかけて、ラリーはメイン州の三つの移動住宅企業の支配的利権を買い、税金をごまかすためにありとあらゆる手をつかって経営権の所在を隠した。ロミオ・プーリンにはこの手口を、Aの女と一緒に恋のトンネルに入って、うしろの車輛でBの女と寝てから、またAの女と手を取りあって反対側から出てくる、という比喩で説明した。しまいには自分で作った移動住宅を自分で買うという方法までとるようになったが、この近親相姦的取引から生じる利益は驚くべきものだった。

悪魔との取引もいいだろう、とラリーは書類をめくりながら考えた。悪魔と取引をすると、札束はやがて地獄の焔《ほのお》の形で入ってくる。

トレーラーを買った人々は、中流の下のブルー・カラーかホワイト・カラー、つまりふつうの家を買おうにも頭金が払えない連中か、社会保障を引きのばす方法を捜している老人たちだった。こういう人々にとっては、真新しい六室の家というのはかなり魅力的だった。老人たちにとっては、ほかの人間は気づかないが抜目のないラリーだけは前から気づいていたもう一つの利点があった。すなわちトレーラーはどの部屋も同一平面にあるので、階段をのぼる必要がないという利点がそれである。

支払いもまた容易だった。ふつうは五百ドルの頭金で取引が成立した。そして六〇年代の高金利の時代にあっては、残りの九千五百ドルが二十四パーセントの利率で融資されるという事実も、マイ・ホームに執心する人々にはほとんど落とし穴とは感じられなかった。

とにかく金はいくらでも転げこんできた。

クロケット自身は、あの妙に薄気味の悪いストレイカー氏と取引をしたあとも、ほとんど変わっていなかった。なよなよした室内装飾家が彼のオフィスを改装しにやってくるようなこともなかった。いまだにエア・コンディショニングにせず、安上りな扇風機で我慢していた。あいかわらず尻のてかてかに光ったスーツか、派手なスポーツ・ジャケットのコンビネーションを着ていた。依然として同じ安物の葉巻を吸い、土曜日の夜はデルの店に寄ってビールを少し飲み、若い連中相手に玉突きをやっていた。自分の住む町で不動産業を続けているおかげで、得をしていることが二つあった。一つは行政委員に選ばれたことであり、もう一つは、毎年目に見える部分の事業が採算点をわずかに下まわっているために、所得税をおさめなくても済むことだった。彼はマーステン館のほかに、この地区にあるおよそ三ダースほどの老朽家屋の物件を売り、あるいは現在抱えていた。もちろん中にはうまい取引もあった。だがラリーは無理押しをしなかった。結局、黙っていても金は転げこんでくるのだ。

もしかすると儲けすぎかもしれなかった。おそらく自分自身を騙すことは不可能だ、と彼は思った。Aの女と恋のトンネルに入り、Bの女と寝てから、またAと手を取りあってトンネルから出てきたところで、両方の女からひどい目にあわされることにもなりかねない。ストレイカーがいずれまた連絡するといってから、もう十四カ月もたっていた。もしも――

電話が鳴ったのはちょうどそのときだった。

4

「クロケットさん」と、聞きおぼえのある抑揚のない声がいった。

「ストレイカーさんですね？」

「そうです」

「いまあんたのことを考えていたところですよ。わたしは千里眼かもしれませんな」

「面白い話ですな、クロケットさん。ところであなたにやってもらいたいことがあります」

「そうだろうと思いましたよ」

「トラックを一台確保してください。大型トラックです。レンタル・トラックがいいでしょう。今夜七時ちょうどにポートランドの埠頭《ふとう》によこしてください。税関埠頭です。作業員は二人もいればいいでしょう」

「オーケー」ラリーは右手でメモ用紙を引き寄せて、H・ピ、ー、タ、ー、ズ、R、・スノ、ー、。ヘ、ン、リ、ー、運、送、店。遅くとも六時までと書きなぐった。ストレイカーの命令に忠実に従うことが絶対に必要だとは考えなかった。

「埠頭で十二個の箱をトラックに積んでもらいたい。一個だけ別にしてほかは全部店のほうに運んでもらいます。この中身は非常に貴重な食器戸棚――ヘップルホワイトで、それだけサイズが違うからすぐわかるでしょう。これはマーステン館のほうに運ばせてください。わかりましたか?」

「ええ」

「あそこの地下室におろさせてください。台所の窓の下の入口から地下室に入れるようになっていますから。いいですな?」

「ええ。ところでその食器戸棚ですが——」

「もう一つ頼みがあります。頑丈なエール錠を五個手に入れてください。エール錠を知っていますね?」

「だれだって知ってますよ。いったい——」

「作業員たちに、帰るときに店の裏口に錠をかけるようにいってください。それから館では五つの錠の鍵を地下室のテーブルの上に置いて、地下室の入口と、表裏のドアと、物置兼ガレージに錠をかけること。いいですね?」

「ええ」

「ありがとう、クロケットさん。以上の指示はかならず守ってください。では」

「ねえ、ちょっと——」

すでに電話は切れていた。

5

横とうしろに「ヘンリー運送店」という文字の入った大きなオレンジと白のトラックが、ポートランド港の税関埠頭のはずれにある、なまこ板のバラックの前に停まったのは、七時二分前だった。ちょうど潮の変わり目で、カモメの群も真赤な夕焼け空をバックにして上空を旋回し、騒々しく鳴きながら一休みしているところだった。

「やれやれ、ここにはだれもいねえよ」ロイヤル・スノーがペプシの最後の一口をぐいと飲みほし、空壜を運転台の床に捨てながらいった。「これじゃ盗みと間違えられて逮捕されちゃうぜ」

「いるよ」とハンク・ピーターズがいった。「おまわりが」

正確には警官ではなくて警備員だった。彼は電灯で二人を照らした。「あんたたち、ローレンス・クルーカットのところからきたのか？」

「クロケットだよ」とロイヤルが訂正した。「そう、彼にいわれてきた。箱を引きとりにな」

「よし、わかった。中へ入ってくれ。送り状にサインしてもらう」彼はハンドルを握っているピーターズに合図した。「あそこへバックでつけろ。ランプがついているダブル・ドアの前だ。わかったかい？」

「ああ」ピーターズはトラックをバックさせた。

ロイヤル・スノーは警備員のあとから事務所に入った。コーヒー・メーカーがぶつぶつ音をたてていた。ピンナップ・カレンダーの上の時計が七時四分を指していた。警備員が机の上の書類をかきまわし、紙ばさみを持って近づいた。「ここにサインを頼む」

ロイヤルは自分の名前を署名した。

「中へ入ったら気をつけろよ。明りをつけるといい、鼠がいるからな」

「こいつを見て逃げださない鼠にはまだお目にかかったことがないぜ」と答えて、ロイヤルは作業靴をはいた片方の足でぐるりと輪を描いた。

「それが波止場にすむでっかいどぶ鼠でな。あんたより大きな男たちも逃げだしたよ」

ロイヤルは事務所を出て倉庫のドアのほうへ歩いて行った。警備員はバラックの戸口に立って彼を見送った。

「気をつけなよ」と、ロイヤルがピーターズにいった。「やつの話じゃ、鼠がいるんだってさ」

「オーケー」ピーターズはくすくす笑った。「ラリー・クルーカットはよかったな」

ロイヤルがドアの内側のスイッチを見つけて明りをつけた。塩と腐った木の湿気の匂いにまじって、妙に気の滅入るような匂いがぷんと鼻をついた。そのいやな匂いと、それに鼠のことを考えると、あまりいい気持がしなかった。

箱は広い倉庫の床の中央に積まれていた。ほかにはなにもないので、なにやら不吉な感じがした。食器戸棚の箱は真中にあって、ほかの箱より丈が高く、その一つだけ「バーロー・アンド・ストレイカー、ジョイントナー・アヴェニュー二十七番地、ジェルーサレムズ・ロット、メイン」というスタンプが捺《お》されていなかった。

「これならまあまあだな」ロイヤルは送り状のコピーを見ながら箱の数をかぞえた。「よし、数も合ってるぞ」

「鼠だよ」と、ハンクがいった。「聞こえるかい？」

「うん、畜生めが。おれは鼠が嫌いなんだよ」

二人はしばし沈黙して、暗がりから聞こえてくる鳴声と足音に耳をすました。

「早いとこ片づけちゃおうぜ」と、ロイヤルがいった。「店に着いたとき邪魔にならないように、そのでっかいやつをいっとう先に積もう」

「オーケー」

彼らは箱のそばに歩み寄り、ロイヤルがポケット・ナイフを取りだした。そして箱の側面にテープで留めてある送り状の封筒をすぱっと切りとった。

「おい、なにもそうまでしなくたって——」

「間違いがないかどうか確かめるんだよ。ヘマをやったらラリーにこっぴどく叱られるからな」ロイヤルは送り状を引っぱりだして眺めた。

「なんて書いてある？」

「ヘロインだ。ヘロイン二百ポンド。それからスウェーデンのポルノ・ブックが二千冊に花弁つきコンドームが三百グロス……」

「どれ、見せろよ」ハンクが送り状をひったくった。「やっぱり食器戸棚じゃないか。ラリーがいった通りだよ。イギリスのロンドンから送られてきたものだ。なにがコンドームだよ。こいつをちゃんと戻しておきな」

ロイヤルはいわれた通りにした。「こいつはちょっとおかしいぜ」と彼はいった。

「なあに、おかしいのはお前のほうさ」

「そうじゃないよ。税関のスタンプがないんだ。箱にも、送り状の封筒にも、封筒の中身にも、どこにもスタンプが捺してないぜ」

「たぶん特殊な黒い光を当てたときだけ見えるインクを使っているんだろうよ」

「おれが波止場にいたころはそんなものは使わなかったぜ。箱を持ちあげると肘までインクで青くなったもんさ。スタンプをべたべた捺してな。どうだい、ちょっと中をのぞいてみたら――」

「よせよ。それよりさっさと持ちな」

ロイヤルは肩をすくめた。彼らが箱を傾けると、中でなにか重いものの動く気配がした。箱はひどく重かった。たぶん凝った食器戸棚なのだろう。

彼らはうんうん唸りながらトラックまでよろめいて行って、水圧リフトの上にのせると、異口同音に安堵の声を洩らした。ハンクがリフトを操作するのをロイヤルは一歩さがって見守った。箱がトラックと同じ高さまで持ちあがると、二人はトラックに乗りこんで箱を左右にずらしながら積みこんだ。

ロイヤルはその箱がなぜか気に入らなかった。ただ税関のスタンプが見当たらないからというだけではなかった。いうにいわれぬなにかがあった。彼はハンクがトラックの後部ゲートをおろすまでその箱を見守った。

「さあ、ほかの箱を積みこもうぜ」

ほかの箱は合衆国内から発送された三つを除いて、全部税関のスタンプが捺してあった。箱を一個積みこむたびに、ロイヤルが送り状と照合して頭文字を書きこんでいった。新しい店のほうに運ぶ分は、食器戸棚からはなして後部ゲートの近くに積みあげた。

「ところで、いったいだれがこんなものを買うのかな？」積込みを終えるとロイヤルがいった。「ポーランドのロッキング・チェア、ドイツの掛時計、アイルランドの紡《つむ》ぎ車……きっと目の玉がとびでるほど高いぞ」

「観光客だよ」と、ハンクが物知り顔で答えた。「観光客はなんだって買うさ。ボストンやニューヨークからくる連中なら、袋さえ古いものなら牛の糞の詰まった袋だって買いかねないからな」

「おれはあの大きな箱がどうも気に入らないんだよ。税関のスタンプがないなんておかしいぜ」

「とにかく、いわれた通りに運べばいいんだよ」

彼らはそれ以上口をきかずにセイラムズ・ロットまでトラックを走らせた。ハンクはアクセルを踏み続けだった。早くこの仕事を終わらせてしまいたかった。ロイヤルのいうように、この仕事はどことなく奇妙で虫が好かなかった。

彼は店の裏にトラックをまわした。ラリーがいったように裏口には鍵がかかっていなかった。ロイヤルが電灯のスイッチを押したが明りはつかなかった。

「こいつは上出来だ」と、彼はこぼした。「真暗闇の中でこの荷物をおろせってことらしい……なあおい、この店の中はちょっと妙な匂いがしないか？」

ハンクが鼻をくんくんと鳴らした。たしかに匂った。それもいやな匂いだ。しかもなんの匂いか見当もつかなかった。長い時間がたった腐敗臭のように、乾いた刺戟臭が鼻につんときた。

「あんまり長い間閉めきっておいたせいだよ」と、彼は長いがらんとした部屋を懐中電灯で照らしながらいった。「たっぷり風を入れなくちゃ」

「さもなきゃいっそ焼きはらってしまうんだな」と、ロイヤルがいった。彼はこの店が嫌いだった。この店のなにかが彼の気にさわった。「さあ、おたがい脚を折らないように気をつけようぜ」

彼らは大急ぎで箱をトラックからおろして、一つずつ注意深く床に置いた。三十分後に、ロイヤルがほっと溜息をつきながら裏口のドアを閉め、新しい錠をおろした。

「これで半分終わったぞ」

「残りの半分が厄介だよ」と、ハンクが答えた。そして今夜は明りも見えず、鎧戸がしまったままのマーステン館を見あげた。「正直いってあそこへは行きたくないよ。幽霊屋敷なんてものがあるとすれば、あの家がまさにそれだな。あんなところに住もうなんて考えるやつは頭がどうかしてるんだ。ひょっとすると二人はホモセクシャルかもしれねえな」

「あのホモ野郎の室内装飾家たちみたいにな。あの家をホモの名所にしようってんじゃないのかね。結構商売になるぜ」

「とにかく、どうせ行かなきゃならないんなら、早いとこ済ましちまおう」

彼らはトラックの側面によりかかった食器戸棚の梱包に最後の一瞥を投げかけ、やがてハンクが後部ゲートをばたんと音をたてて引きおろした。それから運転台に乗りこみ、ジョイントナー・アヴェニューを通ってブルックス・ロードに出た。間もなくマーステン館が前方に黒々と姿をあらわしたとき、ロイヤルはいい知れぬ恐怖が腹の底に忍びこむのを感じた。

「やけに薄気味の悪い家だな」と、ハンクが呟いた。「あんなところに住もうってのはいったいどんなやつだい？」

「知らんな。鎧戸のかげに明りが見えるかい？」

「いや」

マーステン館は彼らのほうに身を乗りだして、トラックの到着を待っているかのようだった。ハンクは私道に入りこんで家の裏手にトラックをまわした。二人とも上下に揺れ動くヘッドライトが、雑草の生い茂った裏庭で照らしだすものを、仔細に見ようとはしなかった。ハンクはヴェトナムでさえ経験したことのないはりつめた恐怖が、心に忍びこむのを感じた。もっともヴェトナムでもいつもおびえてはいたのだが。しかしそれは納得のゆくおびえだった。ヴェトコンが植えた竹串《ポンジー・スティック》を踏み抜いて、足が毒のまわった緑色の風船のように腫れあがるのではないかという不安、全身黒ずくめの、彼には発音さえできないような名前を持つ若い男に、ソ連製のライフルで頭をふっとばされるのではないかという不安、一週間前までヴェトコンがいた村で、人を見たら手当りしだいに撃ち殺してやろうと狙っている味方のパトロールに見つかるのではないかという不安だった。だがこの恐怖はどこかしら子供っぽく、非現実的だった。まったくいわれのない恐怖だった。家はあくまでも家でしかない――板きれと蝶番と釘と土台の集合体にすぎない。いたるところにある亀裂から邪悪な瘴気《しようき》を吐きだしている、などというばかげたことがあるはずがない。幽霊？　ハンクは幽霊を信じなかった。ヴェトナム以後はそんなものは信じなくなっていた。

彼は二度やりそこねてから、ようやく地下室に通じる入口の前までがたがたとトラックをバックさせた。錆びついたドアはあけっぱなしになっており、トラックのテールライトの赤い輝きの中に、地獄に通じているような浅い石の階段が浮かんだ。

「おい、おれはいやだぜ」と、ハンクがいった。冗談めかして笑おうとしたが、笑いが凍りついて渋面になった。

「おれもだよ」

彼らはダッシュボードのかすかな明りの中で顔を見合わせた。どちらの顔にも恐怖がありありと浮かんでいた。しかし二人とももう子供ではないのだから、わけのわからない恐怖に駆られて、仕事を途中でほうりだして帰るわけにはいかなかった――だいいち明るいところでその恐怖をどうやって人に説明するのか？　仕事は片づけなければならなかった。

ハンクがエンジンを止め、二人はトラックからおりてうしろへまわった。ロイヤルが荷台にあがって、ゲートの掛金をはずし、上に押しあげた。

箱は鋸屑をつけたまま、どっしりと横たわっていた。

「こいつを地下室におろすなんてやなこったぜ！」と、ハンク・ピーターズが泣きそうな声でいった。

「元気をだせよ。早いとこやっつけちゃおう」

彼らは箱をリフトにのせて、しゅうっと空気の洩れる音をさせながら下におろした。腰の高さまできたとき、ハンクはレバーをはなして、二人で箱をつかんだ。

「ゆっくり」ロイヤルが階段のほうへ後ずさりしながらいった。「ゆっくり……そっとやれ……」テールライトの赤い光のなかで、彼の顔は心臓の発作を起こした人間のようにひきつり、静脈が浮きでていた。

彼は後ろ向きのまま一段ずつ階段をおりた。箱が斜めにかしいで、その重みが厚い板石のように胸にのしかかってきた。重いことは重かったが、それほどではなかった。彼とハンクはラリー・クロケットに頼まれて、これよりもっと大きな荷物を二階に運びあげたり二階からおろしたりしたことがあったが、この家の空気には全身の力が抜けて気分が悪くなるようななにかがあった。

階段はぬるぬるしていた。彼は二度よろけてバランスを崩しそうになり、あわれっぽい声で叫んだ。「おい！　頼むよ！　気をつけてくれ！」

彼らはようやく地下室におりた。天井が低いために、腰の曲がった老女のような恰好で食器戸棚を運ばなければならなかった。

「ここらでいいだろう」と、ハンクがいった。「もうこれ以上は運べないよ」

彼らは箱をどすんと床に置いて、一歩さがった。たがいに顔を見合わせて、さきほどまでの不安がある種の秘密の錬金術によって真の恐怖に変えられているのを見てとった。突然地下室は正体不明のざわついた音にみたされた。たぶん鼠だろう。あるいは考えることさえ恐ろしいなにかかもしれなかった。

彼らははじかれたように駆けだした。ハンクのほうが先で、ロイヤルがすぐあとに続いた。地下室の階段を一気に駆けあがって、ロイヤルが後ろ手にドアを閉めた。

二人はトラックの運転台によじのぼり、ハンクがエンジンをかけてギヤを入れた。ロイヤルが急に彼の腕をおさえた。暗闇の中で、彼の顔は大きく見開かれた二つの目だけになっていた。

「ハンク、おれたちは錠をかけなかったぜ」

彼らはダッシュボードの上の、荷造り用の針金でくくった五個の真新しい錠をみつめた。ハンクが上衣のポケットを探って、五個のエール錠のついたキイ・リングを取りだした。そのうちの一個が店の裏口の分で、残りはこの家の分だった。それぞれの鍵には使用場所を書いた紙が貼ってあった。

「まずいことをしたな」と、彼はいった。「どうだろう、明日の朝早く戻ってきて——」

ロイヤルがダッシュボードの下の懐中電灯をはずした。「そいつはまずいよ、お前だって知ってるはずだぜ」

彼らはまたトラックからおりた。額の汗が夜風に当たってさっとひいた。「お前は裏口へ行ってくれ」と、ロイヤルがいった。「おれは表口と物置だ」

二人は別方向に別れた。ハンクは心臓をどきどきさせながら裏口へ行った。掛金にエール錠のアームを通そうとして二度もやりそこなった。それだけ家に近づくと、年代と腐った木の匂いがはっきりとわかった。子供のころ冗談にいいあったヒュービー・マーステンに関するもろもろの話と、女の子を追っかけるときに歌った歌が、記憶の中によみがえった。気をつけろ、い、い、気をつけろ！　気をつけろ！　ヒュービーにつ、か、ま、る、ぞ！

「ハンク」

彼ははっと息を呑んで、もう一つの錠を手から取り落とした。それを拾いながらいった。

「よしてくれよ、こっそり近づいてきておどかすのは。なんだい？」

「ハンク、もう一度地下室におりて、テーブルに鍵を置いてこなくちゃならないが、だれが行く？」

「知らんな。おれは知らんよ」

「コインで決めようか？」

「ああ、その手だな」

ロイヤルが二十五セントを一枚取りだした。「行くぞ」彼はコインを投げた。「表だ」

ロイヤルはコインを受けとめて、腕の上に伏せ、手をはなした。鷲《わし》が鈍く光っていた。

「くそっ」ハンクは情けなさそうにいったが、それでもキイ・リングと懐中電灯を取ってふたたび地下室のドアをあけた。

いやがる脚を無理に前に出して階段をおり、頭の上に張りだした屋根の下を通りすぎたところで、地下室を電灯に照らした。地下室は十メートルほど先でL字型に曲がっていて、その先はどうなっているのかわからなかった。電灯の光が埃だらけのチェックのテーブルクロスに覆われたテーブルを照らしだした。テーブルの上には一匹の大きな鼠がいて、懐中電灯で照らしても動こうともしなかった。そいつは丸々と太った尻でちょこんとテーブルに坐って、にたにた笑っているように見えた。

彼は箱の脇を通ってテーブルのほうへ進んだ。「しいっ！」

鼠はテーブルから跳びおりて、地下室の曲り角のほうへ逃げていった。ハンクの手がぶるぶる震え、懐中電灯の光があちこち揺れ動いて、埃まみれの樽や、古机や、古新聞の束を照らしだした。それから——

彼は古新聞に光をさっと戻して、その左にあるものを照らしながら、思わずはっと息を呑んだ。シャツ……あれはシャツだろうか？　ぼろきれのように丸まっている。そのうしろに見えるのはブルー・ジーンズのようだ。それから……

うしろでぴしっという音がした。

彼はパニックに襲われ、キイ・リングをテーブルの上に投げだしてくるりとうしろを向くと、よろめきながら駆けだした。箱のそばを通るときに、音の正体がわかった。箱をしめつけているアルミニウムのバンドの一本が切れて、ぎざぎざになった切れ目を、指のように低い天井に向けて突き立てていた。

彼は転がるようにして階段を駆けあがり、ドアをばたんと閉めて（全身が鳥肌立っていたが、それに気がついたのはあとからだった）、大急ぎで錠をかけ、トラックの運転台にとびこんだ。傷ついた犬のようにぜいぜい喉を鳴らして激しくあえいでいた。いったいなにがあったんだと質問するロイヤルの声をぼんやり聞きながら、トラックをスタートさせ、片側の車輪が宙に浮くほどの猛スピードで建物の角を曲がった。車輪がやわらかい土にめりこんだ。ブルックス・ロードに出るまでそのスピードをゆるめず、やがてローレンス・クロケットの町のオフィスに向かった。そのうちトラックを止めなければならないかと思えるほど激しく体が震えだした。

「なにがあったんだ？」と、ロイヤルがたずねた。「え、いったいなにを見たんだよ」

「なにも」と、ハンク・ピーターズは答えた。舌がこわばって、満足に発音できなかった。

「なにも見やしなかったし、あんなものはもう二度と見たくないよ」

6

ラリー・クロケットが店を閉めて帰宅しようとしていたときに、おざなりにドアをノックする音が聞こえて、ハンク・ピーターズが戻ってきた。彼はまだ青い顔をしていた。

「忘れものかね、ハンク？」と、ラリーが聞いた。ハンクとロイヤルの二人が、だれかにこっぴどく頭を殴られでもしたような顔でマーステン館から帰ってきたとき、彼はそれぞれに手間賃のほかに十ドルと六箱入りのブラック・ラベルを二個ずつ渡して、今夜のことはあまり人にいわないほうがいいと釘を刺しておいたのだった。

「あんたに話がある」と、ハンクがいった。「話さずにいられないんだよ、ラリー」

「いいとも、聞こうじゃないか」ラリーは机のいちばん下のひきだしをあけてジョニー・ウォーカーの壜を取りだし、ディキシー・カップ二つに中身を注いだ。「話というのはなにかね？」

ハンクは一口含んで顔をしかめ、一気に飲みくだした。

「テーブルの上に鍵を置きに行ったとき、あるものを見たんだよ。衣類みたいだった。シャツとジーンズ、それにスニーカーだ。たしかスニーカーだったよ、ラリー」

ラリーは肩をすくめて笑った。「それで？」彼は大きな氷の塊が胸につかえているような気がした。

「グリックの息子はジーンズをはいていたんだ。レジャーにそう書いてあったよ。ジーンズと赤いプルオーヴァーのシャツにスニーカーをはいていたらしい。ラリー、もしかしたら

──」

ラリーは依然として笑っていた。笑いが顔に凍りついたような感じだった。

ハンクはごくんと唾を呑みこんだ。「もしもマーステン館とあの店を買った連中がグリックの息子を殺したとしたら？」彼はカップに残ったウィスキーを飲みほした。

ラリーはなおも笑いながらいった。「おそらく死体も見たんだろうね？」

「い──いや。しかし──」

「これは警察の管轄だよ」と、ラリー・クロケットはいった。彼はハンクのカップにおかわりを注いだが、その手は全然震えていなかった。凍った川の中の石のように冷たく、微動だにしなかった。「きみをパーキンズのところまで乗せてってやろう。しかしこういうことは……」彼は首を振った。「いろいろと厄介なことが出てくる。きみと例のデルの店のウェイトレスの一件だってそうだよ……ジャッキーといったかな、あの娘の名前は？」

「いったいなんの話だい？」ハンクの顔はすっかり青ざめていた。

「警察はきみの不名誉な解雇の理由をほじくりだすだろう。しかし市民としての義務を果たすがいいよ、ハンク。きみの好きなようにやりたまえ」

「おれはだれも見なかったよ」と、ハンクが力なくいった。

「ようし」ラリーが笑いながらいった。「それからたぶん衣類も見なかったんだろう。見たのは……ただのぼろきれだったかもしれんよ」

「ぼろきれだったよ」ハンク・ピーターズはうつろな声でいった。

「きみはああいう古い家がどんなものか知ってるだろう。いろんながらくたが置いてある。たぶんきみの見たのは雑巾にした古シャツかなんかだよ」

「そうとも」ハンクは二杯目のウィスキーを飲みほした。「あんたは物の見方が上手だよ、ラリー」

クロケットは尻ポケットから紙入れを取りだし、十ドル紙幣を五枚かぞえて机の上に置いた。

「なんだい、この金は？」

「先月きみに頼んだブレナンの仕事の払いをすっかり忘れていたよ。そんなときは催促してもらいたいね、ハンク。わたしが忘れっぽい人間だということはきみも知ってるだろう」

「しかし、あの分はもう——」

「まったく」と、ラリーが笑いながらさえぎった。「こうしてきみと話していることも、明日の朝になれば全然おぼえていない始末だ。情けないと思わんかね？」

「そうだな」ハンクは小声で相槌を打って、震える手で金を取りあげ、一刻も早く手からはなそうとするかのように、デニム・ジャケットの胸ポケットに押しこんだ。そしてあやうく椅子を倒しそうになったほどあわてて立ちあがった。「なあ、ラリー、おれはもう帰らなくちゃ……おれはなんにも……とにかく帰らしてもらうよ」

「壜を持って行けよ」と、ラリーがすすめたが、ハンクはすでに戸口まで行っており、立ちどまりもしなかった。

ラリーは腰をおろしてもう一杯ウィスキーを注いだ。手は依然として震えてはいなかった。店を閉めようともせず、三杯四杯とウィスキーをあおった。そして悪魔との取引のことを考えた。やがて電話が鳴った。受話器を取った。電話の声に聞き入った。

「全部かたづきましたよ」と、ラリー・クロケットはいった。

彼はしばらく相手の声を聞いてから、電話を切った。そしてまた一杯ウィスキーを注いだ。

7

ハンク・ピーターズはあくる朝早く、あばかれた墓の中から大きな鼠がぞろぞろ出てくる夢を見て目をさました。その墓の中には首にほつれたマニラ・ロープを巻きつけたヒュービー・マーステンの、緑色に腐りかけた死体があった。ピーターズは裸の上半身にぐっしょり汗をかき、激しく息をはずませながら、肘を突いて上体を起こした。そして妻が彼の腕にさわると、ぎゃっと叫んだ。

8

ミルト・クロッセンの農産物ストアは、ジョイントナー・アヴェニューとレイルロード・ストリートの交差点の角にあり、公園で暇つぶしができない雨の日には、ここが町の老人たちの溜り場だった。長い冬の間は、彼らは毎日のようにこの店に集まってきた。

ストレイカーが三九年型のパッカードで——それとも四〇年型だったか?——この店にやってきたときも、ちょうど霧雨が降りはじめたところで、ミルトとパット・ミドラーが、フレディ・オーヴァーロックの娘が駈落ちしたのは一九五七年だったか五八年だったかという、とりとめのない話をしている最中だった。駈落ちの相手がヤーマスのセールスマンだったことと、男も女もどこといって取柄のないつまらない人間だったことでは意見が一致したが、それから先は二人の意見が食い違った。

ストレイカーが店に入ってきたとたんに、話し声がぴたりとやんだ。

彼は居合わせた人々——ミルト、パット・ミドラー、ジョー・クレーン、ヴィニー・アプショー、クライド・コーリス——の顔を見まわして、愛想のない笑顔を見せた。

「こんにちは、みなさん」と、彼はいった。

ミルト・クロッセンが腰をあげて、しかつめらしくエプロンの皺をのばした。「なにをさしあげます？」

「肉をください」と、ストレイカーは答えた。

彼はロースト・ビーフと、プライム・リブ一ダースと、ハンバーガーと、犢《こうし》のレバー一ポンドを買った。これに乾物類——小麦粉、砂糖、豆など——とレディ・メードのパンを追加した。

彼は黙々として買物を済ませた。店の常連はミルトの父親がオイル用に改造した大型のパール・キネオ・ストーヴのまわりに坐って、煙草を吸い、空模様を眺めながら、横目で新来の客を観察していた。

ミルトが大きなボール箱に品物を詰め終わると、ストレイカーが現金——二十ドル紙幣一枚と十ドル紙幣一枚で代金を支払った。そしてボール箱を取りあげ、小脇に抱えて、ふたたびあの愛想のない笑顔を見せた。

「では失礼しますよ、みなさん」とあいさつして出て行った。

ジョー・クレーンがコーン・パイプにプランターズを詰めた。クライド・コーリスは咳ばらいをして、ストーヴのそばのでこぼこのバケツに痰《たん》と嚙み煙草の塊をぺっと吐きだした。ヴィニー・アプショーはチョッキの内側から古ぼけたトップの煙草巻き器を取りだし、刻み煙草をぱらぱらとこぼして、関節炎で腫れあがった指でシガレット・ペーパーを押しこんだ。

彼らは新しい客がボール箱を車のトランクに積みこむのを見守った。乾物類を含めて三十ポンドはあろうというそのボール箱を、男はまるで羽根枕かなにかのように軽々と小脇に抱えて出て行ったのだった。彼は運転席のほうにまわって中に乗りこみ、ジョイントナー・アヴェニューを走り去った。車は丘をのぼり、左に折れてブルックス・ロードに入り、いったん姿を消したが、間もなく木立のかげからあらわれた。もうそのときはおもちゃの車ほどの大きさまで遠ざかっていた。やがてマーステン館の私道に入りこんで視界から消えた。

「おかしな男だな」と、ヴィニーがいった。彼は巻きおえた煙草を口にくわえ、はみだした分をむしりとって、チョッキのポケットから台所用のマッチを取りだした。

「きっとあの店を買った連中の一人だよ」と、ジョー・クレーンがいった。

「マーステン館もだよ」と、ヴィニー。

クライド・コーリスが屁《へ》をひった。

パット・ミドラーは左の掌の胼胝《たこ》を夢中でむしっていた。

五分たった。

「あの店は商売になると思うかね?」クライドがだれにともなくきいた。

「夏場は結構繁盛するかもしれんよ」と、ヴィニー。「なんせ見当もつかんことが起こるご時世だからな」

ほとんど嘆息に近い同感の呟きが口々に洩れた。

「それにしても腕っ節の強い男だったな」と、ジョーがいった。

「まったくだ」と、ヴィニー。「あれは三九年のパッカードだが、錆ひとつ見当たらなかったぜ」

「いや、四〇年だよ」と、クライドがいった。

「四〇年はステップがなかった。あれはやっぱり三九年だな」

「いや、あんたの思いちがいだよ」

また五分たった。ミルトがストレイカーから受けとった二十ドル札をしげしげと眺めていた。

「贋札かね、ミルト？」と、パットがきいた。「あの男に贋札をつかまされたのかね？」

「そうじゃない。だけど、これを見ろよ」ミルトはカウンターの上に札を置き、一同がそれを眺めた。それはふつうの札よりずっと大きかった。

パットがそれを手に取って、光にすかして見てから、裏を返した。「こいつはシリーズEの二十ドル札だ、そうだろう、ミルト？」

「そうだ。もう四十五年か五十年前から刷ってない札だよ。ポートランドのアーケード・コインへ持って行けば相当な値がつくぜ」

パットはほかの連中に札をまわし、それぞれが視力の欠陥に応じて目に近づけたり遠くはなしたりしながら仔細に眺めた。ジョー・クレーンの手から戻ってきた二十ドル札を、ミルトはパーソナル・チェックやクーポンと一緒に現金ひきだしの下にしまいこんだ。

「まったく妙な男だよ」と、クライドが独り言のようにいった。

「まったくだ」とヴィニーが相槌を打ち、ちょっと間をおいて続けた。「あれはやっぱり三九年だよ。おれの片親違いの兄弟のヴィクが同じ車を持っていた。やつが最初に買った車だった。一九四四年に中古で買ったんだがね。ある朝オイルを切らしてエンジンを焼いてしまったよ」

「おれは四〇年だと思うな」と、クライドが頑張った。「昔アルフレッドに籐椅子を編んでた男がいたろう、ほら、ここらの家をまわって――」

こうして議論が始まったが、郵便の往復によるチェス・ゲームのように、言葉数がしだいに少なくなり、沈黙のほうが長くなっていった。一日は静止して永遠に達するかに見え、やがてヴィニー・アプショーがまた関節炎特有のゆったりした動きで煙草を巻きはじめた。

9

ベンが原稿を書いている最中にノックが聞こえた。彼は切れ目を頭に入れてからドアをあけに立った。九月二十四日水曜日の午後三時を少しまわった時刻だった。雨のためにラルフィー・グリックの捜索は中止になり、おおかたの者はもう捜索は打切りだと考えていた。グリック少年は消えてしまった……まるで神隠しにでもあったかのように。

ドアをあけると、煙草をくわえたパーキンズ・ギレスピーが立っていた。片手にペーパーバックを一冊持っており、ベンはそれがバンタム版の『コンウェイの娘』であることに気づいていささかうれしくなった。

「どうぞ、保安官」と、彼はいった。「外は雨でしょう」

「少し降ってますよ」パーキンズが部屋に入りながら答えた。「九月はインフルエンザの季節ですからね。わたしはいつもゴム長靴をはくことにしています。それを笑う者もいるが、おかげで一九四四年のフランスのサン＝ロー以来インフルエンザにかかったことがないんですよ」

「コートはベッドの上に置いてください。コーヒーがなくて済みません」

「ベッドを濡らしちゃ悪いですから」パーキンズはベンの屑かごに煙草の灰を落とした。

「それに、たったいまエクセレントでコーヒーを飲んできたところですよ」

「用はなんですか？」

「実は、女房がこれを読んで……」彼はペーパーバックを持ちあげた。「あんたがこの町にいると聞いたんですが、なにしろ内気な女でしてね。この本にあんたの名前かなにかを書いてもらえないかというわけですよ」

ベンは本を手に取った。「ウィーゼル・クレイグの話では、あなたの奥さんは十四、五年前に亡くなったそうじゃないですか」

「そんなことをいいましたか？」パーキンズは少しも動じる気配がなかった。「ウィーゼルのやつはおしゃべりなんですよ。ときどきあんまりおしゃべりがすぎてヘマをやらかすんです」

ベンはなにもいわなかった。

「それじゃ、わたしのために本に署名してもらえませんかね？」

「喜んで」彼は机からペンを取って見返しを開き（「生々しい現実の断片！」――クリーヴラ

ンド・プレイン・ディーラー評）、ギレスピー保安官へ、ベン・ミアーズ、9／24／75と署名して、本を返した。

「これはどうも」と、パーキンズはベンの署名を見もせずにいった。それから腰をかがめて、屑かごの縁で煙草をもみ消した。「ほかに署名本は一冊も持ってないんですよ」

「ぼくを調べにきたんですか？」と、ベンは笑いながらたずねた。

「なかなか鋭いですな。実はおっしゃる通り二、三質問したいことがあるんですよ。ノリーのやつがいなくなるのを待っていたんです。いい男だが、これもおしゃべりが好きでね。すぐに噂が広がるんですよ」

「なにを知りたいんです？」

「先週水曜日の晩にどこにいたかということですよ」

「ラルフィー・グリックがいなくなった晩ですか？」

「ええ」

「ぼくは容疑者なんですか？」

「いや。容疑者なんか一人もいませんよ。だいいちこういうことはわたしの守備範囲じゃないといってもいい。デルの店の前でスピード違反をつかまえたり、子供たちがあばれだす前に公園から追いだしたりするのがわたしの役目ですよ。ただあちこち首を突っこんでまわるだけです」

「答えたくないといったら？」

パーキンズは肩をすくめて煙草を取りだした。「それはあんたの勝手ですよ」

「あの晩はスーザン・ノートンの家に招かれて、彼女の家族と一緒に食事をしましたよ。父親とバドミントンをやりました」

「きっと彼に負けたでしょうな。ノリーのやつもいつも負かされるんですよ。ノリーは一度でいいからビル・ノートンを負かしたいって、うわごとのようにいっていますよ。で、何時にあの家を出ました？」

ベンは笑い声をたてた、があまりおかしそうではなかった。「あなたも相当ずけずけいいますね」

「いいですか、もしもわたしがテレビ・ドラマに出てくるニューヨークの刑事の一人だったら、そんなふうにわたしの質問をはぐらかすからには、きっとなにか隠していると考えるところですよ」

「なにも隠してなんかいませんよ。ただいつまでもこの町でよそ者扱いされ、道で後ろ指さされたり図書館で肘で突かれたりするのにうんざりしているだけです。現にあなただって、ほんとはぼくの戸棚にラルフィー・グリックの頭の皮があるかどうかを調べにきたくせに、ぼくの本かなんかを持ちだしたじゃないですか」

「とんでもない」彼は煙草の上からベンの顔をみつめた。その目は冷たい表情に変わっていた。「むしろあんたを容疑の対象からはずそうとしているんですよ。もし事件に関係があると思ったら、いまごろはブタ箱に入ってもらっているでしょう」

「わかりましたよ。ぼくは七時十五分ごろノートン家を出ました。それからスクールヤード・ヒルのほうへ散歩に行きました。そのうち暗くてなにも見えなくなったんで、ここへ戻ってきて、二時間ほど仕事をしてから寝たんです」

「ここへ戻ったのは何時でした？」

「八時十五分ごろでしょう」

「それじゃ残念ながらアリバイは成立しませんな。途中でだれかに会いましたか？」

「いや。だれとも会いません」

パーキンズは曖昧に唸ってタイプライターのほうへ歩いて行った。「なにを書いているんです？」

「あなたの知ったことじゃないでしょう」と、ベンはきつい口調でいった。「のぞき見はよしてください。もちろん、捜査令状があるんなら別だが」

「いやに気むずかしいんですね。人に読んでもらうために本を書いているにしては」

「原稿の段階で三度書きなおして、編集上の手なおしと校正も終わり、活字に組んで印刷されたら、あなたに四部ほど送らせますよ。署名入りでね。しかしいまはまだ私的な書き物の段階です」

パーキンズは微笑を浮かべてタイプライターの前からはなれた。「いいでしょう。もっともこれが署名入りの自白書だとは思わないが」

ベンは微笑を返した。「マーク・トウェインがいってますよ、小説とはなにもしなかった人間のすべての告白だとね」

パーキンズはふうっと煙を吐きだして、ドアのほうへ歩いて行った。「もうあんたの敷物に雨の雫《しずく》は落としませんよ、ミアーズさん。お邪魔して済みませんでした。あんたがグリックの息子と会わなかったことはちゃんと記録に残しておきます。こういうことをきいてまわるのがわたしの役目なもんでね」

ベンはうなずいた。「わかってますよ」

「それからセイラムズ・ロットやミルブリッジやギルフォードのような小さな田舎町がどういうところか、あんたも知っておく必要がありそうですな。二十年間住みつかなきゃよそ者ですよ」

「わかってます。さっきはついむきになって済まなかった。しかし、なにしろ一週間捜しまわってもなにも手がかりがつかめないもんで――」ベンは首を横に振った。

「まったくです。母親にはこたえますよ。ひどいショックです。あんたも気をつけてください」

「ええ」

「わたしを悪く思っちゃいないでしょうね？」

「もちろんです」ベンはちょっと間をおいて続けた。「一つぼくの質問に答えてくれませんか？」

「できることならね」

「その本をどこで手に入れたんです？」

パーキンズ・ギレスピーは微笑した。「カンバーランドに中古家具屋をやっている男がいるんですよ。女みたいなやつで、名前はジェンドロンというんですがね。そいつがペーパーバックを一冊十セントで売っているんです。この本は五冊ありましたよ」

ベンはのけぞって笑いだし、パーキンズ・ギレスピーも微笑を浮かべて煙草を吸いながら出て行った。ベンは窓ぎわへ行って、パーキンズが外へ出てくるのを待ち、彼が通りを横切って、黒いゴム長靴で注意深く水溜りをよけながら歩いて行くのを見守った。

10

パーキンズは新しい店のショー・ウィンドーの前でちょっと立ちどまってから、ドアをノックした。この店が「村の洗濯だらい」だったころは、中をのぞいても太った女たちが洗濯物に漂白剤を加えたり、壁の両替機械から小銭を取りだしたりする光景しか見られなかったものだ。女たちはたいてい口いっぱいに藁をほおばった牝牛のようにガムを嚙んでいた。ところが昨日の午後から今日にかけて、ポートランドから室内装飾家のトラックがやってきて、店の中のようすががらりと変わっていた。

ウィンドーの中に飾り台が置かれ、それをライト・ブルーのカーペットが覆っていた。目に見えないところに二つのスポットライトが取りつけられ、ウィンドーに陳列された三つの品物をやわらかく照らしていた。それは掛時計と、紡ぎ車と、古風な桜材のキャビネットだった。それぞれの品の前には小さなイーゼルが置かれ、目立たない正札がついていた。それにしても安売り店ではシンガーミシンが四十八ドル九十五セントで買えるというのに、正気の人間が紡ぎ車一つに六百ドルも払うものだろうか？

パーキンズは溜息をつきながらドアをノックした。

まるで相手が彼のくるのを待ってドアのかげにひそんでいたかのように、間髪を入れずドアがあいた。

「これはこれは、署長さん！」と、ストレイカーがかすかに笑いながらいった。「よくきてくれましたね！」

「ただの保安官ですよ」と答えて、パーキンズはポール・モールに火をつけながら店に入った。

「パーキンズ・ギレスピーです。よろしく」彼は片手をさしだした。相手はたいそう力強い感じのする乾いた手でその手を軽く握り、やがて手をはなした。

「リチャード・スロケット・ストレイカーです」と、頭の禿げた男は名乗った。

「そうだろうと思いましたよ」パーキンズは店内を見まわしながらいった。店全体にカーペットが敷きつめられ、ペンキ塗りがおこなわれている最中だった。塗りたてのペンキの匂いは悪くなかったが、それとは別のいやな匂いが漂っているような感じがした。パーキンズにはなんの匂いかわからなかった。彼はストレイカーに視線を戻した。

「このお天気のいい日になんのご用ですか？」と、ストレイカーがきいた。

パーキンズはまだ雨が降り続いている窓の外に目を向けた。

「いや、別に用というわけじゃないんです。ちょっと挨拶に寄っただけですよ。この町にあんた方を歓迎して、商売の繁盛を祈ろうと思ってね」

「それはご親切に。コーヒーはいかがです？　それともシェリーでも？　どっちでも奥にありますよ」

「いや結構です、長くはいられないんですよ。バーローさんはいますか？」

「バーローさんはニューヨークへ買付けに行っています。たぶん帰りは早くて十月の十日になるでしょう」

「それじゃ、バーローさん抜きで開店というわけですな」と、パーキンズはいった。ウィンドーで見たあの正札から推して、客が殺到してストレイカー一人では動きがとれなくなるということはまずあるまいと思った。「ところで、バーローさんのファースト・ネームはなんです?」ストレイカーの剃刀《かみそり》の刃のように薄い笑みがまたあらわれた。「それはお仕事上の質問ですか……保安官?」

「いや。ただの好奇心ですよ」

「わたしのパートナーのフル・ネームはカート・バーローです。われわれはロンドンとハンブルグで一緒に仕事をしてきました。この店は」──彼はぐるりと腕をまわした──「われわれの隠居仕事なんですよ。ささやかだが凝った店にするつもりです。食うだけでいいんですよ。しかし二人とも古いもの、美しいものが好きなもんで、なんとかこの土地でも名の通った店にしようと……できれば美わしのニュー・イングランド地方全体に評判をひろめたいと思っているんです。あなたはそれが可能だと思いますか、ギレスピーさん?」

「なんだって可能ですよ、たぶん」パーキンズは灰皿を捜しながら答えた。どこにも見当たらなかったので、仕方なくコートのポケットに灰を落した。「とにかく成功を祈ります。バーローさんがお帰りになったら、そのうちまた寄らせていただくと伝えてください」

「承知しました。彼は客好きなんですよ」

「それはよかった」ギレスピーがドアのほうへ行きかけたが、ふと立ちどまって振りかえった。

ストレイカーがじっと彼をみつめていた。「そうそう、あの古い家は気に入りましたか？」

「あちこち修理しなければなりません」と、ストレイカーが答えた。「しかしわれわれには時間があります」

「そうでしょうな。あのへんでじゃりどもを見かけなかったですか？」

ストレイカーが眉をひそめた。「じゃりどもというと？」

「子供たちのことですよ」パーキンズは辛抱強く説明した。「子供というのは新しく越してきた人たちにいやがらせをしたがるもんでしてね。石を投げたり、ベルを鳴らして逃げたり……」

「いや、子供は一人も見かけません」

「一人行方不明になった子がいるんですよ」

「ほう？」

「そうなんです。みんなもう見つからないんじゃないかと考えてますよ。生きてはね」

「それは気の毒ですな」ストレイカーはよそよそしい口調でいった。

「まったくね。もしなにか気がついたことがあったら……」

「もちろんすぐあなたに報告しますよ」彼はふたたびあのぞっとするような笑いを浮かべた。

「ぜひ頼みます」パーキンズはドアをあけて、諦め顔で土砂降りの雨を眺めた。「バーローさんにまたお邪魔すると伝えてください」

「承知しました、ギレスピーさん。チャオ」

パーキンズがびっくりして振りかえった。「チャオというと？」

ストレイカーの笑みが拡がった。「さようならという意味ですよ、ギレスピーさん。だれでも知ってるイタリア語の挨拶です」

「ほう？　毎日なにかしら新しいことをおぼえるもんですな。それじゃ」彼は雨の中へ足を踏みだしてドアをしめた。「おれはそんな言葉を知らんぞ」煙草が雨で濡れてしまったので、ぽいと投げ捨てた。

店の中では、ストレイカーがショー・ウィンドーごしに彼を見送っていた。もう微笑は消えていた。

11

パーキンズは町役場の自分の部屋に戻って叫んだ。「ノリー。いるか、ノリー？」

答はなかった。パーキンズはうなずいた。ノリーはいいやつだが、少し頭が弱い。彼はコートを脱ぎ、ゴム長のバックルをはずし、机に坐ってポートランドの電話帳のある番号を調べ、ダイヤルを回した。最初の呼出し音で相手が出た。

「ポートランドのＦＢＩ。ハンラハン捜査官だ」

「こちらパーキンズ・ギレスピー。ジェルーサレムズ・ロット郡区の保安官だ。町で男の子が一人行方不明になった」

「聞いてるよ」ハンラハンはきびきびと答えた。「ラルフ・グリック、九歳、四フィート三インチ、髪は黒、目は青だろう。どうした、誘拐犯から手紙でもきたか？」

「そうじゃないんだ。あんたに調べてもらいたい連中がいるんだよ」

ハンラハンは承知した。

「一人はベンジャミン・ミアーズという男だ。M－E－A－R－S。小説家で、『コンウェイの娘』という本を書いている。ほかの二人はいってみればコンビで、一人はカート・バーロー。B－A－R－L－O－W。もう一人は――」

「カートはCかKか？」

「さあ、わからん」

「オーケー。続けてくれ」

パーキンズは汗をかきながら続けた。本物の警察と話すときはいつでもこんなふうに肩身の狭い思いをしなければならなかった。「もう一人はリチャード・スロケット・ストレイカー。スロケットのおしまいはtが二つ。ストレイカーは発音通りだ。この男とバーローは共同で家具と骨董品の店をやっている。この町で開店したばかりだ。ストレイカーの話では、バーローはニューヨークへ買付けに行ってるそうだ。ロンドンとハンブルグで一緒に商売をやってきたと彼はいっている」

「あんたはグリック事件でその三人を疑っているのか？」

「いまのところは事件かどうかもわからない。ただ、三人ともちょうど同じ時期にこの町にあらわれているんだ」

「そのミアーズという男とほかの二人は、なにか関係がありそうなのか？」

パーキンズは椅子にもたれて窓のほうを見あげた。「こっちの知りたいのもそこなんだよ」

12

よく晴れた涼しい日には、電話線が奇妙な唸り音をたてる。あたかもそれを通って伝えられるゴシップで震えているような音だ。そしてそれはほかのどんな音にも似ていない——人間の声が宇宙を飛び交う孤独な音だ。電信柱は灰色にひび割れ、冬の間の氷結と雪どけのためにばらばらの方向にかしいでいる。コンクリートで基礎固めをした電信柱と違って、軍隊のように整然とした感じがない。舗装道路にそった柱の根元はタールで黒く染まり、裏道にそった柱の根元は土埃で白っぽく覆われている。一九四六年だか一九五二年だか一九六九年だかに、架線工事人がなにかの工事のために登ったときの楔型《くさびがた》のマークが、風雨にさらされて表面に残っている。

鳥たち——烏《からす》、雀、駒鳥、椋鳥《むくどり》など——が唸り音をたてる電話線に止まって、背中を丸め、おそらく蹴爪を通して意味のわからない人間の話し声を聞いているのだろう。かりにそうだとしても、鳥たちの小さな丸い目からはそのことは窺《うかが》い知れない。町には歴史のではなく時間の感覚があり、電信柱はそのことを知っているように思われる。もしも電話線の一本に手を触れることができたら、森の中に幽閉された魂がそこから逃れようとしてあがいているかのように、森の奥深くから伝わってくる震動が感じられるだろう。

「……そしてね、メイベル、あの人は大きな古い二十ドル札で代金を払ったのよ。クライドは一九三〇年のゲイツ・バンク・アンド・トラストの取付騒ぎからこっち、その二十ドル札を見たことがないっていってたわ。彼はね……」

「……ええ、ほんとに妙な人なのよ、イーヴィ。あの人が家の裏で手押車を押しているのを、わたしは双眼鏡で見たんだから。あすこに一人で住んでいるのかしら、それとも……」

「クロケットなら知ってるかもしれないけど、話しやしないわ。彼はこのことについて口をつぐんでいるのよ。あの男は昔から……」

「……エヴァのところの小説家。フロイド・ティビッツは知ってるのかしらね……」

「……図書館に入りびたりよ。ロレッタ・スターチャーがいってたけど、彼はなんでもよく知っていて……」

「……彼の名前は……」

「……そう、ストレイカーよ。R・T・ストレイカーさん。ケニー・ダンレスのおふくろさんの話では、あの新しい店をのぞいたら、本物のデビアスのキャビネットがウィンドーに飾ってあって、値段が八百ドルもするんですってさ。信じられる？　だからわたしはいってやったの……」

「……おかしいわ、彼が町にきたのとグリックの子供が……」

「……まさかあなた……」

「……でもほんとにおかしいわ。ときにあなた、まだあの調理法を……」

　電話線はいつまでも唸り続けた。

13

一九七五年九月二十三日

氏名　グリック、ダニエル・フランシス
住所　無料郵便配達地区《R・F・D》、#1、ブロック・ロード、ジェルーサレムズ・ロット、メイン　04270
年齢　十二歳
性別　男子
人種　白人
入院　一九七五年九月二十二日　入院付添人　アンソニー・H・グリック（父親）
症状　ショック、記憶喪失（部分的）、嘔吐、食欲不振、便秘、倦怠感
検査（添付の検査表を参照のこと）
1　ツベルクリン検査　陰性
2　喀痰および尿の結核菌　陰性
3　糖尿病　陰性
4　白血球計算値　陰性
5　赤血球計算値　45％ヘモグロビン
6　骨髄標本　陰性

7 胸部X線 陰性

所見 原発性または二次性の悪性貧血。前回の検査では86%ヘモグロビンを示している。二次性貧血の可能性は少ない。潰瘍、痔、痔出血等の病歴はない。鑑別血球計算値は陰性。原発性貧血に精神的ショックが重なったものと思われる。万一の腸出血を考慮してバリウム注腸とX線撮影を指示せるも、父親の話では最近事故にあった事実はないとのこと。同時に連日のビタミンB_{12}の投与を指示(別表参照)。つぎの諸検査まで退院を許可。

担当医 G・M・ゴービー

14

九月二十四日午前一時、看護婦が投薬のためにダニー・グリックの病室に入った。彼女は眉をひそめて戸口で立ちどまった。ベッドが空っぽだった。

彼女の視線はベッドから、床に倒れている奇妙にぐったりした白い塊に吸い寄せられた。

「ダニー?」

彼女はそばに近寄りながら考えた。トイレに立とうとしたけど、まだ無理だったんだわ。

彼女はダニーをそっとあおむけにした。彼が死んでいることに気づく前にまず考えたのは、ビタミンB_{12}が効きはじめたらしいということだった。入院以来いちばんよい顔色だった。

やがて彼女は、彼の手首の冷たい感触と、指の下のうっすらと青い脈に動きがまったくないことに気がついた。彼女は患者の死亡を報告するためにナース・ステーションへ走った。

第五章　ベン（その二）

1

九月二十五日の晩、ベンはふたたびノートン一家とともに食事をした。木曜日の晩で、豆にフランクフルト・ソーセージというありふれた献立だった。ビル・ノートンが戸外のグリルでフランクフルトを焼き、アンが朝の九時からソラマメを糖蜜で煮ていた。彼らは庭のピクニック・テーブルで食事を済ませたあと、四人で坐って煙草を吸いながら、レッド・ソックスがペナント獲得の望みが薄れたことをとりとめもなく話し合っていた。

空気の気配が微妙に変わっていた。まだシャツ一枚でも快適な気温だったが、いつとはなしにひんやりした気配が忍び寄っていた。秋はすぐそこまできて、出番を待っていた。エヴァ・ミラーの下宿屋の前にある大きな楓《かえで》の老木は、早くも赤く色づきはじめていた。

ベンとノートン一家の関係には変化がなかった。スーザンの彼に対する好意は率直で純粋で自然だった。彼のほうも彼女を好いていた。ビルの彼に対する好意もしだいに増してゆくようだったが、本人よりも娘目当てでやってくる男を前にして、世のすべての父親が感じる意識下のタブーのために、その好意は一時おあずけの形をとっていた。相手の男が気に入り、自分自身に対して正直ならば、ビールを飲みながら女の話をしたり、政治の悪口をいったりして、なんのこだわりもなくおしゃべりもできよう。しかし潜在的な好意がどれほど深かろうと、将来自分の娘の処女を奪うことになる道具を股の間にぶらさげた男に対して、完全に胸襟《きょうきん》を開いて接するのは無理というものだ。結婚後その可能性が現実になって、夜ごと自分の娘と寝ている男と、はたして肚《はら》を割った真の友達になれるものだろうか、とベンは考えてみた。そこには道徳というものが介在するだろう。しかしベンはその種の友情が成立しうるとは思わなかった。

アン・ノートンの態度は依然として冷淡だった。スーザンは前の晩のフロイド・ティビッツに関する話合いを——つまり母親が娘の婿《むこ》の問題はその線できちんと満足のゆくように解決されたものと決めこんでいることを、ベンにはあまり詳しく話さなかった。フロイドは母親の目から見れば、品質保証書つきの品物だった。一方のベン・ミアーズは、どこからともなくあらわれて、しかも娘の心をポケットに入れたまま、あっという間にまたいなくなってしまう存在かもしれなかった。彼女は田舎町に住む人間の常で本能的に芸術家タイプの男を嫌っていた(詩人のエドウィン・アーリントン・ロビンスンか小説家のシャーウッド・アンダースンならたちまちその気持を見抜くだろう)。なよなよした優男《やさおとこ》か、逆に種牛のような男っぽい男は、どちらも殺人や自殺を犯したり、妄想を抱いたりする傾向があって、切り落とした自分の左耳を箱に入れて若い娘に送りつけたりしかねない。もしかすると彼女はそういう処世訓を心の底に秘めているのではないか、とベンは思ったりもした。ベンがラルフィー・グリックの捜索隊に参加したことは、彼女の疑惑をやわらげるどころかかえって煽りたてる結果になった。彼女を味方に引き入れることは不可能ではないかと、ベンは考えていた。彼女はパーキンズ・ギレスピーが彼の部屋を訪ねたことを知っているのだろうか？

そんなことをぼんやり考えているとき、アンがいった。「グリックの息子のことだけど、恐ろしいわ」

「ラルフィーのことか？　まったくだ」と、ビルが相槌を打った。

「そうじゃなくて、上の子のほうよ。死んだのよ」

ベンは驚いて問いかえした。「だれが？　ダニーがですか？」

「昨日の朝早く死んだのよ」彼女は男たちがそれを知らなかったので意外そうな顔をした。町じゅうその噂でもちきりだったからである。

「わたしもミルトの店で聞いたわ」と、スーザンがいった。彼女の手がテーブルの下でベンの手を見つけて、いそいそと握りしめた。「グリックさんの家の人たちはどんな気持かしらね」

「あの人たちの身になればわたしだって同じだけど」と、アンがいった。「きっと気が変になりそうなほどでしょうよ」

そうに違いない、とベンは思った。わずか十日前まで、彼らの生活は定められた円周上を何事もなく回っていた。その家族の絆があっという間にばらばらに崩壊してしまったのだ。彼は背筋が寒くなった。

「もう一人の子は生きて見つかると思うかね？」と、ビルがベンにきいた。

「いや。ぼくはもう死んでいると思いますね」

「二年前にヒューストンであった事件と同じだわ」と、スーザン。「死んでるとしたら、まず見つかる望みはないんじゃないかしら。いったいだれが無抵抗な子供をそんなめに……」

「たぶん警察が捜してますよ」と、ベンがいった。「ブラック・リストに載っている性犯罪者たちを狩り集めて、取調べをおこなっているでしょう」

「犯人が見つかったら、両手の親指で吊るすべきだよ」と、ビル・ノートンがいった。「バドミントンはどうかね、ベン？」

ベンは腰をあげた。「いや、遠慮しときます。腕が違いすぎて、あなたがぼくを人形がわりにして独りでゲームをやっているようなもんですよ。ごちそうさま。今夜も仕事があるんです」

アン・ノートンはつと眉をあげただけでなにもいわなかった。

ビルも立ちあがった。「新しい本ははかどっているかね？」

「ええ」ベンは言葉少なに答えた。「スーザン、一緒に丘の下まで歩いて行って、スペンサーズでソーダ水でも飲まないか？」

「さあ、どうかしら」と、アンが急いで口をはさんだ。「ラルフィー・グリックの事件やなんやかやのあとだから、なるべく——」

「ママ、わたしはもう大人よ」と、スーザンが反論した。「それにブロック・ヒルはずっと街灯があるじゃないの」

「もちろん、ぼくが家まで送るよ」ベンはエヴァの下宿から歩いてやってきた。車に乗るにはもったいないほど気持のよい夕方だった。

「だいじょうぶだよ」と、ビルがいった。「お前は少し心配しすぎる」

「そうなんでしょうね。結局若い人たちがいちばんよく知ってるんだわ」アンはかすかにほほえんだ。

「ジャケットを取ってくるわ」と、スーザンがベンに耳打ちして、家のほうへ戻って行った。赤い運動用の短いスカートをはいていたので、階段をあがるときに脚があらわになった。ベンはアンに見られていることを承知でそれを眺めた。ビルは炭火を消していた。

「ザ・ロットにはいつまでいるつもりなの、ベン？」アンが大して興味もなさそうに質問した。

「本が書きあがるまではいるつもりですが、その先のことはわかりません。ここは朝がとてもいい気持だし、空気もおいしい」彼は相手の目を見ながら微笑した。「ずっと住みつくことになるかもしれませんね」

彼女がほほえみかえした。「でも冬はとっても寒いのよ、ベン」

そのときスーザンが明るい色のジャケットを肩にかけて階段をおりてきた。「もういいかしら？　わたしはチョコレートにするわ。空《コンプレクシヨン》もようはどうかしら？」

「その顔《コンプレクシヨン》色ならだいじょうぶだよ」ベンはノートン夫妻のほうを向いた。「もう一度お礼をいいます」

「いつでもどうぞ」と、ビルが答えた。「よかったらビールの六本入りパックを持って明日の晩もきてくれ。いまいましいヤストレムスキーのやつを肴《さかな》にして飲もうじゃないか」

「そいつは面白いだろうな。しかし二回からあとはなにをします？」

ビルの愉快そうな笑い声が、家の角をまわった二人のあとを追いかけてきた。

2

「ほんとはスペンサーズへなんか行きたくないの」と、丘をくだる途中でスーザンがいった。

「そのかわり公園へ行きましょうよ」

「強盗に襲われてもいいんですか、お嬢さん?」と、ベンは彼女をからかった。

「ザ・ロットでは強盗も七時になると店じまいするのよ。町の条令でそう決まっているの。もう八時三分だから心配ないわ」丘をくだる二人の上に夜の闇が落ちかかり、二つの影が街灯の明りの中で伸びたり縮んだりした。

「愉快な強盗がいるんだな、この町には。暗くなると公園には人がいなくなるのかい?」

「ときどきドライヴ・インへ行くお金のない若い子たちが、公園を利用するだけよ」彼女はちらとウインクした。「だから茂みのかげでこそこそしていても、気がつかないふりをするの」

彼らは町役場に面した西側の入口から公園に入った。公園内は暗く、夢幻的で、コンクリート遊歩道が葉の茂った木々の下でゆるやかなカーヴを描き、幼児用プールが街灯の屈折した光の中で静かに輝いていた。だれかほかに人がいるとしても、ベンには見えなかった。

彼らは戦歿者記念碑をまわってゆっくり歩いて行った。一八一二年の戦争のときに建立《こんりゅう》されたこの記念碑には、古くはアメリカ独立戦争から最近のヴェトナム戦争にいたる戦死者たちの長いリストが刻まれていた。ヴェトナムで戦死したザ・ロット出身者は六名いて、真鍮のプレートに新しく彫られた名前が生傷のように光っていた。この町の名前は間違っている、と彼は思った。この町は時間《タイム》と呼ばれるべきだ。あたかもその考えから生まれた自然な動作のように、彼は肩ごしにマーステン館のほうを見あげたが、町役場の建物にさえぎられて目に入らなかった。

彼女はベンの視線の行方に気づいて眉をひそめた。それぞれのジャケットを草の上に拡げて腰をおろしたとき（二人とも暗黙のうちにベンチを敬遠していた）、彼女がいった。「ママがいってたけど、パーキンズ・ギレスピーがあなたのことを調べているそうよ。学校でなにか盗難事件が起きると、新しい転校生が目をつけられるってわけなのね」

「彼はなかなか面白い男だよ」

「ママはまるであなたを犯人扱いよ」と、彼女はおどけた口調でいったが、その裏から真剣さが顔をのぞかせていた。

「きみのお母さんはぼくをあまりよく思ってないようだね」

「そうなの」彼女はベンの手を握った。「一目見たときから虫が好かないっていうことがよくあるでしょう。ごめんなさいね」

「いいんだよ。いずれにしろ五割は打ってるんだから」

「パパのこと？」彼女はほほえんだ。「パパは一流のものを見分ける目があるのよ」ほほえみが消えた。「ベン、新しい本はどんな内容なの？」

「ちょっと説明が難しいな」彼は運動靴を脱いで、露に濡れた草に足の親指を突きたてた。

「話をそらさないで」

「いや、きみに話すのはちっとも構わないんだよ」自分でも意外だったが、それは彼の本音だった。これまではいつも進行中の作品を、護り育ててやらなければならないかよわい子供とみなしてきた。あまりいじりすぎるとだめにしてしまうおそれがあった。死んだミランダは『コンウェイの娘』のときも『風のダンス』のときもうるさく詮索したが、彼は一言も話さなかった。だがスーザンの場合は違う。ミランダはいつも単刀直入に探りを入れてきた、というより彼女の質問には尋問の趣きがあった。

「どう説明したらいいか、ちょっと考えさせてくれよ」

「じゃ、考えながらわたしにキスしてくれる？」といって、彼女は草の上に寝転んだ。彼の視線はいやでも短いスカートに吸い寄せられた。裾が大きく持ちあがっていた。

「どうかな、キスは考えごとの邪魔じゃないかと思うんだが、とにかくやってみよう」

彼は上からおおいかぶさって彼女にキスしながら、片手を軽く腰に添えた。間もなく彼女の舌がはじめて触れてきた。彼も舌でそれを迎えた。彼女は体をずらしてもっと熱いキスを返した。コットン・スカートのやわらかい衣ずれの音が大きくなって、狂おしいまでに彼を駆りたてた。

彼の手が上のほうに滑ってゆくと、彼女の豊かな胸が大きく盛りあがってやわらかく彼の手を迎えた。彼女と知りあってから自分が十六歳の少年に戻ったような気持になったのは、これで二度目だった。頭に血がのぼった十六歳の前には、なんの障害物も見当たらない六車線の道路のように、欲するすべてが横たわっていた。

「ベン？」

「なんだい？」

「わたしが欲しい?」

「ああ。欲しいとも」

「ここの草の上でよ」

「もちろん」

暗闇の中で大きく見開かれた目が、彼を見あげた。彼女はいった。「ゆっくりやってね」

「そうしよう」

「ゆっくりよ。お願い、ゆっくりやって。そう……」

彼らは闇の中で一つの影になった。

「ああ、スーザン」彼は呻いた。

3

彼らは、はじめは公園の中をあてもなく、やがてブロック・ストリートを目標に、歩きだした。

「後悔してるかい?」と、彼がきいた。

彼女は彼を見あげて無邪気にほほえんだ。「後悔どころか、うれしいわ」

「それはよかった」

彼らは手を取りあって、無言で歩いて行った。

「本の話はどうなったの?」と、やがて彼女がきいた。「途中で楽しい中断があったけど、本のことを話してくれる約束だったのよ」

「今度の本ではマーステン館のことを書いているんだ」彼はゆっくりと答えた。「そもそもの初めはそうじゃなかったような気がする。ぼくはこの町のことを書く気でいた。しかし、ぼくは自分を欺いていたのかもしれない。実はヒュービー・マーステンのことをいろいろ調べてみたんだ。彼はギャングだった。彼のやっていた運送会社というのは表看板にすぎなかったんだよ」

彼女は驚いて彼の顔を見た。「どうやってそれを調べたの？」

「ボストン警察と、バーディ・マーステンの妹のミネラ・コーリーという婦人から聞いたのさ。彼女はいま七十九歳で、朝食になにを食べたかもおぼえていないないほどなんだが、一九四〇年以前に起きたある事件だけはいまだに忘れていないんだ」

「で、彼女からその話を——」

「知っていることは全部聞いたよ。いまニュー・ハンプシャーの療養所にいるんだが、もう何年も彼女の話を聞いてくれる人なんかいないらしくてね。ヒューバート・マーステンはほんとはボストン地区で仕事をしていたプロの殺し屋じゃなかったのかと質問したら——警察はそうにらんでいた——彼女は黙ってうなずいたよ。何人ぐらい殺したのかと質問したら、彼女は目の前に指を出して前後に揺り動かしながら、『これを何度かぞえられますか？』と逆に質問したよ」

「まあ」

「ボストンの組織は、一九二七年にヒューバート・マーステンのことでひどく神経をとがらせはじめた」と、彼は続けた。「彼はこの年ボストン市警とモールデン警察で二度取調べを受けている。ボストンで逮捕されたのは暗黒街のある殺人事件の容疑者としてで、このときは二時間後に釈放されている。モールデンの事件は殺し屋稼業とは無関係だった。十一歳の少年が殺された事件で、死体のはらわたが抜かれていた」

「こわいわ、ベン」彼女は弱々しい声でいった。

「マーステンの雇い主たちは彼を仕事から解放してやったが——たぶん彼はいくつかの死体が埋まっている場所を知っていたんだろう——それがボストンにおける彼の終わりだった。彼はひっそりとセイラムズ・ロットに移り住んで、引退した運送会社の社長として、月に一度ずつ小切手の仕送りを受けていた。外出はほとんどしなかった。少なくともぼくらの知っているかぎりでは、めったに外へ出なかったようだ」

「それはどういう意味なの？」

「ぼくは図書館に入りびたって、一九二八年から三九年までのレジャーの古いコピーを調べてみたんだ。その期間に四人の子供が行方不明になっている。田舎ではそれほど珍しいことじゃない。よく子供が行方不明になったり、道に迷って死んだりするからね。砂利穴に埋まって死ぬ子供もいる。かわいそうだがよくあることだよ」

「でも、四つの行方不明事件はそれとは違うと思っているんでしょう？」

「それはわからない。しかし四人が四人とも死体が発見されて**いない**ことは事実なんだ。一九四五年に骸骨を発見したハンターもいなければ、セメントを作る砂利を採取していて、白骨死体を掘り起こした請負業者もいない。ヒューバートとバーディはあの家に十一年間住み、子供たちが行方不明になった、わかっているのはそれだけだよ。だがモールデンで殺された子供のことがぼくの頭からはなれないんだ。そのことを何度も考えてみた。きみはシャーリー・ジャクスンの『丘の上の幽霊屋敷』を知ってるかい？」

「ええ、あれなら読んだわ」

彼は小声でその中の言葉を引用した、「『そこを歩むものは、正体がなんであれ、独りで歩んだ』。きみはぼくの本の内容を知りたがったね。本質的には、この本の主題は悪の力の回帰ということなんだよ」

彼女は両手で彼の腕につかまった。「まさかあなたは、ラルフィー・グリックが──」

「三年おきの満月の夜に生き返る、ヒューバート・マーステンの復讐心に燃えた霊に貪《むさぼ》り食われた、とは思っていないだろう、といいたいのかね？」

「まあそんなところね」

「ぼくに安心させてもらおうと考えているんならお門違いだよ。ぼくは子供のころあの家の二階の寝室のドアをあけて、マーステンが梁《はり》からぶらさがっているのを見た人間だということを忘れないでくれ」

「それじゃ答にならないわ」

「たしかにそうだ。しかしぼくの考えをいう前に、もう一つだけきみに話しておきたいことがある。ミネラ・コーリーから聞いたことだ。世の中には真の悪人がいると彼女はいうんだ。そういう人間の話を聞くことはあるが、だれも知らない闇の中で活動している悪人のほうが、世間に知られている人間よりも数は多いんだそうだ。彼女は生涯にそういう人間を二人知っていたという。一人はアドルフ・ヒトラーで、もう一人が義兄のヒューバート・マーステンだというんだよ」彼は一呼吸おいてまた続けた。「ヒュービーが自分の妻を撃った日、ミネラはそこから三百マイルはなれたケープ・コッドにいた。その年の夏、ある金持の一家の家政婦として働いていたのだ。彼女は大きな木のボウルで野菜サラダを作っていた。時刻は午後二時十五分だった。突然、彼女の表現によれば、『稲妻のような』鋭い痛みが頭の中を突き抜けて、ショットガンの銃声が聞こえた。彼女は床に倒れた、とご本人がいっていた。やがて意識を取り戻したときは――そのとき家の中には彼女一人しかいなかった――倒れてから二十分経過していた。彼女はサラダ・ボウルの中をのぞいて悲鳴を発した。ボウルは血でいっぱいのように見えたのだ」

「恐ろしいわ」と、スーザンが囁いた。

「間もなくすべてが正常に戻った。頭痛も消えていたし、サラダ・ボウルの中にあるのはサラダだけだった。しかし彼女は知っていたというんだ――姉がショットガンで撃たれて死んだことを」

「でも彼女がそういっているだけで、証拠はないんでしょう?」

「証拠はないさ。しかし彼女は口先の達者なぺてん師じゃない。嘘をつくだけの脳みそも残っていないほどの年寄りなんだ。いずれにしろそんなことはぼくにはどうでもいいんだよ。少なくともたいして問題じゃない。いまじゃ霊感能力《E・S・P》に関するデータはいくらでもあるから、理性の人を自任する人間がそれを一笑に付しても、自分の無知をさらけだすだけだ。バーディが自分の死を一種の心霊電話によって三百マイル先まで伝えたという考えは、ぼくにとっては、ときどきあの家の輪廓に埋もれているように思える悪の顔――それは実に醜悪な顔だ――の半分も信じがたいものじゃないんだよ。

きみはぼくがどう考えているかと質問した。その答をいおう。人々がテレパシーとか予知能力とかいう概念を受けいれることは比較的易しい。それらの現象を信じても自分の損にはならないからだ。別に夜眠れなくなるということもない。しかし人間の死後もその悪が生き残るという考えは、それにくらべればはるかに人々を不安にするのだ」

彼はマーステン館を見あげてゆっくり話し続けた。

「ぼくはあの家はヒューバート・マーステンの悪の記念碑、一種の心霊共鳴板だと思う。超自然の灯台といってもいい。何十年もあの場所に立ち続けて、おそらくその古い、腐りかけた骨組の中に、ヒュービーの悪のエッセンスを閉じこめているのだろう。

そこへもってきて、いまふたたび人間が住みはじめた。

そしてまた子供が一人行方不明になった」彼はスーザンのほうを向いて、下から見あげる顔を両手ではさみこんだ。

「実をいうと、ぼくがこの町へきたときはそんなことは考えてもいなかった。おそらくあの家はこわされてしまっただろうと思っていたから、まさか買手がついたとは夢にも思わなかった。自分があの家を借りることも考えてみた……どうしてそんなことを考えたのかよくはわからない。たぶん自分の恐怖心と対決したかったのだろう。あるいは幽霊退治をしたかったのかもしれない――ヒュービー、すべての聖人の名において、消え去れ、というわけだ。それともあの家の異様な雰囲気の中でぞっとするような怪奇物語を書いて、ベストセラーにして大儲けしようとでも思ったのか。いずれにしても、今度は自分が状況を支配しているという自信があって、そこが昔とは違うはずだった。ぼくはもう自分の心の中から投影される幻灯シーンを見て、悲鳴をあげながら逃げだす九歳の子供じゃないつもりだった。ところがいまは……」

「いまはどうなの、ベン？」

「あの家に人が住んでいる！」彼はそう叫んで、掌に拳を叩きつけた。「ぼくは状況を支配してなんかいないんだ。一人の少年が行方不明になったというのに、ぼくはその事実をどう考えていいかわからない。あの家とはなんの関係もない事件かもしれない……が、ぼくはそうは思わない」おしまいの部分はゆっくりと慎重に発せられた。

「幽霊？　それとも悪霊？」

「とはかぎらないさ。子供のころあの家に憧れて、それを買った無害な人間が……取り憑かれたのかもしれない……」

「あなたはなにかを知ってるの……？」と、彼女が恐ろしそうにいいかけた。

「新しい持主のことをかい？　いや、単なる想像だよ。だけどもしあの家が関係があるとしたら、ほかのことよりはなにかに取り憑かれたと考えるほうがよっぽど気が楽だよ」

「ほかのことって、たとえばどんなこと？」

彼はあっさりと答えた。「あの家がまた新しい悪人を呼び寄せたのかもしれない」

4

アン・ノートンは窓から二人の姿を眺めていた。その前にドラグストアに電話をしたとき、ミス・クーガンは妙にうれしそうな口調で答えた。いいえ、ここにはいません。今夜はうちの店にきませんでしたよ。

いったいどこへ行ってたの、スーザン？

彼女の顔が歪んで醜い渋面になった。

行ってしまうがいい、ベン・ミアーズ。わたしの娘をそっとしといておくれ。

5

彼の腕の中からはなれると、彼女はいった。「ひとつ大事なお願いがあるんだけど、ベン」

「ぼくにできることなら」

「いまの話を町の人にしないでほしいの。だれにもよ」

彼は暗い微笑を浮かべた。「心配するなよ。ぼくだって町の人たちに頭がおかしいと思われたくないからね」

「エヴァのところで部屋に鍵をかけている？」

「いや」

「わたしならかけるわ」彼女はじっとベンの顔をみつめた。「あなたは疑いの目で見られていると思わなくちゃ」

「きみとのこともかい？」

「そうよ、もしもわたしを愛してないとしたらだけど」

そういい終わると、彼女は急いで私道をのぼって行った。あとに残されたベンは、自分で話したこともさることながら、彼女が最後にいい残していった言葉に茫然としながら、彼女の後ろ姿を見送っていた。

6

エヴァの下宿に帰ってきたとき、彼は書くことも眠ることもできそうになかった。そこでシトローエンのエンジンを暖めて、ちょっと迷ってから、デルの店のほうへ走りだした。

店内は混んでいて、煙草の煙と騒音が充満していた。レンジャーズというカントリー・アンド・ウェスターンのバンドが、『ユーヴ・ネヴァー・ビーン・ジス・ファー・ビフォア』を演奏中で、技術の足らないところをヴォリュームで埋め合わせていた。ブルー・ジーンズ姿の圧倒的に多い四十組ほどのカップルがフロアをぐるぐる回っていた。ベンはエドワード・オールビーの猿の乳首に関する台詞《せりふ》を思いだして、いささかおかしくなった。

カウンターの止まり木は、みな同じようにビールを飲み、どれも似たり寄ったりの、生皮《きがわ》で縁どりしたクレープ・ラバー・ソールの作業ブーツをはいた、建築および工場労働者たちでいっぱいだった。

ふっくらした髪型の、白いブラウスに金糸で名前を縫いとりした（ジャッキー、トーニ、シャーリー）二、三人のバーメイドが、テーブルやボックス席を回り歩いていた。カウンターの中ではデルがビールの栓を抜き、いちばん隅のほうでは、黒い髪をポマードでべったり撫でつけた鷹のように目つきの鋭い男がカクテルを作っていた。その男はまったくの無表情でショット・グラスに酒を注ぎ、銀のシェーカーにぶちこんでほかの材料と混ぜあわせていた。

ベンがダンス・フロアを回ってカウンターのほうへ行きかけたとき、だれかが彼の名を呼んだ。

「ベン！　どうだい、元気かね？」

声のしたほうを見まわすと、ウィーゼル・クレイグが半分空になったビールを前にして、カウンターに近いテーブルに坐っていた。

「やあ、ウィーゼル」ベンはテーブルに腰をおろした。顔見知りに出会ってほっとしたし、おまけに彼はウィーゼルが好きだった。

「とうとう少しは夜遊びをする気になったかね？」ウィーゼルはにっこり笑いながら彼の肩をぽんと叩いた。ベンは彼がもう相当飲んでいるに違いないと判断した。ウィーゼルの息だけでもミルウォーキーの名を広めるには充分なくらいだった。

「そうなんだ」と、ベンは答えた。彼は一ドル札を一枚取りだして、ビールのグラスの跡がいくつも残っているテーブルにおいた。「そっちは元気かい？」

「しごく元気だよ。新しいバンドをどう思うね？　なかなかいかすだろう？」

「いいバンドだな。気が抜けないうちにそいつを飲みほしたら？　ぼくが一杯おごるよ」

「だれかがそういってくれるのを一晩じゅう待ってたところさ。ジャッキー！」と、彼は大声で叫んだ。「おれの友達にジョッキ一杯分持ってこい！　バドワイザーだ！」

ジャッキーがビールで濡れた小銭の散らばったトレイに、ジョッキをのせて運んでくると、プロ・ボクサーのように右腕の力瘤をふくらませてテーブルにおいた。そしてまるで新種のゴキブリでも見るような目つきで一ドル札を見た。「一ドル四十セントよ」と、彼女はいった。

ベンは一ドル札をもう一枚出した。彼女は二枚一緒に取りあげて、濡れた小銭の中から六十セント選びだし、テーブルに叩きつけるようにおいた。「ウィーゼル・クレイグ、あんたがどなると首を絞められた雄鶏みたいに聞こえるわよ」

「あんたはべっぴんだよ」と、ウィーゼルがいった。「こちらはベン・ミアーズ。本を書いている」

「よろしく」といい残して、ジャッキーは人ごみの中に消えて行った。

ベンが自分のグラスにビールを注ぐと、ウィーゼルはそれを見ならって巧みに縁までなみなみと注いだ。泡がこぼれそうになってひいた。「あんたに乾杯だ」

ベンはグラスを持ちあげて飲みほした。

「仕事の調子はどうかね？」

「うまくいってるよ、ウィーゼル」

「おれはあんたがノートンの娘と出歩いているのを見たよ。あれはかわいい子だ。あれだけの子はほかにはちょっといないね」

「うん。彼女は――」

「マット！」ウィーゼルが大きな声を張りあげたので、ベンはびっくりしてあやうくグラスを取り落としそうになった。やれやれ、この男の声は、まるでこの世に別れを告げる雄鶏みたいだ。

「マット・バーク！」ウィーゼルが夢中で手を振って合図を送ると、白髪の男が片手をあげて応え、人ごみを縫って近づいてきた。「あんたに紹介したい男がいる」と、ウィーゼルがベンにいった。「マット・バーク、頭のいいやつだよ」

近づいてきた男は年のころ六十前後かと思われた。長身で、ござっぱりしたフランネルのオープン・シャツを身にまとい、ウィーゼルと同じくらい白い髪はてっぺんが短く刈られていた。

「やあ、ウィーゼル」と、彼はいった。

「どうだ、元気かね？　エヴァの下宿に泊まっている男を紹介しよう。ベン・ミアーズだ。本を書いている。いい男だよ」彼はベンのほうを見た。「おれとマットはがきのころから一緒なんだ、もっともこいつは教育を身につけ、おれは身を持ちくずしたところが大違いだが」ウィーゼルは甲高い声で笑った。

ベンは立ちあがってマット・バークのごつごつした手を慎重に握った。「よろしく」

「こちらこそよろしく。あなたの本を読みましたよ、ミアーズさん。『風のダンス』です」

「ベンと呼んでください。気に入ってくれましたか？」

「批評家連中よりはずっと気に入りましたよ」と、マットが腰をおろしながらいった。

「あの作品は時がたてば受け入れられると思います。きみは元気かね、ウィーゼル？」

「快調だね。あいかわらず快調だよ。ジャッキー！」彼は声を張りあげた。「マットにグラスを持ってきてくれ！」

「ちょっと待ってよ、おいぼれ！」と、ジャッキーがどなり返した。周囲のテーブルから笑い声が洩れた。

「かわいい子だよ」と、ウィーゼルがいった。「モーリーン・タルボットの娘だがね」

「そうだ」と、マット。「わたしの教え子でね。七一年卒業のクラスだ。母親は五一年卒業のクラスだったよ」

「マットはハイスクールで英語を教えている」と、ウィーゼルがベンに説明した。「あんたたちならきっと話が合うよ」

「モーリーン・タルボットという娘をおぼえていますよ」と、ベンがいった。「ぼくのおばの洗濯物を取りにきて、きちんとたたんで籐《とう》かごに入れて返しにきた。そのかごは把手が片方しかなくてね」

「この町の生まれですか？」と、マットがきいた。

「子供のころしばらくこの町に住んでいたんです。おばのシンシアの家にね」

「シンディ・スタウエンズ？」

「そうです」

ジャッキーが新しいグラスを持ってきて、マットがそれにビールを注いだ。「まったく世間は広いようで狭い。わたしがセイラムズ・ロットに赴任した年に、おばさんは最上級にいましたよ。彼女は元気ですか？」

「一九七二年に死にました」

「それは気の毒に」

「全然苦しまずに死にましたよ」ベンはグラスにビールを注ぎたしながらいった。バンドの演奏が一区切りついて、メンバーがカウンターのほうへぞろぞろやってくるところだった。会話の音量が一目盛りさがった。

「ジェルーサレムズ・ロットへ帰ってきたのは、この町のことを本に書くためですか？」

ベンの心の中で警報が鳴り響いた。

「まあね」

「伝記作者にとっては扱いにくい町ですよ。『風のダンス』はいい本だった。この町でもあの作品に匹敵するいい本を書いてもらいたいもんです。かつては自分で書こうかと思ったこともあったんですがね」

「どうして書かなかったんですか？」

マットは微笑を浮かべた——悲哀や皮肉や悪意のまったく感じられない、率直な微笑だった。「一つの決定的な要素が欠けていたからですよ。つまり才能です」

「そんなことを信じちゃいかんよ」ウィーゼルがジョッキに残ったビールを注ぎながらいった。「マットにはありあまるほどの才能がある。教師というのはりっぱな職業だ。教師を尊敬するやつなんてどこにもいやしないが、ほんとは……」彼は言葉を捜して椅子の上で少しふらついた。ひどく酔いがまわってきたようだった。「教師は地の塩なんだ」と、彼は結び、ビールを一口飲んで顔をしかめながら立ちあがった。「ちょっと失礼、おしっこに行ってくるよ」

ウィーゼルは人に突き当たってはその連中の名前を呼んで声をかけながら、ふらふらと歩いて行った。人々は辛抱強く彼が通りすぎるのを待ち、あるいは陽気にはやしたてた。彼がトイレまで歩いて行く光景は、まるでピンボール・マシンのボールがあちこちにはねかえりながら、フリッパー・ボタンのほうに落ちてくるようだった。

「いい男だが、もう人間の残骸ですよ」マットはそういって指を一本立てた。目ざとくそれを見つけたウェイトレスがすぐにテーブルに近づいてきて、ミスターづきでバークに呼びかけた。彼女はかつての英語の古典の先生がこんな店にきて、ウィーゼル・クレイグのような手合いと一緒に酔っぱらっているのを見て、いささか憤慨しているようだった。彼女が新しいジョッキを運んできたとき、マットが少しぼんやりしているようにベンには思えた。

「ぼくはウィーゼルが好きですよ」と、ベンがいった。「きっとなにかわけがあると思うんですが。いったいなにがあったんです？」

「いや、わけなんかありませんよ。あいつは酒でだめになったんです。年々ひどくなって、いまじゃもうすっかり落ちぶれてしまった。あれで第二次大戦ではアンツィオで銀星章をもらっているんですよ。皮肉屋なら、彼がアンツィオで戦死していれば、彼の人生にはもっと意味があったと考えるところかもしれませんね」

「ぼくは皮肉屋じゃないですよ。依然として彼が好きです。でも今夜はぼくの車に乗せて連れ帰るほうがよさそうだ」

「そうしてもらえるとありがたい。わたしはときどきここへ音楽を聴きにくるんですよ。騒々しい音楽が好きでね。心臓が悪くなってからますます好きになりました。ところで、あなたはマーステン館に興味をお持ちだそうですね？　今度の本のテーマはそれですか？」

ベンは驚いてとびあがった。「だれから聞いたんです？」

マットは笑いながら答えた。「例のマーヴィン・ゲイの古い歌の文句はどうなってたですかね？　秘密の情報網《グレープヴァイン》があるんですよ。それにしてもぶどう蔓《グレープヴァイン》とはなかなかヴィヴィッドな、うまい表現ですな。もっともよく考えてみるとイメージがやや漠然としているが。一人の男がコンコードかトーケイ種のぶどうの樹のほうに耳をそばだてて立っている、そんなイメージが彷《ほう》彿《ふつ》としますよ……わたしの場合はぶらぶら歩きまわるんです。新聞記者のいわゆる情報源というやつ、わたしはそこから聞いたんですよ——実はロレッタ・スターチャーのことですがね。彼女はこの町の文学の砦《とりで》を護る図書館員です。あなたは何度か図書館へ行って、古いスキャンダルに関するカンバーランド・レジャーの記事を調べると同時に、その事件を含む二冊の犯罪実話の本を彼女から借り出しています。ついでにいうと、ルーバートの本はいいが——彼は一九四六年にザ・ロットを訪れて実地調査をしていますから——スノーのほうは想像で書いたいいかげんなものですよ」

「それは知っています」と、ベンは反射的に答えた。

ウェイトレスが新しいジョッキをテーブルにおいたとたんに、ベンの心にある不快なイメージが浮かんだ。ここに一匹の魚がいて、すいすいと、人目につかないように（と本人は思いこんでいる）泳ぎまわって、海草やプランクトンをぱくりぱくりとやっている。ところがうしろへさがってもっと広い範囲を見渡そうとしたとき、彼は愕然とする。海だと思っていたところが実は金魚鉢の中だったのだ。

マットがウェイトレスに金を払って続けた。

「まったくいやな事件が起きたもんですよ。あの事件は町の意識の中にもこびりついてしまったんです。もちろん、いやな事件や殺人の話というものは、いつの世でもよだれを流さんばかりにして代々語り伝えられるもんです。学校の生徒たちも、ジョージ・ワシントン・カーヴァーやジョナス・ソークのような偉人たちの話になるとぶうぶう不平をいうくせにね。しかしわたしはそれだけじゃないと思う。たぶん地理的特異性と関係があるんでしょう」

「そうですよ」ベンは思わず相手の話に引きこまれていた。このハイスクール教師は、彼がこの町に戻ってきた日から、いやおそらくはそれ以前から意識下に潜んでいたある考えを、いま言葉で述べたのだ。「あの家は丘の上に立って、いわば——ある種の暗い偶像のように町を見おろしていますからね」彼は自分のいったことを取るに足らないことのように見せるためにくすくす笑った——実際には心に深く感じていたことを不用意に口に出してしまったために、はじめて会った人間に対して自分の心の窓を開いてしまったような気がしていた。マット・バークが急に彼をしげしげとみつめはじめたことも気がかりだった。

「それが才能というものですよ」と、マットがいった。

「え？」

「あなたは実に的確に表現なさった。マーステン館はほぼ五十年間にわたって、われわれの小さな欠点や罪や嘘を見守ってきたのです。ある種の偶像のようにね」

「悪いことばかりじゃなしに、よいことも見てきたかもしれませんよ」

「こんな眠ったような田舎町には、いいことなんて大してありませんよ。おりおりの気の抜けたような悪意で――さもなきゃなお悪いことに、意識的な悪意で――味つけされた無関心があるだけです。たしかそのことについてはトーマス・ウルフがいろいろと書いているはずですよ」

「あなたは皮肉屋じゃないと思ったんだが」

「そういったのはあなたで、わたしではないですよ」マットは笑いながらビールを一口飲んだ。バンドのメンバーが赤いシャツにぎらぎらのヴェストにネッカチーフという派手な恰好で、カウンターから舞台に戻ってゆくところだった。リード・シンガーがギターを持ってコードを合わせはじめた。

「それはとにかく、あなたはまだわたしの質問に答えていません。新作ではマーステン館を書くんですか？」

「まあね」

「どうも誘導尋問みたいで、済みません」

「いいんですよ」とベンはいったが、スーザンのことを思いだしてちょっと不安になった。「ウィーゼルはなにをしてるのかな？　もうずいぶんたちますよ」

「まだ知り合ったばかりですが、ひとつお願いしていいですか？　断わられても当然だと思いますが」

「どんなことです？」

「わたしは創作のクラスを受け持っています。十一学年と十二学年の生徒が中心なんですが、なかなかよくできる子供たちで、彼らに言葉で生計を立てている人の話をプレゼントしてやりたいんです。なんといったらいいか――言葉を取りあげて、それに新鮮味を加えた人の話ですよ」

「喜んで引き受けますよ」ベンは滑稽なほど自尊心をくすぐられた。「一時限の長さはどれぐらいです？」

「五十分です」

「それぐらいなら生徒たちをあんまり退屈させることもないでしょう」

「そうですか？　わたしのときには連中ひどく退屈しているようですよ。しかしあなたがきてくれたら退屈なんかしないでしょう。来週はどうですか？」

「いいですよ。曜日と時間は？」

「火曜日の四時間目はどうでしょう？　十一時から十一時五十分までです。野次をとばす生徒はいないだろうが、そのかわり空腹で腹の鳴る音がたくさん聞こえるかもしれませんよ」

「それじゃ耳に詰める綿を持って行きましょう」

マットが笑った。「承知していただいてこんなにうれしいことはない。事務室でお待ちしてますが、それでいいですか？」

「結構です。ところであなたは――」

「バークさん」その声は例の逞しい腕をしたジャッキーというウェイトレスだった。「ウィーゼルがトイレで気を失っちゃったんです。どうしたら――」

「そうかね？　やれやれ。ベン、ちょっと手をかして――」

「いいですとも」

彼らは立ちあがって部屋を横切った。ふたたびバンドの演奏が始まり、オクラホマのマスコギーでは学生たちがいまも大学の学部長を尊敬している、といった歌詞の歌をうたっていた。トイレは尿と塩酸の不快な匂いがしていた。ウィーゼルは二つの便器の間の仕切りにもたれ、軍服を着た男が彼の右の耳から約二インチはなれたところに小便をしていた。

口はだらしなくあいており、ベンは彼がたいそう老けて見えると思った。すっかり老けこんで、やさしさのかけらさえ持ちあわせない冷酷な、非人間的な力に蹂躙《じゅうりん》された顔。日一日と進行してゆく彼自身の衰えという現実に、いまはじめてではなかったが、ショックを受けるほどの思いがけなさで思い当たった。黒く澄んだ水のように喉にこみあげてきた憐れみは、ウィーゼルに対するものであると同時に自分自身に対する感情でもあった。

「さあ」と、マットがいった。「こちらの紳士の用が済んだら、片手をこいつの体の下に入れてもらえますか？」

「いいですよ」ベンは答えて、のんびりと雫を切っている軍服の男を見た。「きみ、急いでくれよ」

「どうしてだい？　こいつはべつに急いじゃいないようだぜ」

それでも男はズボンのファスナーを引きあげて、彼らが割りこめるように便器の前からさがった。

ベンはウィーゼルの背中に片腕をまわし、脇の下に手をかけて抱き起こした。一瞬尻がタイルの壁に押しつけられ、バンド演奏の震動が伝わってきた。ウィーゼルは完全に酔いつぶれて意識がなく、濡れた郵袋のように重かった。マットがウィーゼルのもう一方の腕の下に頭を滑りこませて、自分の腕をウィーゼルの腰にまわした。そうやって彼らはウィーゼルをドアの外に運びだした。

「ウィーゼルさまのお通りだよ」とだれかがいうと、どっと笑い声が起こった。

「デルはウィーゼルを門前払いにすべきだよ」と、マットが息を切らしながらいった。「いつだってこうなることがわかってるんだから」

彼らはロビーへのドアを通り抜けて、駐車場へおりる木の階段の上に出た。

「ゆっくり」と、ベンがいった。「落っことさないように気をつけて」

彼らはウィーゼルを駐車場へ運んで行った。夜の冷気がいちだんと鋭くなっていた。明日は木の葉が血のように紅くなるだろう。ウィーゼルが喉の奥で唸りはじめ、頭が首の上で弱々しく揺れ動いた。

「エヴァの下宿へ帰ってから、一人で彼をベッドに寝かせられますか?」と、マットがきいた。

「たぶんね」

「よろしい。ほら、木の上にマーステン館の屋根がのぞいてますよ」

ベンは目をあげた。マットのいう通り、黒々とした松林の上に屋根だけがのぞいて、人間の手になる建物の規則的な輪廓で、目に見える世界の果てにある星の光をさえぎっていた。

ベンがバックシートのドアをあけていった。「手を放してください。ぼくがやりますよ」

彼はウィーゼルの全体重を受けとめて、手際よくバックシートに押しこみ、ドアを閉めた。ウィーゼルの顔が窓に押しつけられて、グロテスクにつぶれた。

「では火曜日の十一時に」

「かならず行きますよ」

「ありがとう。それからウィーゼルのことも礼をいいます」ベンはさしだされた手を握った。

彼はシトローエンに乗りこんでエンジンをかけ、町のほうへ戻りはじめた。酒場のネオンが木立に隠れて見えなくなると、道路は人っ子一人通らず、真暗闇だった。これらの道はいま物の怪に取り憑かれているのだ、と彼は思った。

ウィーゼルが鼻を鳴らし、唸り声を発したので、ベンは驚いてとびあがった。シトローエンがわずかに蛇行した。

ぼくはなんであんなことを考えたんだろう?

彼には答えられなかった。

7

窓をあけてウィーゼルの顔に冷たい空気がじかに当たるようにしてやったので、エヴァ・ミラーの前庭に着くころにはウィーゼルも朦朧《もうろう》としながらも半分正気に戻っていた。ベンは千鳥足のウィーゼルの手を引っぱって、裏のポーチの階段をあがり、ストーヴの蛍光でぼんやり照らされた台所に連れこんだ。ウィーゼルは呻き声を発し、喉の奥のほうで呟いた。

「あの娘はかわいいよ、ジャック、それに亭主持ちの女たち……連中は知ってるんだ……知ってるんだよ……」

廊下から人影があらわれた。古ぼけたキルティングの部屋着に巨体を包み、髪にカーラーをつけて、その上に透き通るようなスカーフをかぶったエヴァ・ミラーだった。彼女の顔はナイト・クリームをつけたために、青白く、幽霊じみて見えた。

「エド」と、彼女はいった。「ほんとにしようのない人ね……あいかわらず飲んだくれてばかりいて」

その声を聞きつけてウィーゼルが細目をあけ、かすかな笑いを浮かべた。「あいもかわらずさ」と、しゃがれ声でいった。「あんたがいちばんよく知ってるんじゃないのかね？」

「部屋へ連れてっていただけるかしら？」と、彼女がベンにきいた。

「ええ、わけないですよ」

彼はウィーゼルをしっかり抱えなおして、どうにか階段をあがらせ、部屋へ連れて行った。ドアには鍵がかかっていなかったので、中に運びこんだ。ベッドに寝かせると同時に意識の徴候がすべて消え失せ、ウィーゼルは泥のような眠りの底に沈んだ。

ベンは一瞬立ちどまって部屋の中を見まわした。部屋は殺菌でもしたように清潔で、兵舎のようにきちんとかたづいていた。ウィーゼルの靴を脱がせにかかったとき、エヴァ・ミラーがうしろから声をかけた。「もういいんですよ、ミアーズさん。お部屋へどうぞ」

「しかし、このままじゃ――」

「着ているものはわたしが脱がせるわ」彼女の顔は真剣そのもので、威厳のある、抑制された悲しみに満ちていた。「服を脱がせてから、二日酔いを防ぐためにアルコールでマッサージしてやるんです。いままでだって何度もやっているのよ」

「それじゃ」ベンは振りかえりもせずに階段をあがった。ゆっくりと服を脱ぎ、シャワーを浴びることを考えたが、思いなおしてやめにした。ベッドに入って天井を眺めながら横になったが、眠りはいつまでたっても訪れなかった。

第六章　ザ・ロット（その二）

1

ジェルーサレムズ・ロットの秋と春は、熱帯地方の日の出と日没のようにだしぬけにやってくる。その境界線はきわめて細く、わずか一日を境にして季節ががらりと移り変わってしまう。しかし春はニュー・イングランドの最上の季節ではない。春はあまりにも短く、あやふやで、あっという間に荒々しく変貌してしまいやすい。それでもなお、人が妻の手ざわりや、歯のない口で乳首を嚙む赤ん坊の歯茎の感触を忘れてしまったのちまでも、記憶に残る四月の日々がある。だが五月の中旬には、太陽が朝靄《あさもや》の中から厳然と力強く空に昇り、午前七時に昼食の入ったかごを手に持って階段の上に立つとき、人は八時になれば草の葉に宿った露が乾き、舗装してない道を車が通ったあと五分間は、もうもうたる土埃が空中に舞いあがることを知る。また午後の一時には工場の三階の温度が三十五度まであがり、汗の雫が油のように腕を伝わってシャツが背中にべったりと貼りつき、七月もかくやと思われる暑さになることを知る。

しかし、例年のごとく九月の中旬すぎのある日、頼りない夏を追いたてるようにして秋が訪れると、それはなつかしい旧友のようにしばらくの間腰を落ち着ける。秋は旧友があなたのお気に入りの椅子に腰をおろすようにして居坐り、パイプを取りだしてそれに火をつけてから、最後にあなたと会ってから彼が訪れたいろんな土地や、その間にやったことの話をしながら、午後の時をすごすことになる。

秋は十月の末まで居坐り、まれには十一月に入りこむ年もある。連日空はあくまで青く澄みわたり、常に西から東へと空をよぎって流れる雲は、灰色の竜骨を持つ静かな白い船を思わせるのだ。そのころには風が吹きはじめ、一瞬たりとも静まることがない。風はあなたの体の骨よりも深いどこかに痛みを感じさせる。風が、人間の魂の中の大昔からあるなにかを、南へ移動しなければ死んでしまう、と語りかける種族の記憶のコードを、かき鳴らすのかもしれない。四方を壁に囲まれた家の中にいても、風は羽目板やガラス窓を打ち、軒を揺さぶり、あなたは遅かれ早かれやりかけの仕事を中断してようすを見に外へ出なければならなくなる。そしてあなたは午後のなかばに玄関の階段か庭に立って、まるで神々の鎧戸があけたてされるかのように、雲の影がグリフェン牧場やスクールヤード・ヒルを、明暗織りまぜて走り抜けるのを見る。ニュー・イングランドのあらゆる植物の中で最も強く、最も有害で、最も美しいアキノキリンソウが、沈黙した多数の教会信者のように風に吹かれて頭《こうべ》を垂れるのを見る。そして車や飛行機がなくとも、町の西にある森の中でウズラやキジを撃つハンターがいなくとも、聞こえる音は自分の心臓のゆったりした鼓動だけだとしても、あなたの耳にはもう一つの音が聞こえてくる。それは初雪が最後の儀式をとりおこなうのを待ちながら、生命《いのち》がその輪廻《りんね》の終末に近づく音なのだ。

2

　その年の秋（暦の上の秋に対する真の秋）の最初の日は、九月二十八日、ダニー・グリックがハーモニー・ヒル墓地に埋葬された日だった。

　教会での儀式は内輪でおこなわれたが、墓地でのお祈りは町の人々にも公開され、多くの町民が参列した。ダニーのクラスメートたち、物見高い連中、それに老齢が彼らを経帷子《きょうかたびら》のように包みはじめるにつれて、葬儀に参列することを義務と感じるようになった老人たち、といった顔ぶれだった。

　彼らは長い列を作り、丘と丘の間を見え隠れしながらバーンズ・ロードをやってきた。すべての車が昼間にもかかわらずライトをつけていた。先頭はカール・フォアマンの霊柩車で、うしろの窓は花で埋もれていた。つぎはトニー・グリックの一九六五年型マーキュリーで、性能の落ちたマフラーが騒々しい排気音をまきちらしていた。そのあとに続く四台の車には、グリック家の親戚たちが分乗し、中には遠くオクラホマのタルサからきた人たちもいた。ライトをつけた長いパレードには、ほかにつぎのような人々が参加していた。マーク・ペトリー（ラルフィーが行方不明になった晩、ラルフィーとダニーが訪ねる予定になっていた少年）とその両親、リッチー・ボッディンとその家族、ウィリアム・ノートン夫妻と同じ車に乗りあわせたメイベル・ワーツ（太い両脚の間に杖をはさんでバックシートに坐り、一九三〇年以来参列したほかの葬式のことを休みなしに話し続けていた）、レスター・ダラムと妻のハリエット、ポール・メイベリーと妻のグリニス、ミルト・クロッセンの運転する車に同乗したパット・ミドラー、ジョー・クレーン、ヴィニー・アプショー、クライド・コーリスといった面々（ミルトは出発前にビール用の冷蔵庫をあけて、ストーヴの前でビールの六個入りパックを一同に分配した）、ともに独身の親友ロレッタ・スターチャー、ローダ・カーレスと同じ車に乗りあわせたエヴァ・ミラー、ジェルーサレムズ・ロットのパトカーに乗ったパーキンズ・ギレスピーと保安官代理のノリー・ガードナー、ローレンス・クロケットと青白い顔をしたその妻、原則として葬式にはかならず参列することにしている気むずかし屋のバス運転手、チャールズ・ローズ、チャールズ・グリフェン一家の妻と二人の息子ハルとジャック（まだ家に残っている子供たちはこの二人だけだった）等々……

マイク・ライアースンとロイヤル・スノーがその朝早く墓を掘り、掘りかえした土の上に細長い人工芝をかぶせていた。マイクがグリック家の注文で永遠の火に点火していた。彼は今朝ロイヤルのようすがいつもと違っていたことを思いだした。いつもならスノーは墓掘りの仕事についてあれこれ冗談をいうところだったが（しわがれた、調子っぱずれのテノールで、「でっかい白のシーツでお前をくるんでな、少なくとも六フィートの深さに埋めるんだぜ……」）、今朝はいつになく口数が少なく、不機嫌といってもよいほどだった。たぶん二日酔いなのだろう、とマイクは思った。彼とあの腕っ節の強い仲間のピーターズが、ゆうべデルの店でぐでんぐでんに酔っぱらっていたっけ。

五分前に、カールの霊柩車が一マイルほど先の丘を越えて近づいてくるのが見えたとき、彼は墓地のゲートをいっぱいにあけて、ドックの死体を発見して以来の癖で、ゲートの高い忍返しの釘をちらと見上げた。ゲートをあけると、掘ったばかりの墓穴のそばへ戻って行った。そこではジェルーサレムズ・ロット教区の司祭をつとめるドナルド・キャラハン神父が待っていた。神父はストールを肩にかけ、子供の埋葬式のページを開いた祈禱書を手に持っていた。ここがいわゆる第三の留《ステーション》に当たることを、マイクは知っていた。第一の留は死者の家であり、第二の留は小さなカトリック教会、聖アンドルー教会だった。

　彼はかすかに寒気をおぼえながら、あざやかなプラスチックの人工芝を見おろし、なぜ葬式にはこの人工芝がつきものなのだろうと考えた。それはまさしく見かけ通りのもの、むきだしの褐色の土くれを覆い隠す、安っぽい生のイミテーションでしかないように思われた。

「きましたよ、神父さん」と、彼はいった。

　キャラハンは長身で、人の心を見通すような青い目を持ち、赤ら顔だった。鋼《はがね》色の髪には白いものが混じりはじめていた。十六歳になると同時に教会通いをやめてしまったマイク・ライアースンは、この土地の呪《まじない》師の中ではキャラハン神父がいちばん好きだった。メソジスト派のジョン・グロッギンズ牧師は偽善的なおいぼれだし、モルモン教会のパタースンは正真正銘の変わり者だった。二、三年前に教会の執事の一人が死んだとき、パタースンは葬式で地面に倒れて転げまわったことがあった。しかしキャラハンはカトリック教徒にとってはなかなかいい神父だった。彼の葬式は静かで、心が安まり、いつも短時間で終わった。頰と鼻のまわりの血管が破れた赤ら顔がお祈りのせいだとは思えなかったが、かりにそれが酒焼けだとしても彼を非難する資格のある人間がいるだろうか、とライアースンは思った。こんな世の中では、坊さんたちがみんな精神科病院通いにならないほうがむしろ不思議というものだ。

「ありがとう、マイク」と神父はいって、青い空を見あげた。「今日はつらいお葬式になりそうだよ」

「そうでしょうね。どれぐらいかかります?」

「せいぜい十分だ。ご両親の苦しみを長びかせたくないからね。それでなくても彼らはまだまだ苦しまなければならないだろう」

「オーケー」マイクは墓地の奥のほうへ歩いて行った。石垣を跳びこえて森の中に入りこみ、遅い昼食をとるつもりだった。長い間の経験から、悲嘆に暮れる家族や友人たちが、第三の留の間にいちばん見たがらないのは、泥だらけの作業服を着た墓掘り人の姿であることを知っていたからである。それはいわば神父が描く光り輝く不滅の天国の門の絵に水をさすようなものだった。

塀の近くまできたとき、彼は立ちどまって、前のめりに倒れたスレートの墓石を眺めた。それを立てなおして、墓碑銘から泥を払いのけたとき、ふたたびかすかな寒気が体の中を走り抜けるのを感じた。

ヒューバート・バークレー・マーステン

一八八九年十月六日生

一九三九年八月十二日歿

黄金の扉の彼方に

真鍮のランプを捧げ持つ死神の使いが
汝を暗黒の海に導きたり

そしてその下に、三十六回の氷結と雪どけの季節のために、ほとんど消えかかったつぎの一行が認められた。

神よ彼を安らかに眠らせたまえ

依然として正体不明の漠然とした不安をおぼえながら、マイク・ライアースンは森の中に分け入って小川のほとりに腰をおろし、昼食にとりかかった。

3

昔神学校の生徒だったころ、キャラハン神父のある友人が彼に冒瀆的な毛糸刺繍《ししゅう》の見本をくれたことがあった。そのときはあきれかえって大笑いをしたものだったが、やがて年月がたつにつれて、たしかに一面の真理は衝《つ》いているし、それほど冒瀆的でもないと思えるようになった。それは、神よ、改めえないものをあるがままに受け入れる**心の平安**と、改めうるものを改める**不屈の意志**と、たびたび失敗《ファック・アップ》を繰りかえさぬ**幸運**をわれに与えたまえ、という文句だった。朝日をバックにしてこの文句がオールド・イングリッシュ字体で刺繍されていた。

いま、ダニー・グリックの会葬者たちの前に立つ彼の胸には、その古い信条がよみがえってきた。

　柩の付添い人たち、死んだ少年の二人のおじと二人のいとこが、柩を地面におろした。黒のコートにヴェールつきの黒い帽子をかぶったマージョリー・グリックが、ヴェールの網目の間からコテージ・チーズのような顔をのぞかせて、黒いハンドバッグを救命具かなにかのようにしっかりと握りしめ、父親の腕に支えられてふらつきながら立っていた。トニー・グリックはやつれはてたうつろな顔つきで、妻からはなれたところに立っていた。教会の儀式の間、彼は会葬者の中の自分の存在を確認しようとするかのように、何度も周囲を見まわしていた。彼の顔は自分が夢を見ているのだと思いこんでいる男のそれだった。

　教会の力をもってしてもこの夢をさますことはできない、とキャラハンは思った。いわんやあらゆる心の平安、不屈の意志、幸運をもってしてもそれは不可能なことだ。失敗《ファック・アップ》はすでに起きてしまったのだ。

　彼は柩と墓の上に聖水を振りかけて、永遠の浄《きよ》めをとりおこなった。

「みなさん、祈りましょう」と、彼はいった。いつものように言葉が、あるいは光り輝き、あるいは影となって、あるときは酔ったように、あるときは醒めたように、美しい旋律を伴ってなめらかに喉から転がりでた。

「主なる神よ、慈悲によって信仰に生きた者たちに永遠の平和を見いださせてください。この墓を祝福し、天使をつかわしてこの墓を見守らせてください。いまここにダニエル・グリックの遺体を埋葬いたします。どうぞ彼をあなたの御前に迎え入れ、あなたの聖人たちとともに永遠の御恵みを受けさせてくだささい。われわれは主イエス・キリストを通じてこのことを祈ります。アーメン」

「アーメン」参列者たちが口々に唱和したが、風がその声を吹き散らした。トニー・グリックが憑かれたように目を大きく見開いて周囲を見まわしていた。彼の妻はティッシュ・ペーパーで口もとをおさえていた。

「イエス・キリストへの信仰とともに、われわれは人間として未完成のままに終わったこの子の肉体を埋葬するために運んできました。すべてのものに生命を与えたもう神への信頼とともに、ダニエル・グリックが死せる肉体を完成まで高めて聖人たちの列に連なるよう祈りましょう」

彼はミサ典書のページをめくった。墓を囲んで馬蹄形に集まった会葬者の、前から三列目にいる婦人がしわがれた声をあげて泣きだした。森のどこかで一羽の小鳥がさえずった。

「われらが兄弟ダニエル・グリックのために、主イエス・キリストに祈りましょう」と、キャラハン神父は続けた。「主はつぎのようにおっしゃっています。『我は復活《よみがえり》なり、生命《いのち》なり。我を信ずる者は死すとも生きん。凡《およ》そ生きて我を信ずる者は、永遠《とこしえ》に死なざるべし』。主よ、われわれはあなたの友ラザロの死に泣きました。われわれの悲しみをお慰めください。われわれは心からそれを祈ります」

「主よ、われわれの祈りをお聞きとどけください」と、信者たちが唱和した。

「あなたは使者をよみがえらせました。われらが兄弟ダニエルに永遠の生をお与えください。心からそれを祈ります」

「主よ、われわれの祈りをお聞きとどけください」

トニー・グリックの目になにかがきざしはじめた。それは一種の啓示かもしれなかった。

「われらが兄弟ダニエルは洗礼によって洗い浄められました。彼をあなたのすべての聖人たちの仲間にお加えください。われわれは心からそれを祈ります」

「主よ、われわれの祈りをお聞きとどけください」

「彼はあなたの肉と血で養われました。あなたの天なる王国の食卓に彼をお加えください。われわれは心からそれを祈ります」

「主よ、われわれの祈りをお聞きとどけください」

マージョリー・グリックが呻き声を発して前後にふらふらと揺れはじめていた。

「われらが兄弟の死によってもたらされた悲しみをお慰めください。信仰によって心が慰められ、永遠の生がわれわれの希望となりますよう。われわれは心からそれを祈ります」

「主よ、われわれの祈りをお聞きとどけください」

神父はミサ典書を閉じた。「われらが主の教えたもうたごとく祈りましょう」と、彼は静かにいった。「天にいます我らの父よ――」

「やめろ!」トニー・グリックが絶叫して前に進みでた。「おれの子供に土をかけるな!」

人々は彼を引きとめようとして手をのばしたが、すでに遅かった。彼は一瞬墓穴の縁でよろけた。やがて人工芝に皺が寄って、ずるずると滑り落ちた。彼は穴の中に落ちこみ、柩の上に転落して恐ろしい音をたてた。

「ダニー、そこから出てこい!」と、彼はわめいた。

「まあ、なんてことでしょう！」とメイベル・ワーツが呟いて、葬式用の黒いシルクのハンカチで口をおさえた。彼女の目は貪欲に輝き、リスが冬にそなえて木の実を貯えるようにこの光景を記憶に貯えこんだ。

「ダニー、いつまでこんないたずらを続けるつもりなんだ！」

キャラハン神父が二人の付添い人に向かってうなずくと、彼らは前に進みでたが、夢中であばれながら叫びわめくグリックを墓穴から引きあげるには、パーキンズ・ギレスピーとノリー・ガードナーを含めて、さらに三人の人手が必要だった。

「ダニー、もういいかげんにやめろ！　ママをこわがらせたりして！　こっぴどく尻をぶってやるからな！　放せ！　放してくれ……おれは息子を出してやるんだ……放せ、この野郎……ああ、神さま――」

「天にいます我らの父よ――」キャラハンがふたたび祈りはじめ、ほかの声がそれに加わって、無関心な空のほうに言葉を押しあげた。

「願わくは御名の崇《あが》められん事を、御国《みくに》の来らんことを、御意《みこころ》の――」

「ダニー、聞いてるのか？　聞こえるか？」

「――天のごとく、地にも行なわれん事を。我らの日用の糧を今日も与え給え。我らに負債《おいめ》ある者を我らの免《ゆる》したる如く――」

「ダニイイイ、、、、イイイ――」

「――我らの負債も免し給え――」

「息子は死んじゃいない、死んじゃいないんだ。放してくれ、ちきしょう――」

「――我らを嘗試《こころみ》に遭《あわ》せず、悪より救い出し給え。アーメン」

「息子は死んじゃいない」トニー・グリックは啜《すす》り泣いた。「そんなはずがない。まだやっと十二になったばかりなんだ」彼は号泣をはじめ、涙で顔をくしゃくしゃにしながら、引きとめる手を振りはらって前に進んだ。そしてキャラハンの足もとにひざまずき、泥だらけの両手でズボンをつかんだ。「おれの息子を返してくれ。頼むからもうおれをからかうのはやめてくれ」

キャラハンは両手でやさしく彼の頭を支えた。「さあ、一緒に祈りましょう」と、彼はいった。グリックの啜り泣きがズボンを通して股《もも》に伝わってきた。

「主よ、嘆き悲しむこの男とその妻を慰めてやってください。あなたはこの子を聖水で浄めて、新しい生命を授けられた。いつの日かあの子にわれわれを再会させ、天国の喜びをとこしえにわかちあわせてください。イエス・キリストの名においてこのことをお願いします、アーメン」

彼は顔をあげて、マージョリー・グリックが失神しているのを知った。

4

人々が墓地から引きあげたとき、マイク・ライアースンは墓地に戻って墓穴の縁に腰をおろし、半分残ったサンドイッチを食べながらロイヤル・スノーが戻ってくるのを待った。

葬式は四時に始まり、いまはもう五時近かった。影が長くなり、陽はすでに西側の高いオークのかげに傾いていた。ロイヤルのやつは遅くとも五時十五分前に戻ると約束したのに、いったいどこでぐずぐずしているんだろう？

サンドイッチは好物のボローニャとチーズだった。というより自分で作るサンドイッチは全部好物だった。それが独り暮しのいいところだ。食べ終わって手をぽんと叩き、柩の上にパン屑をぱらぱらとこぼした。

だれかが彼をみつめていた。

突然、その視線をありありと感じた。驚いて目を丸くしながら墓地の中を見まわした。

「ロイヤル？　お前か、ロイヤル？」

答はなかった。風が木々の間を吹き抜けて溜息のような音をたて、木の葉を揺らした。石垣の向うの揺れ動く楡の影の中に、ヒューバート・マーステンの墓標が見え、彼はふと正面ゲートの忍返しの釘に刺されてぶらさがっていたウィンの犬のことを思いだした。

目。感情のこもらない無表情な目。それがじっと彼をみつめている。

闇よ、ここでおれをつかまえるな。

彼はだれかに話しかけられでもしたようにさっと立ちあがった。

「ちきしょう、ロイヤルのやつ」彼は独り言をいった。だが静かな声だった。もうロイヤルが近くにいるとも、やがて戻ってくるとも思っていなかった。とどのつまりは自分だけで仕事をかたづけなければならないだろうし、独りでやるとなれば時間もかかる。

明るいうちには終わらないかもしれない。

彼は仕事にとりかかった。突然襲いかかった恐怖を理解しようともせず、これまではいやだと思ったことのない仕事が、なぜ急にうとましくなったのかを考えようともしなかった。

彼はてきぱきした無駄のない動きで土の上から人工芝を剝ぎ取り、きっちりと筒に巻いた。それを片手で抱えて、ゲートの外に停めてあるトラックまで運んで行った。墓地のゲートから一歩外に出ると同時に、あのだれかに見られているような不快な感じがふっと消えた。

彼は人工芝をトラックの荷台に積んで、かわりにシャベルを手にとった。それから墓地のほうに戻りかけて一瞬ためらった。ぽっかり口をあけた墓穴が自分をからかっているような気がした。

だれかに見られているような感じがやんだのは、穴の中の柩が視界から消えるのと同時だったことを思いだした。突然、ダニー・グリックが小さなサテンの枕の上に横たわって両目を見開いているイメージが心に浮かんだ。いや——そんなばかげたことがあるはずはない。目はちゃんと閉じられているはずだ。カール・フォアマンが遺体の目を閉じてやるのを何度も見た経験があった。もちろんゴムで接着するのさ、といつかカールが説明してくれた。だって死体が会葬者にウインクでもしたら困るだろう？

シャベルで土を掬《すく》って穴の中に投げおろした。土は光沢のあるマホガニーの柩に当たってどすんと音をたて、マイクは思わずたじろいだ。その音のせいで少し気分が悪くなった。体をのばしてまわりの花飾りをぼんやり眺めた。金の無駄づかいもいいところだ。明日になれば赤や黄の花びらがそこらじゅうに散り敷いてしまうだろう。なぜそんなことに金をつかうのか、彼には理解できなかった。どうせ金をつかうのなら、対癌協会か小児麻痺救済基金か婦人慈善協会にでも寄付すればよさそうなものなのに。それなら少しはものの役に立とうというものだ。

彼はもう一度シャベルで土を投げおろしたところで、また手を休めた。

無駄といえば柩もそうだった。りっぱなマホガニーの柩、少なくとも千ドルはするだろう、ところがおれはいまこうしてその上に土をかけている。グリック一家は特別な金持というわけじゃないし、子供に葬式保険をかけておく親などどこにもいないだろう。おそらく土の中に埋める箱一つのために借金を背負いこんだに違いない。

彼は腰をかがめてまたシャベルで土を掬い、いやいや穴の中に投げこんだ。ふたたびどさっという恐ろしい、決定的な音。いまや柩の表面は土に覆われていたが、マホガニーの光沢がほとんど非難めいた輝きを隙間からのぞかせていた。

おれを見るのをやめろ。

また、今度はさして大きくない土くれを掬って、穴に投げこんだ。

どさっ。

影がたいそう長くなっていた。手を休めて見あげると、無表情に鎧戸を閉ざしたマーステン館が目についた。いちばん先に朝日の当たる東側が、墓地の鉄のゲートをまっすぐ見おろしていた。そこにドックの死骸が――。

彼はおのれを励まして、シャベルいっぱいの土を穴に投げこんだ。

どさっ。

細かい土の塊が横にこぼれ落ちて、真鍮の蝶番のところにたまった。もしだれかが柩の蓋をあけたら、墓の扉を開くときのような蝶番の軋る音がするだろう。

おれを見るのをやめろ、ちきしょうめ。

彼はまた腰をかがめてシャベルを使おうとしたが、その考えの重さに圧倒されて一分間ほど手を休めた。いつか――ナショナル・エンクワイヤラーかなにかで――自分が死んだらキャディラック・クーペ・ド・ヴィルの新車を柩がわりにして葬ることを遺言状に指示した、テキサスのある石油成金の話を読んだことがあった。遺族は遺言通りにそれを実行した。パワー・ショベルで大きな穴を掘って、クレーンでキャディラックを吊りあげた。国じゅうの庶民が、唾と荷造り用の針金でかろうじてばらばらになるのを防いだおんぼろ車を乗りまわしているというのに、この大金持の豚は、あらゆるアクセサリーを完備した一万ドルもする車の運転席に坐って埋葬されたのだ――

彼は急にぴくっと体を震わせて、一歩うしろにさがり、用心深く首を振った。自分がほとんど夢遊病に近い状態にあったような気がした。だれかに見られているような感じはますます強くなっていた。空を見あげて、光がほとんど消えてしまっているのに驚いた。明るい光を浴びているのは、いまではマーステン館の最上階だけだった。時計を見ると六時十分だった。やれやれ、始めてから一時間たったというのに、まだシャベル六杯分しか穴を埋めていない！

マイクは仕事に精を出し、考えごとはやめようと努めた。どさっ、どさっ、どさっ、柩にぶつかる土の音がしだいに低くなった。柩の表面はすっかり土に覆われ、両端から小川のようにこぼれ落ちた土がほとんど錠と掛金にまで達していた。

彼はさらにシャベル二杯分の土を投げ入れたところで手を止めた。

錠と掛金？

いったいどういうわけで柩に錠なんかついているんだ？　だれか中に入りこもうとするやつがいるとでも思ったのだろうか？　きっとそうに違いない。まさか中の死体が外に出てくると思ったわけじゃないだろう——

「おれをみつめるのをやめろ！」と、マイク・ライアースンはとうとう声に出して叫んだ。心臓が喉のほうにせりあがってくるような感じだった。突然、この場所から逃げだしたいという衝動が、町まで一直線に突っ走って帰りたいという衝動が、彼をとらえた。その衝動を抑えつけるのは一苦労だった。単に神経がおかしくなっただけだ。墓地で働いている人間で、ときおりこのような衝動に駆られた経験のない人間などいるだろうか？　十二歳になったばかりの、大きく目をむいたあの少年を埋めなければならない、これじゃまるで恐怖映画の一場面だ——

「くそっ、やめろ！」と彼は叫んで、狂ったようにマーステン館のほうを見あげた。もう陽が当たっているのは屋根だけだった。時刻は六時十五分だった。

そのあと彼はせっせとシャベルを動かし、よけいなことはなにも考えまいとした。しかしだれかに見られているという感じは、弱まるどころか逆にますます強くなり、シャベルの土は一回ごとに前より重くなるように思えた。

柩はすっかり土に覆われたが、依然としてその形ははっきり見分けられた。

死者のためのカトリックの祈りが、よくあることだがはっきりした理由もなしに、彼の心の中を駆けめぐりはじめた。彼は小川のほとりで昼食をとりながら、キャラハンのお祈りの文句を聞いていた。それと、父親の悲痛な叫びを。

われらが兄弟のために主イエス・キリストに祈りましょう……

（おお、わが父よ、われに御恵みを与え給え）

彼は手を休めて墓の中をのぞきこんだ。穴は底知れぬ深さだった。迫りくる夜の影が、ねばねばする生き物のように穴の底に溜まっていた。穴はまだまだ深かった。暗くなるまではとうてい埋め終わらないだろう。

（蝿の王よ、いまこそ御恵みをたれ給え）

我は復活《よみがえり》なり、生命《いのち》なり。我を信ずる者は死すとも生きん……

たしかに目をあけている。だから見られているような気がするのだ。カールがゴム糊をけちったので、窓のブラインドのように目がぱっちりあいてしまって、グリックの息子はおれをみつめているのだ。なんとかしなくちゃ。

……凡《およ》そ生きて我を信ずる者は、永遠《とこしえ》に死なざるべし……

（わたしは腐臭を放つ肉をあなたに捧げます）

そうだ。シャベルで土を掬いだすんだ。土を掬いだしてシャベルで錠を叩きこわし、柩の蓋をあけて恐ろしげに見開かれた目を閉じてやるんだ。葬儀屋の使うゴム糊は持ってないが、ポケットに二十五セント銀貨が二枚ある。それで間に合わせよう。そうだ、この子には銀貨が必要だ。

太陽はすでにマーステン館の屋根にかかり、町の西側のいちばん高い針樅の老木にだけ陽が当たっていた。鎧戸が閉まっているのに、マーステン館は彼をみつめているように思われた。

（あなたは死者をよみがえらせました。われらが兄弟ダニエルに永遠の生をお与えください。あなたの恩寵を得んがためにいけにえを捧げました。いまここに、左手でそれを持ちきたったのです）

　マイク・ライアースンは突然墓の中にとびこんで、狂ったようにシャベルを使い、褐色の土を穴の中から投げかえしはじめた。ついにシャベルが柩にぶつかって、側面にへばりついた土をかき落とすと、彼は柩の上にひざまずいて真鍮の掛金をくりかえしシャベルで叩きはじめた。

　小川の岸で蛙が鳴き、近くでヨタカの群が鋭い鳴き声をたてはじめた。

　六時五十分。

　おれはいったいなにをしてるんだ？

　彼は柩の上にひざまずいて懸命にそのことを考えようとした……が、心の中のなにかが、急げ、急げ、もうすぐ日が暮れる、と彼をせきたてた——

　闇よ、ここでおれをつかまえるな。

　彼はシャベルを高々と振りあげて、錠めがけて打ちおろした。カチッという音がして、錠がこわれた。

　彼は最後に残されたかすかな正気の中で顔をあげた。その顔は汗と泥にまみれ、ふくれあがった白眼がかっと見開かれていた。

　空の胸で宵の明星《みようじよう》が輝いていた。

　彼はあえぎながら穴から這いあがり、穴の縁に腹這いになって、柩の蓋の掛金を手で探った。ようやくそれを探りあてててぐいと引っぱった。蓋が持ちあがって、蝶番が思った通りの音をたてて軋み、はじめはピンクのサテンが、続いて黒い服を着た片腕が目の前にあらわれた（ダニー・グリックは聖餐式の服装で葬られていた）。それから……顔が……

　一瞬マイクの呼吸が止まった。

目はやはりあいていた。彼ははじめからそのことを知っていたのだ。大きく見開かれた両目はほとんど濁っていなかった。それはまさに消えようとする昼間の光の中で、不気味なまでに生き生きと輝いているように見えた。顔にも死人の青白さは見られず、頬はバラ色で、ほとんど生気に満ちあふれているようにさえ見えた。

マイクはその凍りついたような、きらきら輝くまなざしから目をそらそうとしたが、意志の力ではいかんともしがたかった。

「くそっ——」と、彼は呟いた。

そのとき、わずかにのぞいていた太陽が地平に沈んだ。

5

マーク・ペトリーは自分の部屋でフランケンシュタインのモンスターのモデルを組み立てながら、階下の居間にいる両親の声に耳をすましていた。彼の部屋はペトリー一家が買ったサウス・ジョイントナー・アヴェニューの農家の二階にあって、いまでは家の中が現代風の石油暖房で暖められていたが、二階の古い煖炉は昔のままに残っていた。もともと、この家がキッチン・ストーヴで暖房されていたころは、温気を伝えてくる煖炉が二階の温度のさがりすぎを防いでいたのだが——それでも一八七三年から一八九六年まで、陰気なバプティスト派の夫と一緒に最初にこの家に住んだ婦人は、暖めたれんがをフランネルに包んでベッドに持ちこんでいた——いまはその煖炉がほかの役に立っていた。階下の音をよく伝えるのである。

両親は階下の居間で話しているのに、まるで彼の部屋のドアの前にいるかのように話し声がはっきり聞きとれた。

かつて、彼が前に住んでいた家で立ち聞きしているところを父親に見つかったとき――マークはそのときやっと六歳だった――父親は古いイギリスの諺《ことわざ》を引きあいに出した。腹を立てたくなかったら節穴に耳をつけるな。つまり立ち聞きなんかすると、不愉快な悪口を聞かされるかもしれないってことさ、と父親は説明した。

しかし、別の諺もある。備えあれば憂いなしともいうではないか。

マーク・ペトリーは十二歳にしては平均よりほっそりしていて、弱々しい感じを与えた。だが、膝と肘とかさぶただけでできているような同年代の大部分の少年たちにない、優雅でしなやかな身のこなしが、彼にはあった。顔色はほとんど乳白色といってもよいほどの白さで、大人になればいかめしいほうの範疇《はんちゅう》に入るであろう顔だちも、いまはまだやや女性的だった。そのおかげで校庭でリッチー・ボッディンにからまれる前にも、何度かいやな思いをした経験があり、彼はそういう場合自分一人で問題を解決することにきめていた。まず問題の本質を分析してみる。がき大将というやつはたいてい体が大きくて、顔が醜くて、不器用ときている。こいつにかかったら痛い目にあいそうだ、という気持がおびえにつながる。それに連中はけんかのときに汚い手を使う。だから、少々痛い目にあう覚悟をきめて、自分も汚い手を使えば、がき大将にだって負けるとはかぎらない、と彼は考えた。

リッチー・ボッディンとやりあったときに、彼のこの理論の正しさがはじめて立証された。前にいたキタリー小学校のがき大将と渡りあったときは、いわば引分けに終わった（引き分けたこと自体が一種の勝利だった。キタリーのがき大将は血だらけになりながらも参ったとはいわず、校庭の遊び仲間全員に向かって、おれとマーク・ペトリーは友達だと宣言した。マークはそいつのことをうすのろのいやな奴だと思ったが、あえて反対はしなかった。調子に乗りすぎるとよくないということを知っていたからである）。がき大将相手に話合いは通用しない。世のリッチー・ボッディンたちに理解できる唯一の言葉は暴力だけで、おそらく世界じゅうが仲よくやってゆけないのはそのためだろう、とマークは思った。あの日彼は学校から家に帰されれ、かんかんに腹を立てた父親に、丸めた雑誌で鞭打ちのお仕置をくらいかけたとき、ヒトラーの本質はリッチー・ボッディンだったと父親に向かっていった。それを聞くと父親はげらげら笑いだし、母親まで釣られて笑った。おかげで鞭打ちの刑をまぬがれた。

ジューン・ペトリーの声が聞こえてきた。「あの子はショックを受けたかしら、ヘンリー？」

「よくは……わからん」父親の声が途中でとぎれたので、マークは、パイプに火をつけたところだなと思った。「なにしろあいつはポーカー・フェイスだからな」

「でも、静かな流れほど底が深いっていうじゃないの」彼の母親はいつも静かな流れは底が深いだの、急がば回れだの、そんな教訓めいたことばかりいっている。どちらも嫌いな言葉ではなかったが、ときどき古書籍棚から引っぱりだした本のように重苦しくて……埃っぽい言葉のように思えることがあった。

「あの子たちはマークに会いにくる途中だったのよ」と、彼女が言葉をついだ。「汽車セットで遊ぶために……それが一人は死に、一人は行方不明だなんて！　ごまかさないでよ、ヘンリー。あの子がなにも感じてないはずはないわ」

「あいつは両足がしっかり地についている。どんな気持でいるにせよ、ちゃんと気持をコントロールできるよ」

マークはフランケンシュタインの怪物の左腕を肩のくぼみに接着した。それはキタリーの日曜学校で、詩篇の第百十九篇を全部暗記してほうびにもらったプラスチックのイエス像と同じで、暗いところでは緑色に光る夜光塗料つきのオーロラの特製モデルだった。

「わたしはおりにふれて考えるんだよ、もう一人子供を産むべきじゃなかったかとね。マークにはそれがいちばんいいだろうという気がする」

今度は母親の茶目っ気たっぷりの声。「べつに怠けているわけじゃないのよ」

父親がぶつぶつ独り言をいった。

会話がしばらくとぎれた。父親はウォール・ストリート・ジャーナルに目を通し、母親はジェーン・オースチンかヘンリー・ジェームズの本を膝の上に拡げているのだろう、と彼は思った。彼女はそれらの本を何度も繰りかえして読んでいたが、マークは同じ本を二度以上読む母親の気が知れなかった。結末がわかっている本を読んでなにが面白いんだろう？

「あの子を裏の森へ行かせても大丈夫だと思う？」と、やがて母親がきいた。「町のどこかに流砂があるという話を聞いたけど――」

「ここから何マイルもはなれているよ」

マークは少し安心して怪物の腕をとりつけた。彼はオーロラのモンスターたちをセットで持っていて、新しいやつを買いたすたびにそれらを並べかえて楽しんでいた。それはすばらしいセットだった。あの晩ダニーとラルフィーは、実はそれを見にくるところだったのだ……

「わたしは心配ないと思うよ。もちろん暗くなってからはいけないが」

「お葬式のことを思いだして悪い夢でも見なければいいんだけど」

父親が肩をすくめるのがマークにはありありと見えるようだった。「トニー・グリックは……運が悪かった。しかし死も悲しみも生きることの一部だよ。そのうち彼も気持が落ち着くさ」

「たぶんね」ふたたび長い沈黙が訪れた。今度はなにをいいだすのだろう？　三つ子の魂百まで？　それとも、蟹《かに》は甲羅に似せて穴を掘る？　マークはうしろの墓石が傾いた墓の形の台にモンスターをとりつけた。「生のさなかにも、人は死に臨む。でも、わたしも悪い夢を見そうだわ」

「そうかね？」

「あのフォアマンさんはきっとたいした芸術家よ、ぞっとするような話だけど。まるで眠っている顔に見えたもの。いまにもぱっちり目をあけて、あくびでもしそうな……ねえ、どうしてあんな最後のお別れなんてことをやるのかしら。死顔を見ても悲しい思いが深まるだけなのに。あんなこと……野蛮な風習だわ」

「とにかく、もう済んだことだよ」

「そうね。あの子はいい子ですものね、ヘンリー？」

「マークのことかい？　すばらしい子だよ」

マークはにっこり笑った。

「テレビでなにか面白い番組やってるかしら？」

「どれ、見てみよう」

マークは盗み聞きをやめた。大事な話はもう終わりだった。完成したモデルを乾かすために窓の敷居においた。十五分もすれば母親がもう寝る時間よと声をかけるだろう。彼は衣裳だんすのいちばん上のひきだしからパジャマを出して、着替えを始めた。

実は彼の母親は、決してひよわとはいえない息子の精神状態について、必要以上にくよくよ心配していた。なぜそうしなければならないのか、これといった理由はとくになかった。マークは体つきが華奢《きゃしゃ》でおとなしい子ではあったが、大部分の点で典型的な男の子だった。ペトリー家は中流の上といった家庭で、しかもまだ向上する可能性を秘めていた。両親の結婚生活は健全そのものだった。夫と妻は、ややくどすぎる嫌いはあるにしても、おたがいに心から愛し合っていた。マークの人生にはいかなる深刻な精神的ショックも存在しなかった。学校でのけんかも心の傷痕にはなっていなかった。仲間とはうまくいっていたし、同じ年ごろの子供たちが望んでいることと彼の望んでいることはおおむね一致した。

ほかの子供たちと違うところがあるとすれば、それは彼が物事に超然としており、冷静な自制心を持ちあわせていることだった。それはだれから教えこまれたものでもなく、生まれながらに具わっていたもののようだった。かわいがっていた犬のチョッパーが自動車に轢かれたとき、彼は母親と一緒に獣医の家に行くといいはった。獣医が、この犬は眠らせなければいけないよ、坊や、なぜだかわかるかね、といったとき、マークは眠らせるんじゃなくてガスで殺しちゃうんでしょう、と問いかえした。獣医がそうだと答えると、マークはじゃ早く殺してくださいといい、その前にチョッパーにお別れのキスをした。悲しかったが泣きもせず、涙ひとつ見せなかった。母親のほうは泣いたが、三日後にはチョッパーのことなどきれいさっぱり忘れていた。しかしマークにとってはチョッパーのことがいつまでも忘れられなかった。泣かなかったからこそ、いつまでも思い出が残ったのだ。泣くことはすべてを小便と一緒に地面に流してしまうことだった。

彼はラルフィー・グリックの行方不明でショックを受け、ダニーの死でショックの追討ちをかけられたが、べつに恐れてはいなかった。店に集まった大人たちの一人が、おそらくラルフィーは変態男の犠牲になったんだろうと話すのを聞いた。マークは変態男の意味を知っていた。そいつらは子供になにかひどいことをして、終わると首を絞めて（コミック・ブックでは、首を絞められた人間はきまってアルルグググッという声をだす）、砂利採掘場か空家の床下に埋めてしまう。だから変態男がキャンディをくれるといったら、きんたまを思いきり蹴とばして一目散に逃げて帰るんだ。

「マーク」母親の声が階段をのぼってきた。

「なあに？」と答えて、彼はまた笑いを浮かべた。

「顔や手を洗うときに、耳も忘れないでね」

「わかったよ」

彼はしなやかで優雅な身のこなしで、両親におやすみのキスをしにおりて行った。部屋を出る前にちらと振りかえって、モンスターたちが並んでいるテーブルを眺めた。ドラキュラは口をあけて白い牙をむきだしながら、地面に横たわった若い娘をおびやかし、マッド・ドクターは拷問台の上の女を苦しめ、ハイド氏は帰宅途中の老人に襲いかかろうとしていた。死ってどんなものかわかる？　わかるとも。このモンスターたちにつかまったときがそれさ。

6

ロイ・マクドゥガルは八時三十分にトレーラー住宅の私道に乗り入れて、おんぼろフォードのアクセルを二度ふかしてからエンジンを切った。エグゾースト・パイプはがたがたで、ウィンカーは点灯せず、車検切れが翌月に迫っていた。まったくたいした車だ。それにこの生活も。子供が家の中で泣きわめき、サンディが金切り声をあげて叱っていた。結婚生活もこうなってはおしまいだ。

車からおりたとたんに、去年の夏以来私道から玄関の階段までの敷石にするつもりで、いまだにほったらかしてある板石の一枚につまずいて倒れた。

「くそったれ」彼は険悪な目つきで板石をにらみつけながら、向う脛《ずね》をさすった。

彼はひどく酔っていた。三時に仕事をおえてから、ハンク・ピーターズ、パディ・メイベリーの二人と一緒にずっとデルの店で飲んでいたのだ。ハンクはこのところばかに気前がよくて、どうやって手に入れた金だかわからないが、有金全部を飲みつくしてしまおうと決心しているようだった。ロイはサンディが彼の仲間たちをどう思っているかわかっていた。腹を立てたきゃ勝手に立てるがいい。亭主がまる一週間つるはしをふるって汗水流し――週末の残業手当で一杯やったからって、土曜と日曜のビールの二、三杯をけちけちすることはないじゃないか。いったいてめえは何様だと思ってるんだ？　一日じゅう家にいて、掃除と、郵便屋とのおしゃべりと、子供がはいはいしてオーヴンに首を突っこまないように監視するほかは、なにひとつましなことをやっちゃいない。その子供のお守りにしたって、このところ結構手を抜いている。ついこないだも、着替えの最中にテーブルから落っことしたばかりじゃないか。

お前はどこにいたんだ？

ちゃんと押さえてたのよ、ロイ。だけどすごくあばれたのよ。

すごくあばれた、か。そうだろうよ。

彼はまだ酔いがさめないままにドアのほうへ歩いて行った。石にぶつけた向う脛がずきずき痛んだ。彼女に同情してもらいたいというわけではなかった。おれがあのいまいましい現場監督のやつにこってりしぼられている間に、あいつはいったいなにをしてるというんだ？　告白雑誌を読みながら、チョコレートでくるんだサクランボを食ったり、テレビのホーム・ドラマを見ながらチョコレートでくるんだサクランボを食ったり、友達と電話でおしゃべりしながらチョコレートでくるんだサクランボを食ったりしてるだけじゃないか。近ごろ面《つら》だけじゃなく尻にもニキビができてきた。そのうち面と尻の区別もつかなくなりかねない。

彼はドアを押しあけて家の中に入った。

とたんに目の前の光景が、濡れタオルで殴りつけるようにビールの酔いを切り裂いて、激しく彼を打った。赤ん坊がすっ裸で泣き叫び、鼻から血を流していた。サンディが赤ん坊を抱き、袖なしのブラウスを血だらけにして、驚きと不安でひきつった顔で肩ごしに彼を見た。おむつが床に落ちていた。

目のまわりの痣《あざ》がまだ消えていないランディが、許しを請うかのように両手をあげた。

「いったいどうしたんだ？」と、ロイがゆっくり質問した。

「なんでもないわ、ロイ。この子がちょっと——」

「ランディをぶったな」彼は抑揚のない声でいった。「おむつを替えるときにじっとしてないんで、ぶったんだろう」

「違うわ」彼女が急いで答えた。「転んで鼻をぶつけただけよ」

「お前を痛い目にあわせてやる」

「ロイ、ランディは転んで鼻をぶつけただけ——」

彼はがっくり肩を落とした。「晩飯はなんだ？」

「ハンバーグよ。もう焼けてるわ」彼女はぷりぷりしながら答えると、ラングラー・ジーンズの中からブラウスの裾を引っぱりだして、ランディの鼻の下を拭いた。彼女の体に脂肪がつきはじめているのが目についた。ランディを産んだあと、ついに元の体には戻らなかった。本人はそのことを気にもしなかった。

「ランディを黙らせろ」

「だって、あの子は——」

「黙らせろったら！」ロイが大きな声でどなったので、少し泣きやみかけていたランディが、また火がついたように泣きだした。

「ミルクをやるわ」サンディが立ちあがった。

「それからおれの晩飯の用意をしろ」ロイはデニムのジャケットを脱ぎかけた。「なんだい、家の中が散らかしっぱなしじゃないか。一日家にいていったいなにをしてるんだ、子供をぶつだけか?」

「ロイったら!」彼女はショックを受けていった。やがてくすくす笑いだした。おむつを替えるときにじっとしていない赤ん坊に対する爆発的な怒りが、他人事のように遠い出来事に思われはじめた。それは午後に読んだ小説か、『メディカル・センター』の中の話だったのかもしれなかった。

「飯を用意したら、この豚小屋みたいな部屋をかたづけるんだ」

「わかったわよ」彼女は冷蔵庫からミルク壜を取りだして、ランディに与え、ベビー・サークルに入れた。彼は自分と両親を結ぶ小さな三角形にそって、きょろきょろ視線を動かしながら、弱々しくミルク壜を吸いはじめた。

「ねえ、ロイ」

「なんだ?」

「もう済んだわ」

「なにが?」

「わかってるくせに。あんた、欲しい? 今夜はどう?」

「ああ、わかったよ」と彼は答えて、あらためて思った。たいした生活だよ、まったく。

7

ノリー・ガードナーがラジオのロックンロール・ミュージックを聞きながら指を鳴らしてい

るときに、電話が鳴った。パーキンズがクロスワード・パズルの雑誌をおいていった。「おい、音を小さくしてくれないか」

「あいよ、パーク」ノリーはラジオのボリュームをさげて、指を鳴らし続けた。

「もしもし」と、パーキンズがいった。

「パーキンズ保安官？」

「そうだ」

「こちら、トム・ハンラハン捜査官だ。依頼の件がわかったよ」

「そいつは早かったな」

「たいした手がかりにはなりそうもないが」

「構わんよ。どんなことがわかった？」

「ベン・ミアーズは一九七三年五月に、ニューヨーク州北部で交通事故死の件で取調べを受けている。がこの事件は不起訴だった。オートバイ事故だ。妻のミランダが死んでいる。目撃者はそれほどスピードを出していなかったと証言してるし、アルコール・テストもマイナスだった。水溜りでスリップしただけらしい。政治的思想は左寄りだ。一九六六年にプリンストンで平和行進に参加。一九六七年にブルックリンの反戦集会で演説。一九六八年と七〇年にワシントンの行進に参加。一九七一年十一月にサンフランシスコの平和行進に参加して逮捕。彼に関してわかったことはこれだけだ」

「ほかには？」

「カート・バーロー、Kではじまるカートのほうだが、彼はイギリス人だ。しかし生まれながらのイギリス人じゃない。ドイツで生まれて、一九三八年にゲシュタポの先手を打ってイギリスへ逃げた。前歴はわからないが、たぶん七十代だろう。生まれたときの名前はブライヒェンだ。一九四五年から輸出入業をやっているが、どうもよくわからないことが多い。ストレイカーは一九四五年以来の彼のパートナーで、表だって活動しているのはもっぱらストレイカーのほうらしい」

「なるほど」

「ストレイカーはイギリス生まれで五十八歳だ。父親はマンチェスターの家具職人だった。息子に大金を残して死んだらしいし、息子のほうも仕事はうまくいってるようだ。バーローもストレイカーも一年半前に合衆国長期滞在のビザを申請している。わかったことはこれで全部だ。もしかするとこの二人は同性愛者かもしれない」

「なるほどね」パーキンズは溜息をついた。「こっちもそんなところじゃないかと睨んでいたんだ」

「もっと詳しいことが知りたかったら、スコットランド・ヤードの犯罪捜査部《C・I・D》に二人のことを問い合わせてもいいんだが」

「いや、そこまでは必要ないよ」

「ミアーズとこの二人の間につながりはなさそうだ。少なくとも表面上は」

「オーケー。ありがとう」

「なあに、これも仕事だよ。またなにか知りたいことがあったら連絡してくれ」

「そうしよう。じゃ」

彼は受話器をおいて、それをみつめながら考えこんだ。

「だれからだい、パーク」ノリーがまたラジオのボリュームをあげながらきいた。

「エクセレント・カフェからさ。ハムをのせたライムギパンはないそうだ。あるのはチーズ・トーストとエッグ・サラダだけだってさ」

「よかったら机の中にキイチゴのジャムが少しあるぜ」

「いや、結構」と答えて、パーキンズはもう一度溜息をついた。

8

ごみ捨場はまだくすぶっていた。

ダッド・ロジャーズはごみの燃える匂いを吸いこみながら周囲を歩きまわった。足の下で小さなガラス壜が砕け、一歩ごとに粉のような黒い灰が舞いあがった。ごみの山の中心では、気まぐれな風に吹かれて赤くなったり黒くなったりする熾《おき》が、開いたり閉じたりする巨大な赤い目——巨人の目を連想させた。ときどきスプレー缶や電球の鈍い破裂音が聞こえた。今朝ごみの山に火をつけたとき、これまで見たこともないほどの鼠の大群がぞろぞろと這いだしてきた。三ダースは仕止めたので、ピストルをホルスターにおさめるとき銃身が熱くなっていたほどだった。しかもみな大物ぞろいで、体長二フィートにも及ぶやつが何匹かいた。不思議なことに鼠の数は年によって増減するようだった。たぶん天候と関係があるのだろう。もしもこの調子でふえつづけるようなら、一九六四年以来使っていない毒入りの餌をばらまかなければならなくなるだろう。

いまも防火壁がわりに使っている黄色い鋸ひき台の下に一匹這いこんだ。

ダッドはピストルを抜いて安全装置をはずし、狙いをつけて引金を引いた。弾丸は鼠の前の土をはねとばして、鼠の毛皮を泥だらけにした。ところが鼠は逃げもせずに後肢で立って、火を反射して赤く輝く小さな丸い目で彼をじっとみつめていた。ここの鼠の中には相当ずぶといやつがいる！

「バイバイ、鼠のだんな」ダッドは独り言をいいながら慎重に狙いを定めた。

ポン。鼠はひっくりかえって体を痙攣させた。

ダッドは近づいて行って、重い作業靴の爪先でつついた。鼠は弱々しい呼吸で腹をふくらませながら、力なく靴にかじりついた。

「この野郎」ダッドは低い声でいって、鼠の頭を踏みつぶした。

しゃがんで鼠の死体を眺めているうちに、ふと気がつくと、ブラジャーをつけていないルーシー・クロケットのことを考えていた。彼女がぴったりしたカーディガンを着ているときは、ウールの摩擦で固くなった小さな乳首の形がはっきり見てとれた。男がそのおっぱいをつかんでほんの少し揉んでやるだけで、ああいうおひきずりはたちまちロケットでも発射したようにもだえ始めるだろう……

彼は鼠のしっぽをつまんで振子のようにぶらぶらさせた。「あんたの筆箱《ペンシル・ボックス》にこの鼠のだんなを入れてやったらどうするね、ルーシー？」彼はこの考えに含まれた卑猥なイメージに気づいて、奇妙に傾いた頭を上下に揺すりながら甲高い声で笑った。

それから鼠の死骸をごみの山の真中へ投げた。投げながら振り向いたとき、一個の人影が目についた——長身の、ひどく痩せた人影が、五十歩ほど右寄りに立っていた。ダッドは緑色のズボンで手を拭いて、ついでにズボンを引っぱりあげ、その人影のほうへ歩いて行った。

「もうおしまいだよ、だんな」

男が彼のほうを向いた。消えかかった火明りの中で見るその顔は、頬骨が出っぱっていて、思慮深そうだった。髪は白かったが、その中に妙に男っぽい感じの鉄灰色の縞が混じっていた。男はその髪をホモセクシャルのコンサート・ピアニストかなにかのように、蠟のように青ざめた広い額から上のほうに撫でつけていた。目は赤々と燃える熾の輝きを反射して、まるで充血しているように見えた。

「そうですか？」男はていねいな口調でいった。申し分のない英語だったが、かすかに訛《なま》りがあった。フランス人か東ヨーロッパの人間かもしれない。「わたしは火を見にきたんですよ。実に美しい眺めだ」

「同感だね。あんた、この町の人かい？」

「最近この美しい町に越してきたんですよ。いつも鼠を撃つんですか？」

「ああ、たくさん撃つよ。このところばかにふえちゃってね。そうか、あんたマーステン館を買った人だろう」

「肉食動物か」男はうしろに手を組んで独り言をいった。ダッドは男がきちんと三つ揃いを着ているのに気がついてびっくりした。

「わたしは夜行性の肉食動物が好きなんですよ。鼠、ふくろう……狼。このあたりに狼はいますか?」

「いないね。ダラムに住む男が二年前にコヨーテをつかまえたことがあった。それから鹿を追っかける野犬の群はいるが——」

「犬か」見知らぬ男は侮蔑のしぐさとともにいった。「聞きなれない足音を聞いただけで、尻ごみしながらきゃんきゃんわめきたてる低級な動物です。吠えることと、媚《こ》びへつらうことしか知らない。一匹残らずはらわたを抜いてしまえばいいのだ!」

「そうかな、おれはそんなふうに思ったことはないがね」ダッドは足を引きずるようにしてうしろにさがりながらいった。「ここへ人がやってきて、おしゃべりできるのはうれしいが、日曜は六時が締切りで、もう九時半だから——」

「そうですな」

しかし見知らぬ男はいっこうに立ち去るようすがなかった。ダッドは、これでおれは町の人間をだしぬいてやった、と考えていた。連中はあのストレイカーという男の背後にいるのはどういう人間かと首をかしげているが、おれはいちばん最初にその男を知ったんだ——あのずる賢いラリー・クロケットのやつだけはたぶん別だろうが。今度あのこうるさいジョージ・ミドラーの店へ弾丸を買いに行ったら、すました顔でこういってやろう。こないだの晩、新しく越してきた男に会ったぜ。だれのことだ? わかってるくせに、ほら、マーステン館を買った男だよ。いいやつだった。ちょっと東ヨーロッパ風の訛りがあってな。

「あの古い屋敷じゃ、幽霊は出るかね?」相手が帰りそうにないので、ダッドは話しかけた。

「幽霊！」老人は笑いを浮かべた。どこかしら人を不安にさせる笑いだった。バラクーダが笑えばこんな感じだろう。「いやいや、幽霊はいませんよ」と、彼は答えた。それよりもっとこわいものがいることを匂わせるかのように、幽霊はというところをわずかに強調した。

「さて……もう遅いし……そろそろ帰ってくださいよ、だんな」

「しかし、あなたとこうして話しているのは実に楽しい」老人ははじめてまともにダッドのほうを向き、彼の目を正面から見すえた。目と目の間がはなれていて、あいかわらずごみ捨場の火で目の縁が赤く染まっていた。いつまでも目を見ているのは相手に失礼だという気がしたが、視線をそらすことができなかった。「もう少し話をしてもいいでしょう？」

「うん、まあね」ダッドの耳には、自分の声が遠くから響いてくるように聞こえた。老人の目はしだいに大きくなり、火に囲まれた暗い穴のように見えてきた。その穴に落ちたら最後、溺れ死んでしまいそうな気がした。

「ありがとう。ところであなた……その背中の瘤は仕事の邪魔になりませんか？」

「べつに」と、ダッドは答えた。依然として遠くから聞こえてくるような声だった。おれはきっと催眠術にかけられているんだ、と彼はぼんやり思った。トプシャムの博覧会で見たあの男のように……あいつの名前はなんていったっけ？　そうそう、ミスター・メフィストだ。あの男は人を眠らせておいて、いろいろおかしなことをさせたっけ——鶏の真似をさせたり、豚みたいに走りまわらせたり、六つのときの誕生パーティであったことを話させたり……レジー・ソーヤーが催眠術にかかったのを見て、おれたちは腹をかかえて笑ったもんだった……

「しかし、邪魔になるときもあるんでしょう？」

「いや……そうだな……」彼は魅入られたように相手の目をみつめた。

「さあさあ、思いきって」老人は猫撫で声で丸めこみにかかった。「わたしたちは友達でしょう？　悩みがあったら打ち明けてしまうんですよ」

「そのう……女たちが……ほら、女たちが……」

「わかりますよ」老人は慰めるようにいった。「女たちがあなたを見て笑うんでしょう？　女たちはあなたのほんとの男らしさを知らない。あなたの力を知らないんですよ」

「そうなんだよ」ダッドは小声でいった。「あいつらはおれを笑うんだ。あいつはおれを笑うんだ」

「あいつとはだれのことです？」

「ルーシー・クロケットだよ。あいつは……あいつは……」その考えは遠くへ飛び去った。彼は飛び去るままにまかせた。そんなことはどうでもよかった。この心の平和以外はどうなってもよかった。この冷たく、完璧な心の平和以外は。

「彼女はたぶんあなたをからかうのでしょう？　口に手を当ててくすくす笑ったり、あなたが通りかかると友達を肘でつついたりするんでしょう？」

「そうなんだ……」

「ところがあなたは彼女が欲しい」と、声は唆《そそのか》すようにいった。「違いますか？」

「そ、そうなんだ……」

「彼女はきっとあなたのものになりますよ。わたしが保証します」

なんともいえない……いい気持だった。遠くのほうで卑猥な言葉で歌う甘ったるい声が聞こえるような気がした。銀のチャイム……白い顔……ルーシー・クロケットの顔。両手で乳房を支え、カーディガンのVの字の間から熟れた白い半球のようにそれを押しあげながら、キスして、ダッド……嚙んで……吸って……と囁く彼女の姿が目に見えるようだった。

それはあたかも溺れているような感覚だった。彼は老人の充血した目の中で溺れていた。見知らぬ老人が近寄ってきたとき、ダッドはすべてを理解し、それを歓迎した。やがて激しい痛みをおぼえたが、その痛みは銀のように甘美で、暗黒の淵にたたえられた静かな水のように青々としていた。

9

彼の手は小刻みに震え、壜をつかもうとした指がそれを机からどすんと絨毯の上に落としてしまい、倒れた壜の口からグリーンの絨毯に、スコッチがどくどくと音をたてて流れでた。「くそっ！」ドナルド・キャラハン神父はそう毒づいて、中身が全部こぼれてしまわないうちに壜を拾いあげた。とはいっても、もうほとんど残っていなかった。わずかに残ったウィスキーを机の上に（端からはなして）おき、流しの下の雑巾と洗剤の壜を取りに、ふらふらと台所へ立った。書斎の机の脚のそばにこぼれたスコッチのしみを、ミセス・カーレスに見つかってはまずかった。彼女の親切な、憐れみの視線は、少々元気のない、長い、ざらついた朝にはひどくこたえる——

つまり、二日酔いの朝のことだ。

そう、二日酔いで結構。ここではもってまわった遠まわしな表現はよそう。真実を知ることは人間の解放につながる。真実万歳。

彼はイー・ヴァップという名前の、洗剤らしきものの壜を見つけた。猛烈にへどを吐く音に似ていなくもない名前のその壜を持って(「イー・ヴァップ!」おいぼれの酔っぱらいは激しく喉を鳴らして、昼飯のときに食ったものを吐いた)、書斎へ戻った。足は全然ふらつかなかった。全然とはいわないまでも、ほんの少ししかふらつかなかった。ごらんなさい、おまわりさん、わたしはこの通り白線にそってまっすぐ歩けますよ。

キャラハンは堂々たる五十三歳だった。髪は銀色、目は混じりけなしのブルーで(いまは赤い血管が浮きでている)、アイリッシュ特有の笑い皺に囲まれ、口は力強く、かすかな割れ目のある顎はさらに力強かった。朝、鏡にうつった自分の顔を見ながら、六十歳になったら聖職をなげうってハリウッドへ行き、スペンサー・トレイシーの役を演じる仕事にありつこうと考えたことが何度かあった。

「フラナガン神父、われわれがこれほどあなたを必要としているときに、あなたはいったいどこにおいでなのですか?」と呟きながら、ウィスキーのしみのそばにしゃがみこんだ。目を細めてラベルに書かれた使用法を読んでから、キャップ二杯分のイー・ヴァップをしみに振りかけた。洗剤はたちまち白くなってぶくぶく泡をたてはじめた。キャラハンは少し驚いてそれを見守り、もう一度使用法を読みなおした。

「落ちにくいしみには」と、彼は声をだして読みあげた。前任者のかわいそうなヒューム老神父が、総義歯をかたかた鳴らしながら、だらだら続けた長ったらしい説教のあとだけに、張りのあるなめらかな声が、この教区でたちまち彼を人気者に仕立てあげた。「七分から十分待って、充分しみこませてください」

彼はエルム・ストリートと、その向かい側の聖アンドルー教会に面した窓に近づいた。

やれやれ、と彼は思った。おれは日曜の夜にまたこうして酔っぱらっている。

お赦しください、神父さま、わたしは罪を犯しました。

同じ酒を飲むにしても、ゆっくり飲み、そして仕事を続けていれば（キャラハン神父は長い孤独な夜に「覚書」を執筆していた。ニュー・イングランドのカトリック教会に関する著書を一冊ものするつもりで、七年近く書き続けてきた「覚書」だったが、ときおりこの本は結局書かれずに終わるのではないかと思うことがあった。実際のところ、この「覚書」と彼の飲酒癖は同時にはじまったものだった。創世記第一章第一節――「はじめにスコッチありき、そしてキャラハン神父のいわく、『手記』をしてともにあらしめよ」）、ゆるやかな酔いの進行にほとんど気づくことがなかった。しだいに軽くなっていく壜の重さに気がつかないよう、自分の手を訓練することもできた。

わたしの最後の告解から少なくとも一日はたっています。

もうすでに十一時三十分になっており、窓の外の一面の闇を照らすのは、教会の前の街灯のスポットライトだけだった。いまにもそのスポットライトの中へ、トップ・ハットをかぶり、燕尾服を着て、スパッツに白靴姿のフレッド・アステアが、ステッキをくるくる回しながら踊りでてきそうだった。彼はそこでジンジャー・ロジャースと会って、二人は『アイ・ガット・デム・オール・コズミック・イー・ヴァップ・ブルース・アゲイン』のメロディに合わせてワルツを踊りだす。彼はガラスに額を押しつけて、少なくともいくぶんかは彼のわざわいのもとであったハンサムな顔に、苦悩と疲労の皺が深々と刻まれるにまかせた。

わたしは飲んだくれの堕落した司祭です、神父さま。

両目を閉じると、暗い告解聴聞室が目に浮かび、自分の指が仕切り窓をあけて人間の心のあらゆる秘密のヴェールを剝ぎとるのを感じ、膝つき台のニスと、古くなったヴェルヴェットと、老人たちの汗の匂いを嗅ぎ、自分の唾液の中にアルカリの痕跡を味わうことができた。

お赦しください、神父さま。

（わたしは弟の馬車をこわしました、わたしは妻を殴りました、わたしはミセス・ソーヤーが着替えをしているときに窓からのぞき見をしました、わたしは嘘をつきました、わたしは騙しました、わたしは淫らな考えを心に抱きました、わたしは、わたしは、わたしは）

わたしは罪を犯しました。

ふと目をあけたが、フレッド・アステアはまだあらわれていなかった。たぶん時計が十二時を打つと同時にあらわれるのだろう。彼の町は眠っていた。ただ――

彼は視線をあげた。思った通り、そこだけは灯がともっていた。

彼はボウイーの娘――いや、彼女はいまマクドゥガル姓を名乗っている――のことを考えた。いまにも絶え入らんばかりのかぼそい声で、赤ん坊をぶったことを告白し、彼が何度ぐらいぶったのかと質問したとき、彼女の心の中で計算機の歯車が回りだし、十二回を五回に、百回を十二回に修正するのを感じることが（ほとんどその音を聞くことが）できた。人間の悲しい弁解。彼はその赤ん坊に洗礼をほどこした。ランドル・フレイタス・マクドゥガル。おそらくドライヴ・イン・シアターの二本立ての添えもののほうが上映されている間に、ロイス・マクドゥガルの車のバックシートでできた子供だろう。泣き叫ぶちっぽけな赤ん坊。彼が告解聴聞室の小さな仕切り窓から両手をさしだして、向う側でのたうつ人間の魂をつかまえ、悲鳴をあげるまで締めあげてやりたいと思っていることに、はたして彼女は気がついているのだろうか？　お前の罪の償いとして頭を六回ぶち、思いっきり尻を蹴とばしてやる。もう帰るがいい、そして二度と罪を犯すな。

「退屈だ」と、彼は呟いた。

しかし告解聴聞室には退屈以上のものがあった。彼を不快な気分にさせたり、メンバーがふえる一方の「カトリック司祭飲酒同盟」または「カティ・サーク同志会」といったクラブのほうへ押しやったりするのは、告解聴聞室の退屈だけではなかった。些細な罪を天国に往復輸送するだけの、十年一日のごとき、生命力を失った教会の機構そのものにも問題があった。いまや社会悪により深い関心を抱く教会による、儀式的な悪の認識、かつてその両親がヨーロッパの言葉を話していた老婦人たちのために、数珠をつまぐりながら語られる償いの言葉にも、問題はあった。告解聴聞室の古ぼけたヴェルヴェットの匂いほどにも現実的な悪が、現実に存在することも問題だった。しかしそれは慈悲も執行猶予もない愚かしい悪だった。赤ん坊の顔を殴る大人の手、タイヤを切り裂くジャックナイフ、酒場での殴りあい、ハロウィーンのりんごに埋めこまれた剃刀の刃等々、迷路のようにひねくれ、曲がりくねった人間の心から吐きだされる気の抜けた限定詞の数々。みなさん、よりよい刑務所がこれらの悪を矯正するのです。それからよりよい警官が。よりよい社会奉仕団体が。よりよい産児制限が。よりよい不妊手術が。

よりよい妊娠中絶が。みなさん、われわれがまだ手足の形もなさないこの胎児を、血まみれの塊として子宮から引き剝がせば、その子が大きくなってからハンマーで年老いた婦人を殴り殺す心配もなくなるのです。みなさん、われわれがこの男を電気椅子に縛りつけて、電子レンジの中のポーク・チョップのように焼き殺してしまえば、彼がまた別の男の子を苦しめて殺す機会は永久に失われるのです。みなさん、もしもこの優生保護法が議会を通過したあかつきには、もう二度とふたたび――

彼のおかれた状況の真実は、しばらく前から、おそらく三年ほど前から、日を追って明らかになりつつあった。それはピンボケの映画のシーンが鮮明な映像に修正されるように、はっきりした輪郭を持つようになっていた。かつては彼も挑戦にあこがれていた。新米の神父はだれでもそうだった。人種差別、婦人解放、同性愛者解放、貧困、精神の病い、不正等々。だがそうした新米神父たちは彼を不愉快にした。社会的関心に目ざめた神父たちで、一緒にいても不愉快でないのは、ヴェトナム戦争に反対する戦闘的な神父たちだけだった。だがいまは彼らの大義名分も時代遅れになってしまい、彼らは年老いた夫婦がハネムーンや最初の汽車旅行の思い出話をするように、いたずらに座して行進や集会の回顧にふけるだけだった。しかしキャラハンはもう新米の神父でもなければ年老いた神父でもなかった。気がついたときはもはやみずからの基本原理さえ信じることのできない伝統主義者の役割を演じさせられていた。彼は軍隊をひきいて――なんの軍隊を？　神の、正義の、善の、言葉は違っても実質はみな同じだ――悪と戦うことを望んだ。論争と戦列を望み、必要とあればスーパーマーケットの前の寒風の中に立って、レタス・ボイコットやグレープ・ストライキに関するパンフレットを配ることも辞さなかった。彼は悪の欺瞞《ぎまん》の皮をひんむいて、その相貌のあらゆる特徴をこの目で見きわめたかった。ムハマッド・アリ対ジョー・フレイザーのように、ヤコブ対天使のように、セルティックス対ニックスのように、あらんかぎりの力を振りしぼって悪と戦いたかった。そしてこの戦いを混じりけのないものにすることを、結合双生児のようにあらゆる社会問題と背中合わせになっている政治によって妨げられないようにすることを望んだ。彼は司祭を志したときからずっとこれらのことを望んでいたが、その使命感に目ざめたのは十四歳の年に、石もて打たれ、死ぬ直前にキリストを見た最初のキリスト教殉教者聖ステパノの物語に感動したときだった。神のために戦う――そして、おそらく命を落とす――魅力にくらべたら、天国の魅力など物の数ではなかった。

ところが現実には戦いなどどこにもなかった。ただ優柔不断な小競合《こぜりあ》いがあるだけだった。そして悪はただ一つの顔ではなく多くの顔を持っており、どの顔もみな間が抜けていて、しばしば顎をよだれで濡らしていた。実際のところ、彼はこの世の中に大文字の悪など存在せず、あるのは小文字の悪だけだという結論をくださざるをえなくなりかかっていた。そういうときはヒトラーは悩める官僚以外の何者でもなく、サタン自身も発育不全のユーモア感覚――パンにかんしゃく玉を仕掛けてカモメに餌として与えるいたずらを面白がるような――しか持たないいかれたやつなのではないかとさえ思うようになった。

往時の偉大な社会的、道徳的、精神的戦いは、洟《はな》をたらした赤ん坊をこっそり殴りつけるサンディ・マクドゥガルまで堕落してしまった。おそらくその赤ん坊が大きくなれば、また自分の子供をこっそり殴ることになるだろう。こうしてくだらない世の中がいつ果てるともなく続くのだ。アヴェ・マリア、恵み深き聖母さま、われをしてこのストック・カー・レースに勝たしめたまえ。

それはまさに退屈以上のものだった。人生の、そしておそらくは天国の有意義な定義に対する影響という点で、それは恐るべきものだった。そこにはなにがあるのか？　永遠の教会ビンゴ・ゲーム、遊園地の乗物、それとも天国のホット・ロッド・レース？

彼は壁の時計を見た。十二時六分すぎだったが、いまだにフレッド・アステアもジンジャー・ロジャースもあらわれる気配がなかった。ミッキー・ルーニーさえあらわれそうもない。だがイー・ヴァップは充分にしみこんでいた。もうそろそろ掃除機で吸いとってもよいころだろう。そうすればミセス・カーレスに憐れみの目で見られることもなく、変りばえのしない生活がまた続くことだろう。アーメン。

第七章　マット

1

火曜日の三時間目が終わって、マットが事務室へ行ってみると、ベン・ミアーズが彼を待っていた。

ベンが立ちあがって握手をした。「家じゅうのもてあまし者なんですよ、たぶん。ねえ、生徒たちはまさかぼくを取って食いやしないでしょうね？」

「やあ。早いですね」

「心配ご無用。さあ、行きましょう」

マットはいささか驚いた。ベンはきちんとしたスポーツ・コートにグレイのダブル・ニットのスラックスという服装だった。靴もあまりはき古したものではなかった。マットはこれまでも自分のクラスに文学者を呼んだことがあるが、彼らはほとんど例外なしにラフな、あるいは珍奇な服装をしていた。一年前にポートランドのメイン大学で詩を朗読したかなり有名な女流詩人に、その翌日ハイスクールの生徒たちに詩の話をしてもらえないかと頼んだことがあった。彼女はショートパンツにハイヒールという珍妙な恰好でやってきた。どうやら彼女は無意識のうちに、わたしを見て、わたしは規律を無視して風のように動きまわるのよ、とでもいいたいらしかった。

彼のベンに対する賞賛はそれと比較して一目盛りあがった。三十余年の教師体験から、何人《なんぴと》も規律を無視してはゲームに勝てないこと、それを勝ったと思うのは愚かな人間だけだということを知っていた。

「なかなかいい建物じゃないですか」ベンは廊下を歩いて行く途中、周囲を見まわしながらいった。「ぼくが通っていたハイスクールとは大違いだ。その学校の窓は大部分は風通しの穴みたいでしたよ」

「それが第一の誤りです」と、マットがいった。「建物などと呼んじゃいけません。学校は

『施設』、黒板は『視覚教育器具』、生徒は『十代半ばの等質共学学生集団』というんですよ」

「すばらしい名称ですね」ベンは笑いながらいった。

「そうでしょう？　あなたは、大学は？」

「行きましたよ。教養学科にね。しかし、大学へくる連中は知的な旗とりゲームをやっているとしか思えなかった。だから中途退学しました。『コンウェイの娘』が売れたとき、ぼくはコカ・コーラの箱を配達トラックに積んでいました」

「生徒にその話をしてやってください。きっと喜ぶでしょう」

「あなたは教師の仕事が好きですか？」

「もちろんですよ。好きじゃなかったら四十年近くもやっちゃいられません」

ベルが鳴って、廊下に高々とこだました。廊下には「木工室」と書かれた文字の下の矢印の前を、ぶらぶら通りすぎて行く生徒が一人見えるだけだった。

「ここでは麻薬はどうです？」

「なんでもありますよ。アメリカじゅうのどこの学校もみな同じでしょう。うちの学校じゃ麻薬よりも酒ですね」

「マリファナじゃなしに？」

「わたしはマリファナが問題だとは思わないし、学校当局だってジム・ビームを二、三杯ひっかけた勢いで非公式に発言するときはわたしと同じ意見ですよ。たまたまわたしはこの学校の生徒指導カウンセラーが、この人は生徒指導にかけては一流ですが、マリファナを吸って映画を見に行くことに反対ではないことを知っています。実はわたしもためしにやってみたことがあるんですよ。効果はすばらしかったが、ひどい消化不良にかかりましたよ」

「ほんとですか？」

「しいっ」と、マットはいった。「偉大な兄弟《ビッグ・ブラザー》がいたるところで耳をそばだてていますよ。それに、もうわたしの教室に着きました」

「いよいよですか」

「神経質になる必要はありませんよ」マットは先に教室に入った。「おはよう、諸君」と、ベンをじっとみつめている二十人あまりの生徒に向かっていった。「ベン・ミアーズさんを紹介します」

2

はじめベンはてっきり家を間違えたものと思った。マット・バークから夕食に招待されたとき、たしか彼は赤れんがの家のつぎの、小さな灰色の家だと教えてくれたはずなのに、その家からはロックンロールが休みなしに聞こえていた。

ベンはつや消しの真鍮のノッカーを鳴らしたが、応答がなかったので、もう一度鳴らしてみた。すると音楽が小さくなって、まぎれもないマットの声が聞こえてきた。「あいてますよ！どうぞ！」

彼は不思議そうにあたりを見まわしながら中に入った。玄関を入ってすぐのところが、アメリカ初期の古道具屋のような飾りつけをした小さな居間になっていて、信じられないほど古いモトローラのテレビがでんと居坐っていた。音楽を響かせているのはスピーカーが四個ついたKLHサウンド・システムだった。

マットが赤と白のチェックのエプロンをかけて台所からあらわれた。うしろからスパゲッティ・ソースの匂いが漂ってきた。

「うるさくて失礼。ちょっと耳が遠いもんで、いつも大きな音で聴くんですよ」

「なかなかいい音楽ですね」

「わたしはバディ・ホリー以来のロック・ファンなんですよ。すばらしい音楽です。おなかはすいてますか？」

「ええ。招《よ》んでいただいてほんとにありがとう。セイラムズ・ロットへきてから、たぶんこの五年間よりも外食のほうが多くなっているはずですよ」

「この町の人間は親切ですからね。台所で構いませんか？　二カ月ほど前に骨董屋がやってきて、ダイニング・ルームのテーブルを二百ドルでゆずれといってきかないんですよ。その後まだ新しいテーブルを買っていなくてね」

「もちろん構いませんよ。台所で食事するのはなれてますから」

台所は小気味よいほど清潔だった。フォア・バーナーの小さなストーヴの上では、スパゲッティ・ソースの鍋がぐつぐつ煮たち、水切りの山盛りのスパゲッティが湯気を立てていた。折りたたみ式の小さなテーブルに、種類の違う二枚の皿と、縁にアニメーション漫画の主人公が踊っている絵の入ったグラスが並んでいた——ゼリー・グラスらしい、とベンは肚の中でおかしさをこらえながら思った。他人の家を訪問したときの気づまりがすっかり消えて、くつろいだ気分になりはじめた。

「流しの上の戸棚にバーボンとライ・ウィスキーとウォッカがあります。ミキサーは冷蔵庫の中です。たいしたもんじゃないですが」

「バーボンと水道の水で結構ですよ。

「勝手にやってください」わたしはスパゲッティの盛りつけをしますから」

バーボンの水割りを作りながら、ベンがいった。「感じのいい生徒たちですね。なかなかいい質問をしましたよ。手ごわいけどいい質問だった」

「アイディアをどこで仕入れるんですか、といった質問でしょう?」マットはルーシー・クロケットのセクシーな舌足らずの声色でいった。

「あれは相当な子ですね」

「まったくですよ。アイス・ボックスのパイナップルのうしろにランサーズが一本入っています。とっておきですよ」

「ねえ、そんなもったいない——」

「遠慮はご無用、ザ・ロットで毎日ベストセラー作家にお目にかかれるなんて、めったにないことですからね」

「たしかにそれはちょっとしたぜいたくですね」

ベンはバーボンを飲みほして、マットからスパゲッティの皿を受けとり、ソースをかけてフォークにくるくると巻きつけた。「こいつはうまい」と彼はいった。「いや、驚いた《マンマ・ミア》!」

「自慢じゃないが」と、マットがいった。

ベンは自分の皿に視線を落とした。それはあっという間に空っぽになっていた。彼はいささか後ろめたい思いで口を拭った。

「おかわりは?」

「半分ください。ほんとにたいしたもんですね」

マットは結局一皿分よそってきた。「残ったら猫にやりますから。こいつがまたなんとも情けない猫でね。目方が二十ポンドもあって、皿までよちよち歩きというていたらくですよ」

「猫がいるんですか。どうして気がつかなかったのかな」

「外に遊びにでかけたんでしょう。あなたの新作は小説ですか?」

「現実のフィクション化とでもいうのかな。正直いって、これは金のために書いている作品です。芸術はすばらしい、しかしぼくも一度ぐらいは帽子の中から大物を取りだしてみたいんですよ」

「で、見込みは?」

「まだなんともいえませんね」

「居間へ行きましょう。椅子はでこぼこだが、台所の椅子よりはましです。おなかはもういいですか?」

「ええ、もう充分です」

居間に移ると、マットは節くれだった巨大なひょうたんパイプに火をつけはじめた。パイプにまんべんなく火がまわると(もうもうたる煙の中に坐って)、ベンのほうを見た。

「いや」と、彼はいった。「ここからは見えませんよ」

ベンは驚いてあたりを見まわした。「なにがです?」

「マーステン館ですよ。賭けてもいいが、きっとそれを捜していたんでしょう」

ベンは落ち着きなく笑った。「賭ける気はありませんよ」

「本の舞台はセイラムズ・ロットのような町ですか?」

「町と、そこに住む人間です」ベンはうなずいた。「そこで一連の性的殺人とバラバラ殺人事件が起きる。事件の一つから筆を起こして、その進行過程を最初から終わりまで詳細に描こうと思っています。読者がもうたくさんだというぐらいにね。ところがその部分の構想を練っているときにラルフィー・グリックが行方不明になったので、ぼくは……ひどいショックを受けましたよ」

「下敷きになっているのは、この町で三〇年代に起きた一連の行方不明事件なんでしょう?」

ベンは相手の顔をしげしげと見た。「あなたはその事件を知っているんですか?」

「もちろん。年配の人はたいてい知ってますよ。当時わたしはザ・ロットにいなかったが、メイベル・ワーツとグリニス・メイベリーとミルト・クロッセンはいましたからね。すでにその関連を口にしはじめた者もいるほどです」

「関連て、どんな?」

「よしてくださいよ、ベン。どんな関連かわかりきっているじゃないですか」

「それもそうだ。この前あの家に人が住んでいたときは、十年間に四人の子供が行方不明になった。それから三十六年たって、いままた人が住むようになったとたんに、ラルフィー・グリックが行方不明になったんですからね」

「偶然の一致だと思いますか？」

「ぼくはそうだろうと思いますよ」と、ベンは用心深く答えた。スーザンの警告が耳に残っていたからである。「しかし、それにしてもおかしい。ぼくは一九三九年から一九七〇年までのレジャーの綴《と》じこみに目を通して比較してみたんです。その間に三人の子供が行方不明になっている。一人は家出して、のちにボストンで働いているところを発見された――その子は十六歳になっていたが、年よりは老けていた。一人は一カ月後にアンドロスコッギン川から引きあげられた。もう一人はゲイツの百十六号線ぞいに埋められていた。これはどうやら轢き逃げだったらしい。つまり三人ともちゃんと説明がつくんです」

「グリックの息子の行方不明も、いまに説明がつくかもしれませんよ」

「あるいはね」

「しかしあなたはそうは思っていない。ストレイカーという男のことをなにか知っていますか？」

「全然知りません。その男に会ってみたいのかどうかさえ、自分でもはっきりしないくらいです。いまここに執筆に脂がのりかけている一冊の本があって、その内容はマーステン館とその住人のイメージで固められている。もしもストレイカーがごく当り前の商人にすぎないことがわかったら、ぼくはきっとそうに違いないと思うんだが、それこそなにもかもぶちこわしですからね」

「わたしはそんなことはないと思いますね。彼は今日店をあけたんですよ。スージー・ノートンと彼女の母親が店をのぞいてみたそうです……いや、町じゅうのほとんどの女たちがのぞきにきたそうですよ。この町の完全無欠な情報源、デル・マーキーによれば、あのメイベル・ワーツまで足を引きずりながらやってきたそうです。ストレイカーという男はさぞかし人目を惹くんでしょうな。着こなしがしゃれていて、物腰が優雅で、頭はつるつるに禿げている。それに愛想がいい。ひやかしだけでなく品物を買った者も何人かいると聞きましたよ」

ベンは笑いながらいった。「そいつは幸先がいい。だれかチームのもう一人のほうを見た人はいますか？」

「彼は買付けにでかけている、ということになっています」

「じゃ、実際は？」

マットは落ち着きなく肩をすくめた。「わかりません。たぶんなにもかも本当の話かもしれないが、あの家のことを考えると妙な気がするんですよ。なんだかあの二人がことさらあの家に目をつけたような気がしてね。あなたのいうように、あの家は丘の上に坐った偶像のようなもんですからね」

ベンは無言でうなずいた。

「おまけにまた一人子供が行方不明になった。それにラルフィーの兄のダニーが死んだ。わずか十二歳でですよ。死因は悪性貧血だそうですが」

「それがどうかしたんですか？　もちろん不幸な出来事だとは思うが――」

「わたしの主治医はジミー・コディという若い男なんですよ、ベン。わたしの教え子でね。昔は手に負えないやつだったが、いまじゃひとかどの医者です。いいですか、これはあくまでも噂話、また聞きですよ」

「オーケー」

「わたしは定期検診に行ったとき、ふと、グリックの息子は気の毒なことをした、一人行方不明になったところへ重ね重ねの不幸で親たちもさぞ嘆き悲しんでいるだろう、といったんです。そしたらジミーは、ダニーの病気のことをジョージ・ゴービーと話し合ったというんです。たしかに彼は貧血を起こしていた。ダニーの年ごろの子供の赤血球計算値は八十五から九十八パーセントなければならないのに、ダニーは四十五パーセントまでさがっていたというんです」

「驚いたな」

「病院ではビタミンB_{12}の注射と犢《こうし》のレバーを与えていて、その効果が出はじめていたようだった。ところがいよいよ明日退院というときになって、急に死んでしまったというわけです」

「メイベル・ワーツの耳にはこの話を入れないほうがいいですよ。先住民が毒を塗った吹矢を持って公園にいるのを見た、なんて言いだしかねないから」

「このことはあなたにしか話していませんよ。今後もだれにも話すつもりはありません。ついでだが、わたしがあなただったら今度の本の内容は秘密にしておきますよ。ロレッタ・スターチャーにどんなものを書いているのかときかれたら、建築の話だとでも答えておくんですね」

「その忠告は今日がはじめてじゃないんですよ」

「おそらくスーザン・ノートンでしょう」

ベンは時計をのぞいて立ちあがった。「スーザンで思いだしたけど——」

「めかしこんで求愛におでかけですか。実はわたしも学校へ行かなきゃならないんです。学校劇の第三幕の演出を変える必要がありましてね。『チャーリーの問題』という大きな社会的意義を持った喜劇ですよ」

「彼の問題というのはいったいなんです？」

「にきびですよ」マットはにやりと笑った。

彼らは一緒にドアのほうへ歩いて行った。マットが途中で立ちどまって、色あせた学校名入りのジャケットを着た。それを見てベンは、書斎にこもりっきりの英語教師というよりは、初老の陸上コーチといったところだ、と思った――知的で空想家肌の、そしてどことなく無邪気な顔だちを別にすればの話だが。

「ところで」と、玄関の階段にさしかかったところでマットがいった。「金曜の晩の予定は？」

「まだきまってません。スーザンと映画でも見に行こうと思ってるんですが。この町ではそれぐらいしかすることがないですからね」

「いいことを思いつきましたよ。われわれ三人で委員会を作って、マーステン館を訪問し、新しい住人に敬意を表するというのはどうでしょう。もちろんこれは町を代表しての表敬訪問ですよ」

「今夜スーザンに話してみます。彼女もきっと賛成しますよ」

「そうしてください」

マットは走り去るベンのシトローエンに手を振った。ベンはそれに応えて二度クラクションを鳴らした。やがてシトローエンのテールライトが丘の向うに消えた。

マットは車の音が聞こえなくなったあとも、両手をジャケットのポケットに突っこみ、丘の上の家を見あげながら、ほとんど一分近く階段の上に佇《たたず》んでいた。

3

木曜日は芝居の稽古がなかったので、マットは九時ごろデルの店へビールを飲みにでかけた。あのジミー・コディのやつが不眠症の薬を処方してくれないのなら、自分で勝手に処方するしかない、というわけだった。

デルの店はバンド演奏のない晩は客の姿もまばらだった。マットの知っている顔は三人しか見当たらなかった。片隅でビールをちびちびやっているウィーゼル・クレイグ、不機嫌に眉をしかめたフロイド・ティビッツ（彼はこの週に三度スーザンと話していた。二度は電話で、一度はノートン家の居間で面と向かって話したのだが、三度とも話はこじれるばかりだった）、それに壁ぎわの遠いボックスに坐ったマイク・ライアースンである。

マットはデル・マーキーがグラスを磨きながらポータブル・テレビで『アイアンサイド』を見ているカウンターに近づいた。

「やあ、マット。元気かね？」

「ああ、元気だよ。ひまらしいね」

デルは肩をすくめた。「うん。ゲイツのドライヴ・イン・シアターでオートバイ映画の二本立てをやっているもんでね。しょせん勝てっこないよ。グラス、それともジョッキ？」

「ジョッキにしてくれ」

デルはジョッキにビールを注ぎ、泡をカットしてさらに二インチほど注ぎたした。マットは金を払い、ちょっとためらってから、マイク・ライアースンのボックスのほうへ歩いて行った。マイクもザ・ロットのほとんどの若者たちと同じく、マットの英語の授業を受けた一人で、マットは彼が気に入っていた。努力家のマイクは平均以上の知能で平均以上の成績をおさめ、わからないことは納得がゆくまで何度でも質問した。加えて、明るい、豊かなユーモアのセンスと、感じのよい個人主義的な傾向が、彼をクラスの人気者にした。

「やあ、マイク。邪魔してもいいかね？」

マイク・ライアースンは顔をあげた。マットは感電したようなショックを受けた。最初に頭に浮かんだのは麻薬だった。こいつは強い麻薬をやっている。

「いいですとも、バークさん。どうぞ」生気のない声だった。顔は青ざめ、目の下に黒いくまができていた。目は異様なまでに大きく見開かれ、熱っぽく見えた。両手が酒場の薄暗がりの中で、幽霊のようにテーブルの上を動きまわった。ビールのグラスが手つかずのままで目の前に置かれていた。

「どうだ、元気かね、マイク？」マットはいまにも震えだしそうな手をコントロールしながら、自分のグラスにビールを注いだ。

彼の生活は上下の動きの少ないグラフのような快い単調さにみちており（グラフのわずかな動きすらも、十三年前に母親を亡くしてからというものはいっそう目立たなくなっていた）、たまに静かな生活をかきみだす要素といえば、教え子たちを見舞う不幸ぐらいのものだった。ビリー・ロイコはヴェトナム停戦の二カ月前にヘリコプターの墜落事故で瀕死の重傷を負った。いちばん頭がよく、快活な生徒の一人だったサリー・グリーアは、ボーイ・フレンドとの別れ話がこじれて酔った相手に殺された。ゲイリー・コールマンは原因不明の視神経の病気で失明した。バディ・メイベリーの弟のダグは、薄ばかぞろいのこの一族の中でただ一人の頭のよい子だったが、オールド・オーチャード・ビーチで溺れ死んだ。それに麻薬も命取りだった。忘却の川を渡った教え子たちの全部が全部、この川の水を浴びる必要を感じていたわけではない。が、そうして死んで行った子供たち――夢を自分の栄養源にした子供たちの数は決して少なくなかった。

「元気かって?」マイクがゆっくり答えた。「わかりませんよ、バークさん。あんまり元気じゃないような気がするけど」

「なにをやってるんだ、マイク?」と、マットは穏やかに質問した。

マイクはその意味がわからずに彼の顔を見た。

「薬《やく》だよ。ベニー、レッド、コーク、それとも――」

「薬《やく》なんかやったことないですよ」と、マイクが答えた。それだけの口をきくのも億劫そうだった。「マリファナを吸ったことはあるけど、それだってこの四カ月間はやってません。おれは病気なんです――月曜日からずっと調子が悪いんですよ。日曜の晩にハーモニー・ヒル墓地で眠っちゃって、そのまま月曜の朝まで目がさめなかったんです」彼はゆっくり首を振った。「それからこっちずっと気分が悪くてね。ますますひどくなる一方なんですよ」彼は溜息をついた。笛のような空気の音が、十一月の楓の枯葉のように彼の体を揺り動かすかに見えた。

マットが心配そうに身を乗りだした。「ダニー・グリックの葬式のあとでそうなったんだね?」

「そうなんです」マイクはふたたび彼の顔を見た。「みんなが帰ったあと、おれはあとかたづけに墓地に戻ったんだけど、あのくそいまいましい――すみません、バークさん――ロイヤル・スノーのやつがいつまでたってもあらわれないんです。おれはずいぶん長い間あいつを待っていた、気分が悪くなりはじめたのはきっとそのときからですよ、だってそれからあとのことはなにもかも……ああ、考えるだけで頭が痛くなる」

「どんなことをおぼえてる、マイク？」

「おぼえてることとですか？」マイクはグラスの中の琥珀《こはく》色の液体をのぞきこんで、ビールの泡が浮上してガスを放出するのを見守った。

「そうだな、歌声を聞きましたよ。聞いたこともないほど甘い歌声だった。それと……溺れかけたときのような気分。でもいい気持なんです。あの目だけは別だが。あの目……」

彼は肘をぎゅっと抱いて身震いした。

「だれの目かね？」マットは身を乗り出してたずねた。

「赤い目だった。ああ、あの恐ろしい目」

「だれの目だ？」

「おぼえてないんです。目なんかなかった。おれは夢を見たんですよ」マイクが心の中でその夢を押しのけようとするのが、マットには目に見えるようだった。「日曜の晩のことはほかになんにもおぼえていないんです。月曜の朝目をさましたら地べたに寝ていて、はじめは起きあがれないほど疲れていた。だけどどうにか起きあがったんです。朝日が昇りはじめていて、じっとしてたら日焼けしそうだったもんで、森の中の小川の岸へ行ったんです。それだけでまたひどく疲れてしまった。おれはまた眠ってしまって……つぎに目をさましたのは四時か五時ごろでした」彼はかぼそい声で小さく笑った。「目がさめたら体じゅうに落葉が降っていた。だけど少し気分がよくなっていたんで、トラックに戻ったんです」彼は片手でゆっくり顔を撫でた。「日曜の晩に自分の手でグリックの息子を埋めたらしいんだが、おかしなことに全然おぼえてないんです」

「埋めたって？」

「墓穴がふさがってたんですよ、ロイヤルのやつは戻ってこなかったのに。土もちゃんと突き固められていた。でも自分でやったおぼえがないんです。よっぽどぐあいが悪かったんだろうな」

「月曜の晩はどこにいた？」

「うちにいましたよ、もちろん」

「火曜の朝はどんな気分だったかね？」

「朝は目がさめなかったんです。夜までずっと眠ってましたよ」

「目が覚めたときはどうだった？」

「ひどい気分でした。足はふにゃふにゃで、水を飲みに行こうとしてもう少しで倒れてしまうところでした。なにかにつかまって台所へ行くのがやっとでしたよ」彼は顔をしかめた。「シチューの缶詰をあけて晩飯にしようと思ったんだけど――ほら、例のディンティ・ムーアの缶詰があるでしょう――どうしても食う気にならないんです。見ただけで胸がむかついちゃって。ちょうど二日酔いのときに食べ物を見せられたときと同じですよ」

「じゃ、なにも食べなかったのか？」

「食べてもすぐに吐いちゃうんです。それでも少し気分がよくなったんで、外へ出てしばらく散歩しました。それからまたベッドに戻ったんです」彼はテーブルのグラスの跡を指でなぞった。「ベッドに入る前になんだかひどくこわかった。まるで小さな子供みたいなんです。窓が全部しまっていることをたしかめてから、電気をつけたまま眠りましたよ」

「で、あくる朝はどうだった？」

「それが、やっぱり……ゆうべ九時までずっと眠りっぱなしでした」彼はまたかぼそい声で笑った。「この調子だと時計の針が一まわりする間眠りっぱなしだと思いましたよ。そうなったら死人と同じだってね」

マットは暗い表情で彼をみつめた、フロイド・ティビッツが立ちあがって、ジュークボックスにコインを入れ、騒々しい音楽を鳴らしはじめた。

「ところがおかしなことに」と、マイクがいった。「目をさましたら寝室の窓があいていたんです。きっと自分であけたんでしょう。おれは夢を見た……だれかが窓ぎわにいて、おれは起きあがった……起きあがってそいつを部屋に入れてやった。ちょうど寒さでこごえそうな……さもなきゃ腹を空かした昔の友人を入れてやるように……」

「そいつはだれだった？」

「だれったって、夢の中のことなんですよ、バークさん」

「夢の中だって、だれかということぐらいわかったろう」

「わかりません。それからなにか食べようとしたんだけど、やっぱり食べ物のことを考えただけで吐気がするんです」

「それでどうした？」

「テレビをつけて、ジョニー・カースン・ショーを終わりまで見ました。それでだいぶ気分がよくなりましたよ。それからまたベッドに入りました」

「窓の鍵はかけたかね？」

「いや」

「それから一日じゅうずっと眠っていたのか？」

「目がさめたのは暮れ方でした」

「やっぱり疲れていたか？」

「疲れていたのなんのって」マイクは片手で顔をおおった。「それはひどいもんでした！」と、しわがれ声で叫んだ。「きっと流感かなんかですよ、そうでしょう、バークさん？　おれはひどい病気じゃないよね？」

「それはわからんな」と、マットは答えた。

「ビールでも飲めば元気が出るかと思って……だけどビールが喉を通らないんですよ。一口飲んだだけで吐気がするんです。この一週間は……まるで悪い夢でも見てるみたいだった。おれはこわいんです。こわくてどうしようもないんです」彼は痩せた両手で顔をおおった。マットは彼が泣いているのに気がついた。

「マイク」

答はなかった。

「なあ、マイク」マットはマイクの両手をそっと顔から引きはなした。「今夜はわたしの家に泊まったらどうだ。うちの客間で寝るといい。どうだね？」

「いいですよ。おれはもうどうでもいいんだ」彼は袖口でゆっくり涙を拭った。

「そして明日わたしと一緒にドクター・コディに診察してもらいに行こう」

「そうします」

「じゃ、ここを出よう」

彼はベン・ミアーズに電話をかけようかと思ったが、思いなおしてやめた。

4

マットがドアをノックすると、「どうぞ」と、マイク・ライアースンが答えた。

マットはパジャマを二枚持って部屋に入った。「これじゃちょっと大きすぎるかもしれないが――」

「いいんですよ、バークさん。おれはいつも下着で寝てるから」

彼はパンツ一枚で立っていたが、マットは彼の全身にほとんど血の気がないことに気がついた。肋骨が丸い畝のように浮きでていた。

「首をまわしてごらん、マイク。こっちだ」

マイクはいわれた通りに首をまわした。

「マイク、この傷痕はどうしたんだ？」

マイクの手が顎の下のところにさわった。「わかりません」

マットは不安な気持で立っていたが、やがて窓ぎわへ歩いて行った。掛金はしっかりかかっていたが、それでも安心できずに両手で窓を前後に揺り動かしてみた。外の闇がガラスに重くのしかかってきた。「なにかあったらいつでも声をかけてくれ。どんな小さなことでもだ。悪い夢を見ただけでもいい。いいな、マイク?」

「はい」

「わたしは本気だよ。どんな小さなことでもいい。わたしは廊下のはずれの部屋に寝てるからね」

「わかりました」

それ以上なにもすることはないと感じて、マットはためらいながら部屋を出た。

5

彼は全然眠れなかった。ベン・ミアーズに電話をかけない理由はただ一つ、この時間にはエヴァの下宿で起きている者は一人もいないということだけだった。下宿人は老人ばかりなので、夜中に電話が鳴ったときはだれかが死んだことを意味した。

彼は不安な気持で横たわって、目ざまし時計の夜光針が十一時三十分から十二時へと進むのを眺めていた。家の中は異様なほど静かだった――たぶんどんな物音も聞きもらすまいと意識的に耳をすましているせいなのだろう。建物は古い頑丈な作りで、造作が落ち着くまでの軋み音のほとんどはとっくにやんでいた。聞こえるのは時計の音とかすかな風だけだった。ウィークデイの夜は、タガート・ストリーム・ロードを通る車は一台もなかった。

お前がいま考えていることはばかげた妄念だ。

しかし彼の確信は刻一刻深まっていった。もちろん、文学好きの彼の頭に、ジミー・コディからダニー・グリックの病気の説明を聞いたときに最初に浮かんだのはそのことだった。彼もコディもその考えを一笑に付した。こうなったのはあのとき笑った罰かもしれなかった。

ひっかき傷? いや、あれはひっかき傷じゃなかった。あれは咬み傷だ。

人はそんなことはありえないと教えられている。コールリッジの『クリスタベル』や、ブラム・ストーカーの不気味な物語は、空想を織りなす縦糸と横糸にすぎないと。もちろん怪物は現実に存在する。熱核兵器の引金に指をかけた七つの国の人間たち、ハイジャッカーたち、大量殺人者たち、子供を襲う性犯罪者たちといった連中がそれだ。だがこれは実在しない。人はそんなものが実在しないことを知っている。女の乳房にできた悪魔の印はただの痣にすぎないし、一度死んでから生き返り、経帷子を着て妻の住む家の戸口に立つ男は、ただの運動失調にすぎない。子供の寝室の片隅でおしゃべりをしたり悪ふざけしたりする幽霊は、実は毛布のひだがそう見えるにすぎない。一部の聖職者たちにいたっては、あの聖なる白の魔術師、神でさえ死んだといっているではないか。

彼はほとんど真白にみえるほど血の気がなかった。

廊下からはなんの物音も聞こえてこなかった。彼は死んだようにぐっすり眠っている、とマットは思った。それでいいではないか。そのために彼をここに連れてきたのだ……悪い夢にうなされることなく、ぐっすり眠れるように。マットはベッドから起きだして明りをつけ、窓ぎわに近寄った。月光の中で凍りついたようなマーステン館の屋根が見えた。

わたしは不安だ。

だが不安どころではなかった。彼はすっかりおびえきっていた。彼の心は口にするのも忌わしい病気から身を護る効果があるといい伝えられているもの、にんにく、聖餅《せいへい》と聖水、十字架、バラ、流水などを思い浮かべた。それらの一つとして彼の手もとにはなかった。彼は名ばかりのメソジストで、内心ひそかにジョン・グロッギンズ牧師を西欧世界随一の大ばか者と軽蔑していた。

家にある唯一の宗教的なものといえば――

静まり返った家の中で、低いけれども明瞭な声が、眠りの中で話されるマイク・ライアースンの単調な声が聞こえてきた。

「いいとも。入ってくれ」

マットの呼吸が止まり、やがて声のない叫びとなってほとばしった。恐ろしさで気が遠くなりそうだった。胃袋が鉛のように重く感じられた。睾丸がきゅっと縮みあがった。いったいマイクはなにを部屋に招き入れたのだろうか？

客室の窓の掛金がそっとはずされる音がした。続いて窓を持ちあげるときの、木と木のこすれる音が聞こえた。

彼は階下へおりようと思えばおりられた。走って行って、食堂の戸棚の上からバイブルを取ってくる。階段を駆け戻って、客室のドアをさっとあけ、バイブルを高々とかかげて叫ぶ、父と子と聖霊の御名において、汝立ち去れ……

だが客室にいるのはいったいだれなのだ？

なにかあったらいつでも声をかけてくれ。

しかし、わたしには無理だ、マイク。わたしは老人だから。わたしはこわい。

彼の頭の中に夜が侵入して、影の中から出たり入ったりして踊りくるう、おどろおどろしい想念のサーカスがそこに出現した。道化師の白塗りの顔、巨大な目、鋭く尖った歯、影の中から現われでた白く長い手を持つ人影が、その手をのばして……

彼は震えながら呻き声を発し、両手で顔をおおった。

わたしにはできない。わたしはこわい。

たとえ彼の部屋のドアの把手がまわりはじめたとしても、彼は起きあがることができなかっただろう。恐怖で体が金縛りになり、今夜デルの店に行かなければよかったとひたすら後悔していた。

わたしはこわい。

そして恐ろしいほどの静寂の中で、両手で顔をおおってなす術もなくベッドに腰かけていると、やがて甲高く、やさしく、そして邪悪な子供の笑い声が――

――続いてぴちゃぴちゃとなにかを吸うような音が聞こえてきた。

第二部　アイスクリームの皇帝

大葉巻を巻くあいつを呼べ、
あの腕っぷしの強いやつ、そして泡立てるのはやつにまかせろ
台所のカップで好色の凝乳を。
尻軽女中どもは遊ばせておけ、いつものドレスを
着せておけ、そしてボーイたちには
先月の新聞にくるんで花を持ってこさせろ。
あるをようだのフィナーレにしておこう。
唯一の皇帝はアイスクリームの皇帝だ。

樅《もみ》のドレッサーから取りだせ、
三つのガラス把手の欠けたやつから、あのシーツを、
あれに彼女は三つの扇の尾を刺繍した、
そいつをひろげて彼女の顔をおおいかくせ。
彼女の角みたいな両脚が突きでるなら、それは
彼女が冷たくて、そして鈍なしるし。
ランプをその梁《はり》に固定しろ。
唯一の皇帝はアイスクリームの皇帝だ。

——ウォレス・スティーヴンズ

この円柱には穴がある。きみには
死者の女王が見えるか？

——イオルゴス・セフェリアデス

第八章　ベン（その三）

1

ノックの音はだいぶ前から続いていたにちがいない。それは徐々に目をさまそうとしてあがく眠りの大通りの、はるか遠くでこだましているように思われたからである。外は暗かったが、目ざましを手に取って顔の前に持ってこようとしたとき、床に落としてしまった。方向感覚が狂ってしまったような、妙に不安な気分だった。

「どなた？」と、彼は叫んだ。

「エヴァですよ、ミアーズさん。あなたに電話がかかってるんですよ」

彼は起きあがってズボンをはき、上半身裸のままでドアをあけた。エヴァ・ミラーが白いタオル地のローブを着て立っていた。まだ半分眠っている不機嫌な顔つきだった。彼らはたがいに相手の顔をじろじろ見た。病人はだれだ？　死んだのはだれだ？　と彼は考えていた。

「長距離ですか？」

「いいえ、マシュー・バークからですよ」

そうとわかっても、彼の不安は消えなかった。「いま何時ですか？」

「四時を少しすぎたところです。バークさんはひどくあわてているようでしたよ」

ベンは階下へおりて受話器をとった。「もしもし、ベンです」

マットは受話器に向かって激しく息を切らし、その息づかいが小刻みにベンの耳に伝わってきた。「こっちへきてもらえないか、ベン？　いますぐにだ」

「それはいいけど、いったい何事です？　ぐあいでも悪いんですか？」

「電話じゃ話しにくい。とにかくすぐにきてくれ」

「十分待ってください」

「ベン」

「なんです？」

「きみは十字架を持っているかね？　聖クリストファーのメダルでもいいが」

「ありませんよ、そんなもの。ぼくはバプティストなんです――いや、だったんです」

「わかった。すぐにきてくれ」

ベンは電話を切って急いで部屋へ戻った。エヴァは階段の手摺の親柱に片手をおいて、不安と逡巡《しゅんじゅん》の入りまじった表情で立っていた――何事が起きたのか知りたい気持と、下宿人の問題にかかわりたくない気持が半々というところなのだろう。

「バークさんは病気なんですか、ミアーズさん？」

「本人はそうじゃないといっている。ぼくにすぐきてくれと……そうだ、あなたはカトリックじゃないですか？」

「死んだ主人がそうでしたわ」

「十字架かロザリオか聖クリストファーのメダルはありませんか？」

「そうねえ……主人の十字架が寝室に……よかったら……」

「ええ、お願いします」

彼女は色あせたカーペットの上に毛のスリッパを引きずりながら、廊下を歩いて行った。ベンは自分の部屋に入って、きのうと同じシャツを着、はだしにつっかけの靴をはいた。部屋を出ると、エヴァが十字架を手に持ってドアのそばに立っていた。十字架が明りを反射して鈍い銀色の光を放った。

「ありがとう」彼は十字架を受けとった。

「バークさんがこれを持ってくるようにいったんですか?」

「そうなんです」

彼女は眉をひそめた。もうすっかり目がさめていた。「あの方はカトリックじゃないわ。それにふだん教会へも行ってないようだけど」

「理由はいわないんですよ」

「そうですか」彼女はわかったというようにうなずいて、十字架を渡した。「気をつけて扱ってくださいよ。わたしにとっては大切なものですから」

「わかってます。気をつけますよ」

「バークさんに何事もなければいいんだけど。いい人ですからね」

ベンは階段をおりてポーチに出た。十字架を持ったまま車のキイを取りだすことができないので、十字架を左手に持ちかえるかわりに、それを首にかけた。銀の十字架はシャツの胸に垂れさがった。車に乗りこむとき、自分がその感触を心強く思っていることにほとんど気がつかなかった。

2

マットの家の一階の窓という窓に明りがともっていた。ベンの車が私道に入りこんでライトが家の正面を照らすと同時に、マットがドアをあけて彼を迎えた。

彼はなにがあっても驚かないつもりで玄関のほうへ歩いて行ったが、それでもマットの顔を一目見たとたんにショックを受けた。顔は真青で、唇がわなわなと震えていた。目は大きく見開かれ、まばたきひとつしなかった。

「台所へ行こう」と、彼はいった。

ベンは家の中に入った。廊下の明りが胸の十字架にきらりと光った。

「持ってきてくれたのか」

「エヴァ・ミラーのを借りてきました。いったいどうしたんです？」

マットが、「台所へ行こう」と繰りかえした。二階への階段のそばを通るとき、彼はちらと上を見あげて、ちょっと尻ごみするようなそぶりを見せた。

彼らがスパゲッティを食べた台所のテーブルには、三つのものがのっているだけだった。うち二つはひどく場ちがいな品物だった。コーヒー・カップと、古風な小型のバイブルと、三八口径のリヴォルヴァーである。

「どうしたんです、マット？　ひどく顔色が悪いけど」

「わたしは悪い夢を見たのかもしれないが、とにかくきみがきてくれてよかったよ」彼はリヴォルヴァーを持って、手の中でくるくるまわしていた。

「どんな夢です？　それからそんなものを振りまわすのはやめてくださいよ。弾丸は入っているんですか？」

マットはリヴォルヴァーをテーブルにおいて、片手で髪の毛をかきあげた。「うん、入ってるよ。もっともこんなものは役に立たないと思う……自分を撃つんなら話はべつだが」彼はガラスをこすりあわせるような不快な声で笑った。

「よしてくださいよ、そんな冗談は」

この鋭い口調が彼の目の中の奇妙に凝固した視線を突きくずした。彼は相手の言葉に反対するというよりも、むしろ冷水の中から這いあがった動物がぶるぶるっと体を揺するように身震いした。

「二階に死人がいる」と、マットがいった。

「だれです？」

「マイク・ライアースンだ。町の墓地管理人をしている青年だよ」

「ほんとに死んでるんですか？」

「この目で確かめたわけじゃないが、間違いなく死んでいる。恐ろしくて確かめられなかった。というのは、かならずしも死んでいるとはいえないかもしれないんだよ」

「マット、どうもあなたのいうことがぼくにはよくわからない」

「わたしがそんなことを知らないとでも思っているのかね？　わたしは無意味なことをしゃべ

り、尋常じゃないことを考えている。しかし、電話する相手がきみしかいなかったんだよ。セイラムズ・ロットじゅうの人間の中で、きみだけは……たぶん……」彼は首を振ってまた言葉を続けた。「われわれはダニー・グリックのことを話し合ったね」

「ええ」

「彼が悪性貧血で死んだことを……昔の人なら『衰弱死』でかたづけていたような症状だ」

「ええ」

「マイクは彼を埋葬した。それからウィン・ピューリントンの犬がハーモニー・ヒル墓地の柵に吊るされて死んでいたのを発見したのもマイクだ。わたしはゆうベデルの店でマイクと会って——」

3

「わたしはどうしても部屋に入れなかった」と、マットは結んだ。「四時間近くもじっとベッドに坐っていた。それから泥棒みたいに足音を忍ばせて下へ行き、きみに電話したんだ。きみはこれをどう思う?」

ベンは十字架を首からはずしていた。いま銀色に輝くその細い鎖を、考えごとをしながら指でつついた。もう五時近く、東の空は朝焼けでバラ色に染まっていた。頭上の蛍光管はすっかり青ざめていた。

「とにかく客室をのぞいてみましょう。さしあたりそうするしかないでしょう」

「窓が明るくなってみると、ゆうべのことが凶々《まがまが》しい悪夢のように見えてくる」マットは神経質に笑った。「いや、ほんとにそうであってくれればいい。マイクは赤ん坊みたいに眠っているだけだといいんだが」

「とにかく行ってみましょう」

マットは無理して唇を真一文字に結んだ。「オーケー」それからテーブルに視線を落として、問いかけるようにベンを見た。

「いいですよ」ベンは十字架をとりあげてマットの首にかけてやった。

「正直いって、これでいくらか気が楽になったよ」彼は照れくさそうに笑った。「ところでわたしがオーガスタの精神科病院に入院させられることになっても、この十字架を取りあげられずにすむだろうか？」

「銃は持って行きますか？」

「いや、やめておこう。ズボンのベルトに引っかけて、大事なところを吹っとばしてしまうのが落ちだ」

ベンが先に立って二階にあがった。階段をあがりきったところに左右にのびる短い廊下があった。一方の端にあるマットの寝室のドアがあいたままになっていて、オレンジ色の絨毯の上に青白いスタンドの光がこぼれていた。

「反対側のはずれだ」と、マットがいった。

ベンは廊下を歩いて行って、客室のドアの前に立った。彼はマットがそれとなくほのめかした奇怪な話を信じていなかったにもかかわらず、かつて経験したことのないどす黒い恐怖の虜《とりこ》になっていた。

ドアをあけると、彼が梁からぶらさがっている。顔はどす黒くふくれあがり、ぎょろりと目をむいて、その目が歓迎するようにこっちを見ている——

記憶は精細な感覚とともによみがえり、一瞬その記憶のあまりの生々しさゆえに彼は身動きができなくなった。漆喰の匂いと、壁の中に巣を作った生き物たちの荒々しい匂いさえよみがえるような気がした。マット・バークの客室の、ニスを塗った飾り気のない木のドアと彼の間には、地獄のありとあらゆる秘密が介在しているように思われた。

やがて彼は把手を回してドアを内側に押した。マットは彼のうしろに立ってエヴァの十字架を固く握りしめていた。

客室は真東に面しており、ちょうど太陽の上端の弧が地平線上にのぞいたところだった。最初の透明な光が窓からじかにさしこんで、室内に漂う塵を金色に染めながら、マイク・ライアースンの胸まで引きあげられた白いリネンのシーツの上にさしかけていた。

ベンがマットを見てうなずいた。「だいじょうぶですよ」と、彼は囁いた。「眠っています」

マットが抑揚のない声でいった。「窓があいている。ゆうべはちゃんと戸締りがしてあった。わたしがこの目で確かめたんだ」

ベンの視線がマイクをおおっている真白なシーツの上端に注がれた。小さな血痕がぽつんと一カ所ついて、褐色に乾いていた。

「息をしてないようだ」と、マットがいった。

ベンが二歩前に進んで立ちどまった。「マイク、マイク・ライアースン。起きるんだ、マイク！」

なんの反応もなかった。睫《まつげ》は伏せられたままだった。髪は乱れて額にかかり、朝の光の中で見るその顔はとてもハンサムだった。ギリシャ彫刻にも劣らない美しさだ、とベンは思った。頬にはほんのりと赤味がさし、マットのいう死人のような青白さはまるで認められず、肌の色は健康そのものだった。

「もちろん息をしてますよ」ベンはやや腹立たしげにいった。「熟睡しているからそう見えるだけです。マイク――」彼は片手をのばしてライアースンを軽く揺さぶった。胸に横たえられたマイクの左腕が、ベッドの横にだらりと垂れさがり、関節が床に当たってドアをノックするような音をたてた。

マットが前に進んでマイクのぐったりした腕を持ちあげた。そして人差指を手首に当てた。

「脈がない」

彼は関節のコトンという不気味な音を思いだして、マイクの腕を手放そうとしかけたが、思いなおして胸に横たえた。腕はふたたびずるずると滑り落ちてしまったので、顔をしかめながらまた元に戻してしっかりとおさえつけた。

ベンには目の前の光景が信じられなかった。マイクは眠っているのにちがいない。健康そうな顔色、しなやかな筋肉、呼吸をするように軽く開かれた唇……非現実的な感覚が波のように押しよせてきた。ライアースンの肩に手を当ててみると、皮膚はまぎれもなく冷たかった。

彼は人差指を唾で濡らして、なかば開かれた唇の前にさしだした。息はそよとも感じられなかった。

彼とマットは顔を見あわせた。

ベンはライアースンの顎に両手をかけて、頬が枕に触れるまでゆっくりと顔を横向きにした。その動きで腕がふたたび滑り落ち、関節が床にぶつかってコトンと音をたてた。

ライアースンの首に傷は見当たらなかった。

4

彼らは台所のテーブルに戻っていた。午前五時三十五分。丘をくだって、タガート・ストリームの眺めをさえぎる灌木と下生えのベルト地帯の向うの、東の牧場へと導かれるグリフェン牧場の牛の群が、もうもうと鳴いていた。

「言伝えによれば、傷痕は消えるそうだ」と、だしぬけにマットがいった。「犠牲者が死ぬと傷痕は消えてしまうんだよ」

「それは知ってますよ」と、ベンがいった。ブラム・ストーカーの『ドラキュラ』でも、クリストファー・リー主演のハマー・プロの映画でもそうなっていたことを、彼は思いだした。

「彼の心臓にとねりこの杭を打ちこむ必要がある」

「それはどうかな」ベンはコーヒーを一口飲んだ。「検死陪審にどう説明するんです？　下手をすりゃ死体損壊で刑務所行きですよ。いや、それよりも精神科病院送りかな」

「わたしの頭が変だと思うかね？」と、マットが静かにたずねた。

一見少しのためらいもなく、ベンは答えた。「いや」

「それじゃわたしの見た傷痕の話を信じるかね？」

「さあ、なんともいえません。でも信じなきゃならないでしょうね。あなたがぼくに嘘をつく理由がないから。あなたは嘘をついてもなにも得をしない。もし得をするとしたら、あなたが彼を殺した場合だけですよ」

「じゃ、わたしが彼を殺したのかもしれんよ」と、マットはベンに注目しながらいった。

「そうじゃないと考える根拠が三つありますよ。第一に、あなたが彼を殺す動機はなんです？　失礼だがマット、あなたは嫉妬とか金といった古典的な動機で人を殺すには年をとりすぎています。第二に、殺しの方法は？　毒薬を使ったんだとしたら、彼は全然苦しまずに死んだにちがいない。あの通りの穏やかな死に顔ですからね。となると、それだけでもありふれた毒薬の大部分は除外されることになる」

「第三の根拠は？」

「人を殺しておいて、それを隠すためにこんなばかげた話を考えだす人間がどこにいますか？　それこそまともじゃないですよ」

「どうしても話はわたしの精神状態に戻ってきてしまうようだね」マットは溜息をついた。

「もっとも、それも無理のない話だが」

「ぼくはあなたがおかしいとは思いませんよ。あなたは完全に正気に見えます」

「しかしきみは医者じゃない。それにいかれてるやつはしばしば巧みに正気を装うもんだよ」

ベンはうなずいた。「だからどうだというんです？」

「わたしが正気じゃないということさ」

「いや、それは無理だ、現に二階で人が一人死んでいて、もうすぐわれわれはこの事態を説明しなきゃならないんですよ。保安官はなにがあったか知ろうとするだろうし、検死官や郡保安官にしても同じことですよ。ねえマット、マイク・ライアースンは今週のはじめになにかのウイルスに感染して、たまたまゆうべこの家で急死したとは考えられませんか？」

階下へおりてからはじめて、マットが苛立ちの表情を浮かべた。「ベン、わたしは彼から聞いたことをそっくりきみに話したんだよ！ それに首の傷痕もこの目で見た！ 彼がだれかを部屋に呼び入れる声も聞いた！ それから……笑い声まで聞いたんだ！」彼の目にふたたびあの奇妙にぼんやりした表情があらわれた。

「わかりましたよ」ベンは立ちあがって窓に近づき、自分の考えを整理しようとした。だが、考えはうまくまとまらなかった。スーザンにも話したように、事態がしだいに手に負えなくなってくる感じだった。

彼はマーステン館のほうを眺めていた。

「マット、あなたが僕に話したことを一言でも口にしたら、どんな騒ぎになるかわかりますか？」

マットは答えなかった。

「町の連中は道であなたに出会うと、うしろに回って額を叩きはじめるでしょう。子供たちはあなたの姿を見かけるとハロウィーンの蠟でできた歯をとりだし、あなたが垣根のそばを通りかかると、不意にとびだしてきてブーと野次をとばすでしょう。そのうちだれかがワン、ツー、スリー、フォー、お前の血をもっと吸ってやる、といった歌を作りだし、その歌がハイスクールの生徒たちの間でもひろまって、あなたが廊下を通るたびに耳に入るようになるでしょう。やがてあなたの同僚たちも妙な目であなたを見るようになる。ダニー・グリックかマイク・ライアースンと名乗るいたずら電話がかかりはじめる。あなたの日常の生活は悪夢と化して、半年後には町から逃げだすはめになりますよ」

「いや、そうはならないだろう。町の連中はわたしをよく知っているからな」

ベンは窓の前で振りかえった。「彼らがあなたのなにを知っているというんです？　タガート・ストリーム・ロードに住んでいる一人暮しの一風変わった老人、ということだけでしょう。いずれにせよあなたが独身であるという事実だけでも、頭のネジが一本ゆるんでいると町の人々に思わせるには充分ですよ。ところがぼくはあなたの話にどんな裏付けも与えられない。死体のほかはなにも見てないんですから。かりになにかを見たとしても、彼らはよそ者のいうことはあてにならないというでしょう。下手をするとわれわれはホモセクシャルで、こんな話をでっちあげて刺戟を楽しんでいるぐらいのことはいわれかねませんよ」

マットの彼をみつめる表情にしだいに不安の影がさした。

「いいですか、マット、セイラムズ・ロットであなたを破滅に追いやるにはその一言で充分なんですよ」

「だったらもう手の打ちようがない」

「いや、あります。あなたはだれが――あるいはなにが――マイク・ライアースンを殺したかということに関して、ある仮説を立てている。その仮説を証明することは、あるいは反証をあげることは、比較的簡単だとぼくは思う。ぼくはいま板挟みの立場にあります。あなたがいかれてるとは思わないが、さりとてダニー・グリックが生き返り、まる一週間マイク・ライアースンの血を吸い続けてついに死に追いやったとも思わない。しかしぼくはあなたのその仮説をテストしてみるつもりです。だからぼくに協力してください」

「どうやって？」

「あなたの医者に電話してください、たしかコディという名前でしたね。それからパーキンズ・ギレスピーにも。専門家の手にゆだねるんですよ。あなたは夜中になにも聞かなかったことにする。ゆうベデルの店でマイクと会った。マイクは日曜日からずっと体のぐあいがよくないと語った。あなたは彼を家に泊まりにくるように誘った。そして今朝三時半ごろようすを見に行ったところ、彼が目をさまさないので、あなたはぼくに電話をかけた、ということにするんです」

「それだけかね？」

「そうです。コディと話すときは、マイクが死んでいることさえいわないほうがいい」

「そんな無茶な――」

「だって彼が死んでいると、どうしてわれわれにわかるんです？」ベンがたまりかねたように叫んだ。「あなたは彼の手首にさわったが脈が感じられなかった。ぼくは彼が呼吸していないことを発見した。しかし、それだけのことでだれかがぼくを墓に埋葬しようとするなら、とんでもない話です。ましてやぼくが彼のように生き生きしているとしたらなおさらですよ」

「そのことがわたしと同じくらいきみを不安にしているらしいね」

「そうですよ。彼はまるで蠟人形のように見えましたからね」

「わかったよ。きみのいうことはいちいちもっともだ……こういう変わったケースとしては。その点わたしは愚かだったようだ」

ベンが反論しかけると、マットはそれをさえぎって続けた。「しかしかりに……これはあくまでも仮定だが……わたしの最初の疑問が正しいとしたらどうだろう？　きみは心の底でたとえほんの微々たる可能性でも望むかね？　つまりマイクが……生き返る可能性だが」

「さっきもいったように、この仮説を証明しまたは反証をあげることはいたって簡単です。ぼくが心配しているのはそのことじゃないんですよ」

「じゃ、なにが心配なのかね？」

「ちょっと待ってください。物事には順序があります。仮説を証明するとか反証をあげるとかいうことは、論理学の練習問題――つまり可能性を一つずつ除外してゆくことでしかないはずです。そこで第一の可能性だが、マイクはある種の病気で死んだ――ウイルス性かなにかの。この可能性を認めるか除外する方法は？」

マットは肩をすくめた。「検死だろうね、たぶん」

「その通り。同時に検死によって犯罪の有無も明らかになります。もしもだれかが彼に毒を盛ったか、注射をしたとしたら――」

「発見されずに終わった殺人は過去にいくらでもあるよ」

「たしかにあります。しかしぼくは検死官の目を信用しますね」

「万一検死官の判定が『原因不明』と出たら？」

「そのときは」と、ベンは慎重に答えた。「葬式がすんだあとで墓地へ行って、死体が生き返ったかどうかをたしかめます。もしも生き返っていれば——ぼくはそんなことがありうると は思わないが——それはすぐにわかります。逆に死体が埋葬されたままだとすれば、ぼくの 心配が現実になるわけです」

「つまりわたしの頭がおかしくなっているという現実だな」マットはゆっくりといった。「べン、わたしは母親の名にかけて誓うが、首の傷痕を見たのも窓があく音を聞いたのもほんとなんだよ——」

「あなたが嘘をついているとは思いませんよ」と、ベンは静かにいった。

マットは言葉につまった。衝突を覚悟して体を固くしたのに、何事も起こらなかったときのような表情が浮かんだ。

「そうかね?」と、彼は疑わしそうにいった。

「べつのいい方をするなら、ぼくはあなたがいかれてるとも、幻を見たとも思いたくないということですよ。ぼくもかつてある経験をした……その経験は丘の上のあの呪われた家と関係があることで……そのためにぼくは、理性の光に照らして見れば正気とは思えないような話を口にする人間に対して、きわめて同情的なのです。いずれおりを見てその話をしますよ」

「いますぐじゃいかんかね?」

「時間がありません。あなたは電話をかけなきゃならない。それからもう一つ質問があります。よく考えてから答えてください。あなたには敵はいませんか?」

「こんなひどい仕打ちを受けるおぼえはないね」

「昔の教え子で、あなたに恨みを持っている者は?」

生徒の生活に与えた影響の限界を正確に知っているマットは、黙って笑っただけだった。

「いいでしょう。あなたの言葉を信用しましょう」ベンは首を振って続けた。「どうも気に入らないな。まず犬の死骸が墓地のゲートに吊るされた。つぎにラルフィー・グリックが行方不明になり、ダニー・グリックが死に、そしてマイク・ライアースンが死んだ。もしかするとこれらはみなつながりがあるのかもしれない。それにしても、これは……とうていぼくには信じられない」

「コディの自宅に電話しよう」といいながらマットは立ちあがった。「パーキンズは家にいるだろう」

「学校にも病欠の電話を入れておくんですね」

「そうしよう」マットは力なく笑った。「三年ぶりの病欠だよ。まさに大事件だ」

彼は居間へ行って電話をかけはじめた。一つの番号を回しおわるたびに、先方がベッドから起きてくるのを待たなければならなかった。コディの妻は彼にカンバーランドのある番号を教えたらしく、彼は別の番号を回してコディを呼んでもらい、ちょっと待ってから用件を伝えた。

マットは受話器をおいて、台所のほうに叫んだ。「ジミーは一時間したらこっちへくるよ」

「よかった。ぼくは二階に行ってみます」

「どこにも手を触れないほうがいい」

「ええ」

二階の踊り場に達したとき、マットがパーキンズ・ギレスピーと話しながら、相手の質問に答える声が聞こえてきた。廊下を歩いて行くうちに、その声は遠い呟きと化した。

客室のドアの前に立つと同時に、記憶と想像が半々に入りまじったあの恐怖感が、ふたたび波のように押しよせてきた。ドアに歩み寄ってそれを押しあける自分の姿が心眼に映った。子供の目に映ったその部屋は、実際以上に広々としている。死体は彼らが部屋から出て行ったときと同じ恰好で、左手を床に垂らし、左の頬をまだ折目の消えていない枕カバーに押しつけて横たわっている。突然死体が目をあけ、勝ち誇った動物のような目つき（無表情な）をする。ドアが音をたててしまる。左手が持ちあがり、指が鉤形に曲がり、唇がよじれて狡猾な笑みを浮かべ、異様に長く鋭い犬歯がのぞく――

彼は前に進んで五本の指先でドアを押した。下のほうの蝶番がかすかに軋んだ。

死体は彼らが出て行ったときと同じ恰好で、左手をだらりとぶらさげ、左の頬を枕カバーに押しつけて――

「パーキンズがすぐにくる」と、マットが背後の廊下から声をかけたとき、ベンはあやうく悲鳴をあげそうになった。

5

パーキンズ・ギレスピーが先に到着した。グリーンのネクタイを海外従軍軍人会のタイピンで留めて、まだ睡そうな顔をしていた。彼は郡検死官と連絡をとったと、二人に告げた。「もっとも本人はたぶんこないね」パーキンズはきっと結んだ口の端にポール・モールをくわえながらいった。「検死官代理とカメラマンをよこしてお茶をにごすつもりだろう。死体に手を触れたかね？」

「腕がベッドから滑り落ちたんで」と、ベンが答えた。「元へ戻したんだが、じっとしてないんですよ」

パーキンズは彼をじろりと見たがなにもいわなかった。ベンは指の関節が客室の堅木の床にぶつかったときのぞっとするような音を思いだして、胃の中にむかつくような笑いを感じた。笑いをこらえるためにごくりと唾を呑みこんだ。

マットが先頭に立って階段をあがり、パーキンズが死体のまわりを数回歩きまわった。「ほんとに死んでるのかな？」と、やがて彼はいった。「起こしてみたのかね？」

やがてカンバーランドでお産をおえたばかりの医学博士ジェームズ・コディが到着した。一通り挨拶をかわしたあとで（「こんにちは」とパーキンズ・ギレスピーがいって、新しい煙草に火をつけた）、マットがふたたび全員を二階へ連れて行った。これで四人ともなにか楽器を演奏できれば、死者を盛大に見送ってやれるところだ、とベンは思った。またさきほどの笑いが喉にこみあげてきた。

コディがシーツをめくって、死体を見おろしながら一瞬眉をひそめた。ベンが意外に思ったほどの落ち着いた口調で、マット・バークがいった。「きみがダニー・グリックについていったことを思いだしたよ、ジミー」

「あれは内緒の話だったんですよ、バークさん」と、ジミー・コディは穏やかにいった。「あんな話をしたことがダニー・グリックの家族に知れたら、ぼくは訴えられるかもしれない」

「きみを訴えても勝目があるだろうか？」

「いや、たぶんないでしょうね」と答えて、ジミーは溜息をついた。

「グリックの息子がどうしたんだね？」と、パーキンズが眉をひそめながらきいた。

「なんでもないよ」と、ジミーが答えた。「これとは無関係だ」彼は聴診器を使い、独り言をいいながら瞼をめくり、どんよりした眼球をライトで照らした。

ベンは瞳孔が収縮するのを見て、「あれっ！」と声をだした。

「面白い反応でしょう？」と、ジミーがいった。瞼から手をはなすと、まるで死体が彼らに向かってまばたきでもするように、グロテスクなほどゆっくりと目が閉じられた。「ジョンズ・ホプキンズのデーヴィッド・プラインが、死後九時間までの瞳孔収縮例を報告していますよ」

「偉そうな口をきくじゃないか」と、マットがむっつりした表情でいった。「ハイスクールじゃろくな作文も書かなかったくせに」

「あなたが解剖のことを書いた作文を読みたがらなかったからですよ」

ジミーは小さなハンマーを取りだした。ベンは感心した。この男は医者のマナーを心得ている、パーキンズのいうように患者が死体だとしてもだ。ふたたび黒い笑いがこみあげてきた。

「死んでるのかね？」とパーキンズが質問し、空っぽの花瓶に煙草の灰を落とした。マットがそれを見ていやな顔をした。

「ああ、死んでるよ」と、ジミーは答えた。それから腰をのばしてライアースンの足のほうまでシーツをめくり、右膝をハンマーで叩いた。足の指はぴくりとも動かなかった。ベンはマイク・ライアースンの足の裏の、踵のふくらみと土踏まずに黄色い胼胝《たこ》ができているのに気がついた。それから死んだ女をうたったウォレス・スティーヴンズの詩を連想した。「あれをようだのフィナーレにしておこう」彼はあるをあれと間違えて引用した。「唯一の皇帝はアイスクリームの皇帝だ」

マットが鋭く彼を見た。一瞬その冷静な態度が揺らぐかに見えた。

「なんです、それは？」と、パーキンズがきいた。

「詩だよ」と、マットが答えた。「死をうたった詩の一節さ」

「妙な詩だな」と、パーキンズはいって、また花瓶に煙草の灰を落とした。

6

「紹介はすみましたっけ？」と、ジミーがベンを見ながらいった。

「すんだよ、ほんのついでにね」と、マットがいった。「こちらはジミー・コディ、町のやぶ医者だ。それからこちらはベン・ミアーズ、町の三文文士だ」

彼らは死体の上で握手をかわした。

「死体の向きを変えるのを手伝ってもらえませんか、ミアーズさん？」

ベンは少々尻ごみしながらも、ジミーに手をかして死体を腹這いにさせた。皮膚は冷たかったが、まだ完全に冷えきってはおらず、弾力性も残っていた。ジミーは背中を仔細に調べてから、ジョッキー・ショーツを尻からおろした。

「なんでそんなことを？」と、パーキンズが質問した。

「皮膚の変色の度合いによって死亡時刻を推定するためだよ」と、ジミーが答えた。「心臓のポンプが止まると、ほかの液体と同じように、血液もいちばん低いところに集まる傾向があるのさ」

「しかし、そいつは検死官の仕事じゃないのかね？」

「検死官はノーバートをよこすにきまっている。ブレント・ノーバートは友達がちょっと仕事を手伝ってやったからと言って文句をいうような男じゃないよ」

「ノーバートじゃ両手と懐中電灯を使って捜したって、自分の尻も見つかりゃせんよ」とパーキンズはいって、吸いがらを開いた窓の外にはじきとばした。「そういえばこの窓の網戸がはずれちゃったね、マット。さっき芝生に落ちているのを見かけたよ」

「そうかね？」マットは慎重に抑えた声でいった。

「そうとも」

コディが診察鞄から体温計を取りだし、それをライアースンの肛門にさしこんで、糊のきいたシーツの上に時計をおいた。時計はまぶしい朝の光の中できらきら光った。七時十五分前だった。

「わたしは下へ行くよ」と、マットがややかすれた声でいった。

「みなさんもそうするほうがいいかもしれない」と、ジミー。「ちょっと時間がかかりそうだ。コーヒーをわかしていただけませんか、バークさん？」

「いいとも」

三人は部屋を出て、ベンがドアをしめた。最後に目にした光景を彼はいつまでも忘れないだろう。日ざしの明るい部屋、めくりかえされた清潔なシーツ、壁紙に明るい光の矢を反射させている金の腕時計、そして鋼板彫刻のように死体のかたわらに腰かけた、燃えるような赤毛のコディの姿。

マットがコーヒーをいれているところへ、検死官助手のブレント・ノーバートが古ぼけたグレーのダッジで到着した。大型カメラを持ったもう一人の男が一緒に入ってきた。

「どこだね？」と、彼はきいた。

ギレスピーが親指で階段を示した。「ジム・コディがいるよ」

「そいつはありがたい。やっこさんいまごろてんてこ舞いだろう」彼はカメラマンを従えて二階へ行った。

パーキンズ・ギレスピーは受皿に溢れるほどコーヒーにクリームを注ぎ、親指をつっこんでなめてみてから、指をズボンで拭いて、また新しいポール・モールを一本つけた。「あんたはどうしてこの家にいるんです、ミアーズさん？」

そこでベンとマットは、前もってしめしあわせた筋書通りに答えはじめた。その答のどこをとってみてもまるっきりの嘘というわけではなかったが、二人の共謀のかぼそい絆を暴露するようなことは注意深く隠された。ベンは自分がちょっとまともじゃない考えか、あるいはもっと深刻な、もっとどす黒いなにかを煽動しているのではないかと心配になった。きみに電話したのは、こんな話にまともに耳をかしてくれそうな人間がセイラムズ・ロットにはほかにいそうもないからだ、というマットの言葉を思いだした。マット・バークの精神がどのような状態であるにせよ、彼の人を見る目に狂いはない、とベンは思った。そのこともまた彼を不安にした。

7

九時三十分までにすべては終わった。

カール・フォアマンの霊柩車がマイク・ライアースンの遺体を引きとって行き、彼が死んだ事実は遺体とともにマットの家を出て町じゅうにひろまった。ジミー・コディは自分のオフィスへ帰り、ノーバートとカメラマンは郡検死官に報告するためにポートランドへでかけた。パーキンズ・ギレスピーは玄関の石段に立って、煙草をくわえながら、ゆっくりと運ばれてゆく柩を見送った。「マイクはいつも霊柩車を運転していた。まさかこんなに早く自分がうしろに乗ることになるとは思わなかったろうな」と呟いて、彼はベンのほうを振りかえった。「あんたはまだザ・ロットをはなれないでしょうね？　もしよかったら検死陪審で証言してもらいたいんだが」

「ええ、まだ出て行くつもりはないですよ」

保安官の色の薄くなった目が彼を値踏みした。「実はFBIとオーガスタのメイン州警察にあんたのことを問いあわせたんですよ」と、彼はいった。「真白な報告がきましたがね」

「それを聞いてほっとしましたよ」と、ベンが落ち着いて答えた。

「あんたはビル・ノートンの娘と親しくしているというもっぱらの噂だが」

「そのことなら身におぼえがあります」

「なかなかいい娘ですよ」パーキンズはにこりともせずにいった。霊柩車はもう見えなくなり、エンジンの音もしだいに遠のいて、やがて完全に聞こえなくなった。「このところ彼女はフロイド・ティビッツとあまり会ってないんでしょうな？」

「まだ書類上の仕事が残ってるんじゃないのかね、パーク？」と、マットがそれとなく牽制した。

彼は溜息をついて煙草の吸いさしを投げ捨てた。「そうなんだよ。二通コピー、三通コピー、やれ穴をあけるなだの切りはなすなだの。この二週間書類には悩まされっぱなしだ。こいつはあのマーステン館の祟《たた》りかもしれないよ」

ベンとマットはポーカー・フェイスを続けた。

「それじゃ」彼はズボンを引きあげて車のほうへ歩いて行った。運転席のドアをあけたところで、彼らのほうを振りかえった。「あんたたち、おれに隠してることはなにもないだろうね？」

「なにをいうんだ、パーキンズ」と、マットが答えた。「隠すことなどなにもない。彼は死んだんだよ」

パーキンズは鉤形の眉の下で色褪せた目を鋭く光らせて、ちょっとの間彼らをみつめてから、また溜息をもらした。「そうだろうとも。それにしてもひどく妙な話だ。ウィンの犬、グリックの息子、もう一人のグリックの息子、それに今度はマイクだ。こんな田舎町としては新記録じゃないのかね。おれのばあさんは、二度あることは三度あるが、四度はないって、口癖のようにいってたもんだよ」

彼は車に乗りこみ、エンジンをかけて私道からバックで出て行った。間もなく丘を越えたところで、クラクションを鳴らしてさよならの合図をした。

マットがふうっと溜息をついた。「どうやら終わったな」

「ええ」と、ベンが答えた。「ぼくはもうくたくただ。あなたは?」

「わたしも同じだよ。しかし……ラリっているような感じもある。こいつは子供たちがよく使う言葉だが、きみも知ってるだろう?」

「ええ」

「アシッドかスピードをやったあと、正常なのに妙にハイな感じがする、あれだよ」彼は片手で顔をごしごしこすった。「やれやれ、きみはきっとわたしを正気ではないと思っているにちがいない。わたしは真昼間からまともじゃないことばかりいってるようだ」

「そんな気もするし、そうじゃないような気もします」ベンは遠慮がちにマットの肩に手をかけた。「ギレスピーのいう通りですよ。なにかが起こりつつあるんです。しかもそれはマーステン館と関係がある、という感じがますます強くなってくるんです。ぼくを除けば、町に新しく越してきた人間はあすこに住んでいる二人しかいない。そしてぼく自身はなにもしてないんですから。今夜のマーステン館行きはどうします? 例の表敬訪問は?」

「きみさえよかったら」

「ぼくはいいですよ。じゃ、あなたは家に入って少し眠ってください。ぼくはスーザンと連絡をとって、夕方ここへ迎えにきます」

「そうしよう」マットは一呼吸おいて続けた。「一つ気にかかることがある。きみが検死のことを持ちだしてから、ずっとそのことが気にかかっているんだ」

「なんです、いったい?」

「わたしの聞いた笑い声——あるいは聞いたような気がする笑い声は、子供の声だった。恐ろしい、魂の抜けたような笑い声、だがあれはまぎれもなく子供の声だった。マイクの一件と結びつけて考えると、その声からダニー・グリックを連想しないかね？」

「もちろんしますよ」

「きみは遺体の防腐処理の方法を知ってるかね？」

「くわしくは知りません。遺体から血を抜きとって、かわりの液体を注入する。以前はフォルムアルデヒドを使っていたが、いまはもっとましな方法がありそうなもんです。それから内臓も抜きとってしまうはずですよ」

「ダニーの遺体にそれらの処置がほどこされただろうか？」と、マットはベンの顔を見ながらいった。

「あなたはカール・フォアマンにこっそりそのことを質問できるほど親しい仲ですか？」

「うん、なんとかやれると思うよ」

「じゃ、ぜひその点をたしかめてみてください」

「そうしよう」

二人は一瞬顔を見あわせた。好意的ではあるが名状しがたい視線がとりかわされた。その視線にこめられたものは、マットのほうは非合理なことを口にせざるを得なくなった理性的な人間の不安にみちた挑戦であり、一方ベンのほうは、なんらかの定義をくだすにはあまりにも理解を絶するもろもろの力に対する、ある種の名状しがたい恐れだった。

8

エヴァ・ミラーがアイロンかけをしながらテレビの『ダイアル・クイズ』を見ているところへ、彼が戻ってきた。賞金額は四十五ドルに達し、司会者が大きなガラスのドラムの中から電話番号を選びだしているところだった。

「聞きましたよ」と、彼女は冷蔵庫をあけてコークを取りだすベンに声をかけた。「なんて恐ろしい。マイクはかわいそうに」

「気の毒なことをした」ベンは胸ポケットから細い鎖のついた十字架を取りだした。

「原因は――」

「まだわかっていない。ぼくは疲れているんだよ、ミラーさん。少し眠ろうと思うんだが」

「そうですとも。上の部屋はこの季節になっても昼間は暑いですよ。よかったら階下の部屋でやすんでください。シーツもとりかえたばかりだし」

「いや、結構。暑くても自分の部屋のほうがいい」

「それもそうね」彼女は事務的にいった。「バークさんはなんだってラルフの十字架なんかに用があったのかしら?」

ベンは一瞬虚をつかれて、階段へ行く途中で立ちどまった。「それはたぶん、マイク・ライアースンがカトリックだと思ったからじゃないかな」

エヴァはアイロン台に新しいシャツを拡げた。「まあ、あの人がそんなことを知らないはずはないのに。マイクは昔の教え子ですからね。マイクの家はルーテル派なんですよ」
ベンはもう答える術を知らなかった。自分の部屋へ引きあげて、服を脱ぎ、ベッドにもぐりこんだ。すぐに深い眠りが訪れた。夢さえ見なかった。

9

目がさめたのは四時十五分すぎだった。全身にびっしょり汗をかき、上掛けを蹴とばしていた。だが、頭はすっきりしていた。早朝の出来事もいまは遠くぼんやりとかすみ、マット・バークの空想からは切実さが失われていた。彼が今夜なすべきことは、できることならマットをその妄想の中から引きだしてやることだけだった。

10

彼はスペンサーズからスーザンに電話をかけて、そこで落ちあうことにしようときめた。それから一緒に公園へ行って、一部始終を彼女に話してやる。マットを迎えに行く途中で彼女の意見を聞き、マットの家へ着いたら今度はマットの口から一通り話を聞いたあとで彼女自身に判断をくださせる。そうしておいてマーステン館へでかける。そのことを考えたとき、彼は恐ろしさで胴震いした。
彼は考えごとに気をとられていたので、ドアがあいて長身の人間が体を折りまげながら出てくるまで、自分の車の中に人が坐っていることに気がつかなかった。一瞬、驚きのあまり体がいうことをきかなくなった。案山子《かかし》が動きだしたようなそいつの出現に、ぎょっとして立ちどまった。斜めに傾いた日ざしが、そいつの姿を細かいところまではっきりとらえた。目深に引きさげた古ぼけた中折れ帽、サングラス、襟を立てたぼろぼろのオーバーコート、厚手の緑色の工業用ゴム手袋……

「きみは――」だれだといいかけたが声が続かなかった。

そいつが近づいてきた。両手の拳を握りしめて。防虫剤の匂いがぷんと鼻をついた。激しい息づかいが聞こえた。

「おれの女を盗みやがって」と、フロイド・ティビッツがぎすぎすした抑揚のない声でいった。「殺してやる」

そしてベンが頭脳の中枢でこの事態を解明しようと試みているうちに、フロイド・ティビッツは猛然と襲いかかってきた。

第九章　スーザン（その二）

1

スーザンは午後三時ちょっと過ぎにポートランドから帰宅し、ぱりぱり音のするデパートの褐色の袋を三つ抱えて家の中に入った——一枚の絵が八十ドル少々で売れたので、ささやかな買物をしてきたところだった。袋の中身はスカートが二枚とカーディガンだった。

「スージー？」母親が呼びかけた。「あなたなの？」

「そうよ。わたし——」

「こっちへいらっしゃい、スーザン。話があるのよ」

彼女はその口調にすぐに思い当たった。ハイスクール以来しばらくごぶさたしているが、スカート丈とボーイ・フレンドのことで、くる日もくる日も母親と娘の間で激しい口論が続いたあのころの口調にまぎれもなかった。

彼女は紙袋をおいて居間に入った。ママはベン・ミアーズのこととなると、このところ日ましに冷淡になっているから、たぶん今日は最後通牒を突きつけられることになるかもしれない、とスーザンは思った。

母親は出窓のそばのロッキング・チェアに坐って、編物をしていた。テレビはついていなかった。この二つは不吉な前兆だった。

「あなたはまだニュースを聞いてないと思うけど」と、ミセス・ノートンはいった。編棒をせっせと動かして、ダーク・グリーンの糸をきれいに編み進めていった。だれかの冬物のスカーフなのだろう。「今朝家を出るのが早かったものね」

「ニュースって？」

「マイク・ライアースンがゆうべマシュー・バークの家で死んだのよ。で、臨終をみとったのはだれだと思う？　あなたの友達の小説家、ベン・ミアーズさんよ！」

「マイクが……ベンが……いったいどうしたの？」

ミセス・ノートンは陰気な笑みを浮かべた。「メイベルが今朝十時に電話で教えてくれたのよ。バークさんはゆうべデルバート・マーキーの酒場でマイクと会って――学校の先生がなんでバーなんかにいたのか知らないけど――マイクのぐあいが悪そうだったので家へ連れて帰ったんですって。そしたらマイクが夜中にぽっくり死んでしまったというわけ。ところがミアーズさんがなぜその場に居合わせたのかだれにもわからないらしいのよ！」

「あの二人は知合いなのよ」と、スーザンは茫然としながらいった。「ベンがいってたけど、とってもうまが合うんだって……マイクはいったいどうしたの、ママ？」

しかし、ミセス・ノートンはそうやすやすと話をそらさなかった。「だけど、ベン・ミアーズさんが現われてから、セイラムズ・ロットではいろんなことが起こりすぎる、と考える人たちもいるのよ。実際いろんな事件が続いているわ」

「そんな、ばかな！」スーザンは腹を立てて叫んだ。「ねえ、いったいマイクは――」

「原因はまだわかってないのよ」ミセス・ノートンは毛糸の球を回して糸を繰りだした。「グリックの息子から病気をうつされたんじゃないかと思ってる人たちもいるようだけど」

「だとしたら、なぜほかの人にはうつらなかったの？　たとえばダニーの家族だって」

「若い人はなんでも知らないことはないと思いこんでいるようね」と、彼女は宙に向かって呟いた。編棒が忙しく上下に動いた。

　スーザンが立ちあがった。「わたし、町へ行って――」

「もう少し坐ってなさい。まだ話は終わってないんだから」

　スーザンは無表情な顔でまた腰をおろした。

「若い人は知っていなければならないことを知らないこともあると思うの」と、アン・ノートンは続けた。うわべだけのなだめるような調子が加わったのを、スーザンはたちまち嗅ぎつけた。

「たとえばどんなこと？」

「ねえあなた、ミアーズさんは数年前に事故を起こしているらしいのよ。二冊目の本が出版された直後のことよ。オートバイの事故で、あの人はそのとき酔っていて、奥さんが死んだんですって」

　スーザンが立ちあがった。「もう聞きたくないわ」

「あなたのためを思って話してるのよ」と、ミセス・ノートンは穏やかにいった。

「だれに聞いたの？」スーザンは以前のように無性に腹も立たなかったし、わけ知りめいた静かな口調から逃げだして二階へ駆けあがり、思いっきり泣きたいという衝動にも駆られなかった。まるで宇宙空間を漂ってでもいるかのように、遠く冷やかな感覚をおぼえるだけだった。

「メイベル・ワーツから、でしょう？」

「それはどうでもいいことよ。ほんとの話なんだから」

「そうでしょうとも、それからわたしたちはヴェトナムで戦争に勝ったし、毎日正午になるとイエス・キリストがゴーカートに乗って町の中心を通る、これもみなほんとの話ってわけね」

「メイベルは彼に見おぼえがあるような気がしたのよ。そこで古い新聞の入った箱を一つずつ調べてみたら――」

「あのスキャンダル新聞のこと？　星占いと、自動車事故の現場写真と、女優の卵のおっぱいばかりのせる新聞のこと？　なんてすばらしい情報源だこと！」スーザンはけたたましい声で笑った。

「なにも下品な言葉を使う必要はないわ。ちゃんと記事が出ていたのよ。女のほうは――ほんとに奥さんかどうかわかったもんじゃないけど――バック・シートに乗っていて、オートバイがスリップしたために、引越し用トラックの脇腹にもろにぶつかったらしいわ。警察はその場でアルコール検出テストをした、と新聞には書いてあった。その場でよ」彼女は編棒でロッキング・チェアのアームを叩いて、一語一語を強調した。

「じゃ、なぜ彼は刑務所に入れられなかったの？」

「有名人はいろんなコネを持ってるわ」と、彼女は確信ありげにいった。「金さえあればどんなことしても平気なのよ。あのケネディ家の息子たちを見てごらんなさい」

「彼は裁判にかけられたの？」

「さっきもいったように、警察はその場で――」

「それはわかったわ、ママ。でも彼はお酒を飲んでいたの？」

「当り前ですよ！」彼女の頬に赤みがさしはじめた。「だれが素面《しらふ》の人間相手にアルコール・テストなんかするもんですか！　彼の奥さんは死んだのよ！　例のエドワード・ケネディのチャパキディック事件と同じよ！」

「わたし、家を出て町に住むことにするわ」スーザンがゆっくりといった。「前からママにいおうと思っていたの。もっと前に出ていくべきだったわ。そのほうがおたがいのためだったのよ。バブズ・グリフェンと話をしたとき、シスターズ・レーンに四部屋のすてきな家があるって――」

「おやまあ、彼女が怒ったわ！」ミセス・ノートンは宙に向かっていった。「ミスター・ベン・大作家《ビッグ・ショット》・ミアーズの顔に泥を塗られたんで、腹を立てて唾でも吐きかねない剣幕よ」こういう台詞は数年前までならたいそう効果的だった。

「ママ、いったいどうしたっていうの？」スーザンはいささか絶望的な面持できいた。「以前はこんな……意地の悪いことなんか――」

アン・ノートンが急に顔をあげた。編物が膝から滑り落ちるのも構わずに立ちあがり、スーザンの肩に手をかけて激しく揺さぶった。

「いいかい、よくお聞き！　あんたが下品なあばずれ女みたいに、男と一緒にそこらを駆けずりまわって、ばかげた考えを頭に吹きこまれるのを、わたしは黙って見ている気はないのよ。聞いてるの？」

スーザンは母親の頬に平手打ちをくらわせた。

アン・ノートンは一瞬目をぱちくりさせ、やがて驚きのあまり茫然として目を見開いた。二人ともショックを受けて、しばらく無言でにらみあった。スーザンの喉に嗚咽《おえつ》がこみあげてきて消えた。

「もう二階に行くわ」と、彼女はいった。「遅くとも火曜日までには出て行きます」

「フロイドがここへきたのよ」と、ミセス・ノートンがいった。殴られた頬がまだこわばっていた。スーザンの指の跡がエクスクラメーション・マークのように赤く浮きでていた。

「フロイドとはもう終わったのよ」と、スーザンが抑揚のない声でいった。「ママも早くその考えになれてちょうだい。お友達のメイベルにそのことを電話ですっかり話してやったらどうなの？　そうすればたぶんママにもほんとだと思えてくるわ」

「フロイドはあなたを愛してるのよ、スーザン。このことは……彼をだめにしてしまうわ。彼はすっかり取り乱して、わたしになにもかも話したわ。心の中を洗いざらいぶちまけたのよ」彼女の目はそのことを思いだして輝いた。「まるで赤ん坊みたいに泣きながら心を打ち明けたわ」

スーザンはまったくフロイドらしくもないと思った。もしかすると母親が嘘をついているのではないかと思ったが、彼女の目を見たかぎりでは嘘ではなさそうだった。

「それがわたしのために望んでいるものなの、ママ？　泣き虫の赤ん坊がそうなの？　それともママはブロンドの孫たちを持つという考えに恋をしてしまったの？　意地悪ないい方かもしれないけど――ママはわたしがママのお気に入りの男と結婚して落ち着くのを見とどけるまでは、自分の役目は終わらないと思っているのね。わたしを妊娠させて、はやばやと家庭婦人にしてしまうような男と身を固めるまでは。そうなんでしょう？　だけど、わたしの希望のほうはどうしてくれるのよ？」

「スーザン、あなたは自分の欲しいものがなんだかわかっていないのよ」

その口調があまりにも自信に満ちみちていたので、スーザンは一瞬その言葉を信じたい誘惑に駆られた。あるイメージが彼女の心に浮かんだ。彼女自身と母親がそれぞれこの家の定められた場所に立っている。すなわち母親はロッキング・チェアのそば、彼女はドアのそばだ。ただし二人は緑色の毛糸で結ばれている。毛糸は休みなしに両方から引っぱられたためにほつれて弱くなっている。そのイメージはやがて釣人の帽子をかぶり、ベルトに多種多様な毛針をはでにくっつけた母親の姿に変わった。彼女は黄色いプリントの肌着をまとった大きな鱒《ます》をリールで手繰りよせようとして必死に頑張っている。今度こそ鱒を釣りあげて、柳細工の魚籠《びく》に閉じこめてしまおうというのだ。だがなんのために？　剝製にするためにか？　それとも食べるためにか？

「そんなことないわ、ママ。欲しいものはちゃんとわかってるわ。ベン・ミアーズよ」

彼女はくるりと背を向けて二階へ去った。

母親があとを追いかけて、鋭く呼びかけた。「部屋を借りようたって無理よ。お金がないじゃないの！」

「当座預金に百ドル、普通預金に三百ドルあるわ」スーザンは落ち着いて答えた。「それにスペンサーズで使ってもらえると思うの。ラブリーさんから何度かその話があったのよ」

「あの男はあんたのスカートの中をのぞきたいだけよ」と、ミセス・ノートンはいったが、その声はオクターヴ低くなっていた。怒りの大部分はすでに消えて、いまは少しばかり不安を感じはじめていた。

「のぞきたきゃ勝手にのぞくがいいわ。わたしはブルーマーをはくから」

「ねえ、そんなに怒らないで」彼女は階段を二段のぼった。「わたしはただあんたのためを思って――」

「結構よ、ママ。ぶったりしてごめんなさい。悪かったわ。ママを愛してるのよ。だけどやっぱりこの家を出るわ。もうどうにも手遅れよ。ママもきっとわかっていると思うけど」

「もう一度考えなおして」ミセス・ノートンは不安をおぼえると同時に明らかに後悔しながらいった。「わたしはいまだって無茶なことをいったとは思ってないわ。ああいう気取り屋の男を前にも何人か見たことがあるけど、彼らが狙っているのは――」

「やめて。もうたくさん」

彼女はくるりと背を向けた。

母親が階段をまた一段あがって呼びかけた。「フロイドはすごい剣幕でここから出て行ったのよ。彼は――」

しかしスーザンの部屋のドアが閉じられて、彼女の言葉を断ち切った。

スーザンはベッドに身を投げだして――つい最近まで縫いぐるみの動物や、おなかにトランジスター・ラジオを内蔵したプードル犬などがおかれていたベッドである――壁をみつめながらなにも考えまいとした。壁にはシェラ・クラブのポスターがたくさん貼ってあったが、彼女がローリング・ストーンやクリームやクローダディから切り抜いたアイドルたちの写真――ジム・モリスン、ジョン・レノン、デーヴ・ヴァン・ロンク、チャック・ベリーなどの

──に囲まれて暮らしていたのは、まだそれほど昔のことではなかった。そのころの亡霊たちが、彼女の心の時期遅れの露出のように、わっとのしかかってくるような気がした。

安っぽいざら紙に印刷された活字が目に浮かぶようだった。遊び歩く若手作家とその妻、オートバイ事故（？）に遭遇、そして記事はそれとなく匂わせた皮肉や当てこすりに満ちみちている。地元のカメラマンの撮った現場写真ぐらいは載っているかも知れない。むごたらしすぎて地方新聞にはちょっと載せられないような写真、メイベルの愛読するスキャンダル新聞向きの写真だ。

いちばん困るのは疑惑の種が播《ま》かれてしまったことだった。ばかばかしい。この町へくる前の彼が冷凍保存されていたとでも思っているの？　モーテルの水飲みコップみたいに、滅菌セロファンの袋に入っていたとでも思っているの？　そんなのばかげてるわ。しかしそうは思っても、疑惑の種はすでに播かれてしまったのだ。そのことで彼女は母親に対して若い娘の腹立ち以上のもの──憎悪に近いどす黒いものを感じた。

彼女はその考えを頭から追いだし、片腕で顔をおおって不快なまどろみに入ったが、やがて階下のけたたましい電話の音ではっと目をさまし、続いて母親の声ではっきりと目ざめた。

「スーザン！　あんたに電話よ！」

彼女は階段をおりながら、五時半を少しまわっていることに気がついた。陽は西に傾いていた。ミセス・ノートンは台所で夕食の支度にかかっていた。父親はまだ帰宅していなかった。

「もしもし」

「スーザン？」聞きおぼえのある声だったが、すぐには思いだせなかった。

「わたしエヴァ・ミラーよ、スーザン。悪い知らせなの」

「ベンがどうかしたの?」口の中がからからに干あがってしまったようだった。片方の手が無意識のうちに喉にさわっていた。ミセス・ノートンが台所のドアのそばに立ち、片手に料理用のへらを持ってようすをうかがっていた。

「じつは、けんか騒ぎがあったのよ。今日の午後フロイド・ティビッツがうちにやってきて――」

「フロイドが!」

ミセス・ノートンが彼女の口調の激しさにたじろいだ。

「――わたしはミアーズさんが眠っているといったんだけど。そしたら彼は、それはちっとも構わないと、いつものように礼儀正しく答えたわ。ただひどく変な恰好をしていたの。で、わたし、気分はだいじょうぶかときいたわ。古めかしいオーバーコートを着て、妙な帽子をかぶり、両手をポケットにつっこんでいるのよ。ミアーズさんが起きてきたとき、わたし、そのことを伝えるのを忘れてしまったの。それから大変な騒ぎになって――」

「なにがあったの?」と、スーザンは叫ぶようにきいた。

「じつは、フロイドが彼に殴りかかったのよ。うちの駐車場で。シェルドン・コースンとエド・クレイグが駆けつけて、やっとフロイドを引きはなしたわ」

「ベンは? ベンは無事なの?」

「それが、そうじゃないらしいの」

「いったいどうしたの?」スーザンは受話器を砕かんばかりに握りしめていた。

「フロイドの止《とど》めの一撃でミアーズさんが自分の外国製の小型車に倒れかかって、頭を打ったの。カール・フォアマンがカンバーランドの病院へ運んで行ったけど、意識がなかったわ。わたしの知っているのはこれだけよ。もしもあなたが——」

スーザンは電話を切って、衣裳だんすに走り、ハンガーのコートを引ったくるようにしてはずした。

「スーザン、どうしたの?」

「ママのお気に入りの、いい子のフロイドよ」彼女は自分が泣きだしていることにほとんど気づかないままに答えた。「彼がベンに怪我をさせたのよ」

彼女は母親の答を待たずに外へとびだした。

2

六時三十分に病院に着いて、坐り心地のよくないプラスチックの椅子にかけながら、グッド・ハウスキーピング誌をぼんやり眺めていた。わたしは独りなんだわ、と彼女は思った。ひどく心細かった。マット・バークに電話をかけようかと思ったが、医者が戻ってきたときにいないとまずいと思ってやめにした。

待合室の時計の針が十分進み、七時十分前に、書類の束を持った医者が入ってきて声をかけた。

「ミス・ノートンですか?」

「そうです。ベンはだいじょうぶでしょうか？」

「いまのところはなんともいえませんな」医者は彼女の目に恐怖の色が浮かぶのを見て、つけくわえた。「だいじょうぶとは思うが、二、三日入院の必要があるでしょう。亀裂骨折に多数の挫傷、それに片目にひどい痣ができています」

「会えますか？」

「いや、今夜は無理です。鎮静剤を与えられていますから」

「一分だけで結構です。お願いします」

医者は嘆息した。「顔を見るだけならいいでしょう。たぶん眠ってますよ。こちらからは話しかけないでください」

医者は彼女を三階へ案内し、薬の匂いのする廊下のはずれにある病室へ連れて行った。相部屋の患者は雑誌を読んでいたが、漫然と彼らのほうに目を向けた。

ベンは目をつむり、シーツを顎まで引きあげて横たわっていた。顔は青白く、微動だにしなかったので、スーザンは一瞬ぞっとして、てっきり彼が死んでしまったものと思いこんだ。彼女と医者が下で話している間に息を引きとったのにちがいないと。やがて彼の胸がゆっくりと、着実に、上下に動いているのに気がついて、安堵のあまり両足が少しふらついた。やさ男、と彼女の母親は彼を評した。いま母親がそう感じたわけがスーザンにはよくわかった。顔だちは力強いけれども繊細だった（〝繊細〟よりもっと適切な形容が欲しかった。それは余暇を利用して、ラッパズイセンに寄せる大袈裟なスペンサー風のソネットを書いたりする、町の図書館員を形容するのにふさわしい言葉だった。しかしそれ以外に適当な言葉は見当たらなかった）。

ただ髪だけは伝統的な意味で男らしかった。豊かな黒髪が顔の上を漂っているように見えた。左のこめかみの上に巻かれた包帯の白さが、黒い髪ときわだった対照を示していた。

わたしはこの人を愛している、と彼女は思った。よくなって、ベン。早くよくなって本を書きあげて。そうすれば、あなたが望むなら、わたしたち一緒にザ・ロットを出られるわ。ザ・ロットはわたしたちにとって住みよい町ではなくなってしまった。

「今夜はこれぐらいにしておいてください」と、医者がいった。「たぶん明日になれば――」

ベンが身動きして、喉を鳴らした。ゆっくりと両目があき、いったん閉じられてまたあいた。鎮静剤のために目がとろんとしていたが、明らかに彼女の存在に気づいているようだった。片手が彼女の手を求めて動いた。彼女は涙を流してほほえみながら、彼の手を握りしめた。

彼が唇を動かしたので、彼女は耳を近づけた。

「この町には人殺しがいるんだね！」

「ベン、ごめんなさい」

「あいつにノックアウトされる前に歯を二本折ってやったような気がする」と、ベンが弱々しい声でいった。「物書きにしてはよくやったほうだよ」

「ベン――」

「そのへんにしといてくださいよ、ミアーズさん」と、医者が口をだした。「にかわがくっつくまではそっとしておいてもらわなきゃ」

ベンは医者に視線を移した。「まだ一分しかたってませんよ」

医者は目をむいた。「彼女が一分だけでいいといったんですよ」

ベンの瞼が閉じられ、またやっとの思いで持ちあげられた。なにか聞きとりにくい言葉が口から洩れた。

スーザンが口もとに耳を近づけた。「なあに、ベン?」

「もう外は暗いのかい?」

「ええ」

「きみに会ってもらいたい人がいる――」

「マットでしょう?」

彼はうなずいた。「彼に伝えてくれ……きみにすべてを話すようにぼくがいってたと。それから……キャラハン神父を知ってるかどうかきいてくれ。そういえばわかるはずだ」

「いいわ。きっと伝えるわ。もう眠るのよ。ぐっすり眠ってね、ベン」

「そうしよう。愛してるよ」彼は二度、なにかほかの言葉を呟いてから、目をつむった。呼吸が深くなった。

「彼はなんていったんですか?」と、医者が質問した。

スーザンが眉をひそめて答えた。「『窓に鍵をかけてくれ』といったようでしたわ」

3

彼女がコートを取りに戻ったとき、エヴァ・ミラーとエド・クレイグが待合室にいた。エヴァは取っておきの色あせた毛皮襟つきの古い秋もののコートを着、ウィーゼルはぶかぶかのオートバイ用ジャケットを着ていた。スーザンは二人の姿を見てほっとした。

「どんなぐあい？」と、エヴァがきいた。

「たぶんだいじょうぶよ」スーザンが医者の診断をそのまま伝えると、エヴァの顔に安堵の色が浮かんだ。

「ほんとによかったわ。ミアーズさんはとってもいい人ですものね。わたしの下宿でこんなことが起きたのははじめてよ。パーキンズ・ギレスピーはフロイドをトラ箱に入れなきゃならなかったのよ。だけど酔ってるようじゃなかったわ。ただ、なんか……薬でものんで頭が変になっているようには見えたけど」

スーザンは首を振った。「フロイドらしくないわ」

しばし気づまりな沈黙が続いた。

「ベンはいいやつだよ」とウィーゼルがいって、スーザンの手を軽く叩いた。「すぐに起きられるようになるさ。心配しなくていい」

「わたしもそう思うわ」と答えて、彼女は両手でウィーゼルの手を握りしめた。「エヴァ、キャラハン神父って聖アンドルー教会の司祭じゃなかったかしら？」

「そうよ、なぜ？」

「いったい……どういうことなのかしら？　とにかく、あなた方にきてもらえてありがたかったわ。明日もこられるようなら――」

「くるとも」と、ウィーゼルがいった。「そうだろう、エヴァ？」彼は片手をエヴァの腰にまわした。

「ええ」

スーザンは彼らと一緒に駐車場へ出て、ジェルーサレムズ・ロットへ帰った。

4

マットはいつもとちがって彼女のノックに答えもしなければ、どうぞ！　と大声で叫ぶこともしなかった。そのかわりに、「どなた？」という、ほとんど聞きとれないような用心深い声が、ドアの向うから低く聞こえてきた。

「スージー・ノートンです。バークさん」

彼がドアをあけたとき、彼女は相手のあまりの変りようにショックを受けた。マット・バークはひどく老けこんで、やつれていた。つぎに彼女は、彼がどっしりした金色の十字架を首にかけているのに気がついた。チェックのフランネルのシャツの胸に、安物雑貨店で売っている金ピカの磔刑像《たっけいぞう》がさがっているところは、なんとも奇異で滑稽な感じがして、彼女は思わず笑いだしそうになった――がかろうじて笑いをこらえた。

「入りたまえ。ベンは？」

彼女が事情を説明すると、とたんに彼の表情がくもった。「すると選《よ》りによってあのフロイド・ティビッツが裏切られた恋人の役割を演じようとしたというわけか？　それにしても間の悪いときに騒ぎが起きたもんだな。マイク・ライアースンの遺体が夕方ポートランドから運ばれてきた。フォアマンの店で葬儀の準備をするためにだ。だからわれわれのマーステン館行きも延期せざるをえないだろう——」

「マーステン館行き？　マイクの遺体が帰ってきたからどうなんですか？」

「コーヒーを飲むかね？」と、彼は上《うわ》の空《そら》でたずねた。

「いいえ。わたし、なにが起こりつつあるのか知りたいんです。ベンはあなたが知っているといってました」

「それは非常に難しい注文だな。わたしからすべてを聞くようにとベンがいうのは簡単だ。しかし話すほうの身になれば楽じゃない。ま、ともかくやってみよう」

「いったい——」

彼は片手をあげて制した。「その前にひとつききたいことがあるんだよ、スーザン。きみはこのあいだお母さんと一緒に新しい店へ行ったそうだね」

スーザンの額に皺が寄った。「ええ、でも、なぜですか？」

「あの店の印象、もっと具体的にいえば、あの店を経営している男の印象を聞かせてもらえないかね？」

「ストレイカーさんのことですか？」

「そうだ」

「そうね、とってもチャーミングな人ですわ。愛想がいいという形容のほうが当たっているかもしれません。グリニス・メイベリーなんか、あの人に着ているドレスをほめられて、女学生みたいに顔を赤くしていました。それからミセス・ボッディンの腕の包帯をどうしたのかとたずねたりして……彼女は油で腕をやけどしたんだそうです。そして彼女に罨法薬《あんぽう》の作り方を教えていましたわ。その場で紙に書いてやってね。それからメイベルが店に入ってくると……」

彼女はそのときのことを思いだして小さく笑った。

「どうしたんだね？」

「彼はメイベルに椅子をすすめたんです。椅子といっても、玉座というほうが似つかわしいような、彫刻つきの大きなマホガニーの椅子でした。彼はその椅子を一人で奥の部屋から運びだしてきたんです。愛想笑いをふりまいてほかの女たちとおしゃべりをしながらですよ。少なくとも重さが三百ポンドはあろうかという椅子を軽々と運んできました。それを店の真中に据えて、メイベルを坐らせたんです。彼女の手をとってね。メイベルはくすくす笑っていました。彼女が笑うのを見たのははじめてですわ。それからみんなにコーヒーを振る舞ったんです。とっても濃い、おいしいコーヒーでした」

「きみは彼に好意を持ったかね？」マットは彼女を注意深く観察しながら質問した。

「それもあなたがこれから話すことと関係があるんですか？」

「たぶん、あるだろう」

「だったらお答えします。一人の女性としての反応を伝えるなら、答はイエスとノーの両方です。わたしは彼のセックス・アピールに惹かれたといえるかもしれません。とても洗練されていて、チャーミングで、愛想のよい年上の男性。彼を見ていると、フランス語のメニューを見て料理を注文できそうだし、どの料理にはどんなワインが合うかも知っていそうな気がするんです。それも赤と白の違いだけではなく、生産年度や蔵元まで指定できそうな感じなんです。少なくともこのあたりでは絶対にお目にかかれそうもないタイプの男性です。かといってふやけた感じはまったくありません。ダンサーのようにしなやかな体。それにあれほどみごとに頭の禿げた男の人って、どこかしらいうにいわれぬ魅力があるもんですわ」彼女は自分の頰にかすかな赤味がさしているのに気がついて、内心わたしはいわずもがなのことまでいってしまったのかしらと思いながら、いささか弁解めいた笑いを浮かべた。

「ところが好感を持てない面もあった」と、マットがうながした。

彼女は肩をすくめた。「それがどうもうまく表現できないんです。なにかこう……肚の中では人を見くだしているような、皮肉な感じ。ある役柄を上手に演じていて、なにも全力を出さなくたってわたしたちの目ぐらいごまかせると思っているような感じを受けたんです。妙に恩着せがましい態度とでもいうのかしら」彼女は自信がなさそうに彼を見た。「それにちょっと残酷な感じもあるんです。なぜだかわからないけど」

「だれか品物を買った人はいたのかね？」

「あまりいなかったんですけど、彼は気にしていないようでした。わたしの母がユーゴスラヴィア製の小さな飾り棚を買い、ミセス・ペトリーがすてきな折りたたみ式の小テーブルを買っただけですわ、わたしが見たかぎりでは。でも彼はなんとも思っていないようでした。知合いに店のことを宣伝してもらいたい、そしてまたいつでも気軽に立ち寄ってくださいと頼んでましたわ。それがヨーロッパ風の物腰で、とても感じがいいんです」

「ほかの人たちも彼の魅力の虜《とりこ》になったと思うかね？」

「そう思いますわ」スーザンは母親のR・T・ストレイカーに対する熱のあげっぷりと、ベンへの反感を、心の中で比較しながら答えた。

「彼のパートナーとは会わなかったのかね?」

「バーローさんですか? いいえ、彼はニューヨークへ仕入れに行っているんです」

「そうかね?」マットは独りごとのようにいった。「それはどうかな。バーローという男はどうも正体がつかめない」

「バークさん、いったいどういうことなのか、すっかり話していただけません?」

彼は深々と溜息をついた。

「なんとかきみに納得がゆくように説明しなきゃなるまいな。きみがいま話したことがどうも気にかかる。わたしはとても不安なんだ。なにもかもぴったりつじつまが合う……」

「なにがですか?」

「ゆうべデルの店でマイク・ライアースンと会ったことから話を始めよう……もう百年も昔のことのような気がするが」

5

八時二十分に彼の話が一通り終わったとき、二人ともコーヒーを二杯ずつ飲んでいた。

「ま、ざっとこんなところだろう」と、マットはいった。「さて、自分をナポレオンだと思いこんでいる奇人の役を演じるかね? それともトゥルーズ=ロートレックとの心霊交感について話そうかね?」

「冗談はよしてください」と、スーザンがいった。「なにかが起こりつつあるのはたしかだけど、あなたが考えているようなことじゃないと思います。そのことはあなたも知っているはずですわ」

「ゆうべまでは知っているつもりだったよ」

「ベンのいうように、だれかがあなたに恨みを抱いていたのでないとしたら、たぶんマイクが自分でやったんですわ」その意見はあまり説得力がなさそうだったが、彼女は構わずに続けた。「さもなきゃあなたはいつの間にか眠ってしまって、夢でも見たんでしょう。わたしもいつの間にか眠ってしまって、十五分か二十分間まるで記憶がなかったという経験があります」

彼は疲れきったようすで肩をすくめた。「理性のある人間なら額面通りには受けとりそうもない証言を、いったいどうやって弁護すればいいんだ？　わたしはまぎれもなくあの声を聞いた。絶対に眠ってなどいなかった。それにあることがわたしの気にかかっている……たまらなく気にかかるんだ。古い文献によれば、吸血鬼はただわけもなしに人の家に入りこんで、その人の血を吸うことはできない。それには招かれることが必要なのだ。マイク・ライアースンはゆうべダニー・グリックを招き入れた。そしてほかならぬわたしがマイクをこの家に招いたのだ！」

「マット、ベンは新しい本のことをあなたに話しました？」

彼はパイプをもてあそんでいたが、火はつけなかった。「ほんの少しだけだ。マーステン館と関係があるということしか聞いていない」

「彼が子供のころマーステン館でとてもこわい経験をした話は？」

彼は驚いて顔をあげた。「マーステン館で？　いや、聞いてないよ」

「肝だめしに入ったんです。彼はあるクラブに仲間入りしたかった、その入会テストがマーステン館に入りこんで、なにか証拠の品を持ち帰ることだったんです。彼は実際にあの家へ入りこみました——そして外へ出る前に、ヒュービー・マーステンが首を吊って死んだ二階の寝室をのぞきに行ったんです。ドアをあけると、ヒュービーがぶらさがっているのが見えたんです。ヒュービーが目をあけたので、ベンは一目散に逃げ帰りました。そのときの記憶が二十四年間も彼の心の中で疼き続けているんです。彼はその体験を、書くことによって心の中から追いだすために、ザ・ロットに戻ってきたのです」

「そうだったのか」

「彼は……マーステン館に関してある仮説を立てています。それは彼自身の経験から生まれたものであると同時に、彼がヒューバート・マーステンについておこなった驚くべき調査から生まれたものでもあるんです」

「彼の悪魔崇拝のことかね？」

彼女は驚きの表情を浮かべた。「どうしてそのことを知ってるんですか？」

彼はやや不機嫌に笑った。「小さな田舎町のゴシップだって、かならずしも全部が全部周知のゴシップばかりとはかぎらないさ、秘密のゴシップもある。セイラムズ・ロットにおける秘密のゴシップのいくつかはヒュービー・マーステンに関するものだ。いまじゃそれを知っているのは十人あまりの老人だけだろう——メイベル・ワーツがその一人なのだ。もうずいぶん昔の話になってしまったんだよ、スーザン。しかし、ある種の噂についてはそれを制限する規則はない。おかしなものでね。メイベルほどのおしゃべりでさえ、ヒューバート・マーステンのこととなると仲間うちでしか話そうとしない。もちろん彼の死についてては話すさ。それから殺人についてもね。ところが彼と彼の奥さんがあの家ですごした十年間について、あそこで彼がなにをしていたかということを質問してごらん、とたんに人々は口をつぐんでしまう――おそらくそれは未開社会のタブーに最も近い作用なのだろう。ヒューバート・マーステンは子供たちを誘拐して、自分の地獄の神にいけにえとして捧げているという噂さえあったのだ。ベンがそれほどくわしく調べていたとは驚いたよ。ヒュービーと彼の妻とあの家のそういった一面に関する秘密は、ほとんど部族の秘密といっていいほどのものなんだ」

「ベンはザ・ロットでその秘密を知ったわけじゃないんです」

「それならわかる。おそらく彼の仮説というのは超心理学的なたわごとのたぐいだろう――人間は鼻水をたらしたり、うんこをしたり、爪を切ったりするのとまったく同じように、悪を作りだすといったたぐいのね。そしてその悪は消滅しない。具体的にいえば、マーステン館はある種の悪の乾電池に、悪意にみちた蓄電池になったとでもいうのだろう」

「そうです、彼もそっくり同じ言葉で表現していました」彼女は不思議そうにマットの顔を見た。

彼は乾いた笑い声をたてた。「わたしも彼も同じ本を読んだのさ。ところできみはどう思う、スーザン？　きみの世界観には天と地以外のものがあるかね？」

「いいえ」彼女はきっぱりと否定した。「家は家でしかありません。悪は悪事の終わりとともに消滅します」

「つまりベンの不安定な精神状態は、わたしがすでに入りつつある狂気への小径に、彼をも引っぱりこむおそれがあるといいたいのかね？」

「いいえ、それはちがいます。あなたが正気ではないとは思いません。でも、バークさん、あなたは——」

「しいっ、静かに」

彼は首を前にかしげていた。彼女は話をやめて耳をそばだてた。なにも聞こえない……聞こえるとすればたぶん建物が軋む音だけだ。彼女がけげんそうな顔をすると、彼は首を振っていった。「なんの話だったかね？」

「たまたま偶然の一致で、いま子供のころの悪魔祓《ばら》いをするのは、彼にとってたいそうタイミングが悪いんです。マーステン館にふたたび人が住み、あの店が開店してからというもの、愚にもつかない噂が町のいたるところで囁かれるようになりました……それどころかベン自身に関する噂さえちらほら耳に入ります。悪魔祓いの儀式はやがて祈禱師の手に負えなくなって、彼本人の身にはねかえってくるといわれています。だからベンはこの町から出るほうがいいとわたしは思うんです。それからあなたも休暇をおとりになるほうがいいんじゃないんでしょうか、バークさん？」

悪魔祓いの話から、彼女はマットにカトリックの司祭のことを伝えるようにと、ベンに頼まれたことを思いだした。だが本能的に、いまはその話を持ちださないことに決めた。ベンがそのことを持ちだした理由は、いまになってみれば明らかだったが、彼女の考えでは、すでに危険なほど燃えさかっている火に油を注ぐことにもなりかねなかった。万一ベンにきかれたら、うっかりして忘れていたと答えることにしよう。

「バカげた話だと思われることは覚悟している」と、マットがいった。「窓があく音と笑い声を聞き、今朝私道のかたわらに網戸が落ちているのをこの目で見たわたし自身だって、そう思っているくらいなんだ。しかし、それでいくらかでも不安が消えるのなら、この事態に対するベンの反応はきわめて賢明だったといわなければならない。彼はこの事態についてある仮説を立て、それを立証するか反証をあげるために、まず――」彼はふたたび言葉を切って耳をすました。

今度は沈黙が前よりも長びき、やがて彼が口を開いたとき、彼女はその声にこめられた確信ありげな響きに驚いた。「二階に人がいる」

彼女は耳をすました。依然としてなにも聞こえない。

「空耳ですよ」

「自分の家のことはよく知っている」と、彼は小声でいった。「客室にだれかいる……ほら、聞こえるだろう?」

今度は彼女にも聞こえた。古い家にはよくあることだが、これといった理由もないのに板が軋む音。しかしスーザンの耳には、その音にはそれとちがうなにか――いうにいわれぬ陰険ななにか――があるように聞こえた。

「二階へ行ってみる」

「いけないわ!」

その言葉は反射的に口をついて出た。彼女は心の中で呟いた。炉ばたに坐って、軒を鳴らす風の音は死を告げる妖精《バンシー》の仕業だと信じている人はだれ?

「ゆうべはこわかったのでなにもしなかった。そしたらああいうことになってしまった。今日はどうしても行ってみる」

「バークさん――」

二人ともいつの間にか声をひそめて話していた。緊張が彼女の血管の中にじわじわと入りこんで、体をこわばらせた。ひょっとするとほんとにだれかが二階にいるのかもしれない、いどころかしら。

「話すんだ。わたしが二階へ行ったあとも話し続けるんだ。なんでもいい」

そして彼女が引きとめる間もなく、彼は立ちあがって廊下のほうへ出て行った。思いがけないほど優雅な身のこなしだった。彼は一度だけ振りかえったが、目の表情は読みとれなかった。やがて階段をのぼりはじめた。

思いがけない成行きのために、彼女は理性が麻痺してしまったような感じで、非現実の中に迷いこんでいった。わずか二分たらず前まで、彼らは電球の科学の光の下でこの問題を冷静に話し合っていた。ところがいま彼女は不安を感じている。質問、自分をナポレオンだと思いこんでいる男と一緒に、一人の心理学者を一年間（あるいは十年かないし二十年間）部屋に閉じこめておいたとしたら、しまいには二人の山師か、シャツの胸に片手を入れた二人組が出現するだろうか？　答、データ不足のため解答不能。

彼女は口から出まかせに話しはじめた。「ベンとわたしは日曜日に一号線をドライヴしてキャムデンへ行く予定だったんです――ほら、『ペイトン・プレース』の撮影がおこなわれた町ですわ。でも、キャムデン行きは延期しなきゃならないようね。あの町にはとても美しい教会があって……」

膝の上におかれた両手は、関節が白くなるほど強く握りしめていたにもかかわらず、独り言はすらすらと口をついて出た。吸血鬼や亡者《アンデッド》の話にも影響されることなく、頭はしっかりしていた。どす黒い恐怖が波のように拡がってゆくのは、頭よりもはるかに原始的な神経と神経節の回路である脊髄からだった。

6

階段をあがって行くことは、マット・バークの生涯で最大の難事だった。まさにその一言に尽きた。これにくらべればほかのことは物の数ではなかった。おそらくただ一つのことを除いては。

八歳の少年のころ、彼はカブ・スカウトに入っていた。班指導者《デン・マザー》の家は一マイルはなれたところにあって、往きは安心だった。まだ夕方の明るさが残っている中を歩いて行くからである。しかし帰りは夕闇が迫り、長いねじくれた影が路上に落ちかかる——会合が長びいたときなどは、暗闇の中を家まで歩いて帰らねばならなかった。独りぼっちで。

独りぼっち。そう、それがキイ・ワードであり、英語の中でいちばん恐ろしい言葉だった。それにくらべれば殺人という言葉は物の数ではないし、地獄という言葉は貧弱な同義語にすぎない……

途中に荒れはてた教会、メソジストの古い集会所があって、霜柱で盛りあがった芝生の向うはしに恐ろしげにそびえ立っており、その建物のにらみつけるような窓の前を通るとき、自分の足音がいやに大きな音に聞こえ、口笛は唇に凍りつき、いったい内部はどんなふうになっているのだろうという思いにとらわれるのだった。ひっくりかえった信者席の椅子、朽ちかけた賛美歌集、崩れ落ちた祭壇、そこには鼠のほかにどんな奇人、どんな怪物が住みついているのだろうかと考える。彼らは陰険な爬虫類の目で外を通る人間をのぞき見しているのかもしれない。そしてある晩、とうとうのぞき見るだけでは満足できなくなって、こわれたドアをさっとあけるかもしれない。戸口に現われたそいつの姿を一目見ただけで、人はたちまち気が変になってしまう。

だが理性の動物である両親にそんなことを説明しようとしても始まらない。三歳の幼児が、ベビー・ベッドの足のほうにあるスペアの毛布のひだを、瞼《まぶた》のない目で自分をみつめる蛇の群だと思いこんでも、それを両親に説明できないのと同じことだ。いかなる子供もこのような恐怖を克服できるものではない、と彼は思った。言葉で説明できない恐怖は克服のしようがないのだ。そして小さな脳の中に閉じこめられた恐怖は、あまりに大きすぎて口から外へでることができない。遅かれ早かれ、人は、自分がただわけもなく笑うだけの赤ん坊のころと不平たらたらの老年との間に通らなければならなかった、すべての荒れはてた集会所の前を、だれかが通るのを発見する。だがそれも今夜までの話だ。昔の恐怖はどれ一つとして消滅していたわけではなく、ただ蓋に一輪の野バラを飾った子供用の小さな柩にしまいこまれていただけだということを、今夜知ったのだ。

彼は明りをつけなかった。ぎしぎし鳴る六段目を避けて、一段ずつ慎重に階段をのぼっていった。十字架をしっかり握りしめた掌は汗でぬるぬるしていた。

階段をのぼりきって、音をたてないように廊下のほうを向いた。客室のドアがあいていた。自分でしめたおぼえがあった。階下からスーザンの独り言がひっきりなしに聞こえてきた。

床板を軋ませないように慎重に歩を運んで、ドアの前に立った。人間のあらゆる恐怖の根源だ、と彼は思った。しめたはずのドアがわずかにあいている。

片手をのばしてドアを押した。

マイク・ライアースンがベッドに横たわっていた。

月光が窓から流れこんで、室内を銀色に染め、夢の中の潟に変えていた。マットは目の前の光景を払いのけようとするかのように首を振った。まるで時間を逆行して前の晩に戻ったような感じだった。これから階下へ行ってベンに電話をかける、ベンはまだ病院に収容されていない――

マイクが目を開いた。

その目は一瞬明りの中できらりと光った。縁のところが赤く充血した銀色の目。拭き清めた黒板のように無表情な目だった。人間的な思考や感情のかけらも認められなかった。目は心の窓である、とワーズワースはいっている。だとすれば、この窓の中の部屋はからっぽだ。

マイクがベッドの上に起きあがった。シーツが胸から滑り落ちた。検死官か病理学者が、検死解剖のあとでたぶん口笛でも吹きながら縫いあわせた、ぶざまな縫目が目についた。

マイクが白く鋭い犬歯と門歯をむきだしてにやりと笑った。笑いそのものは口のまわりの筋肉の痙攣《けいれん》にすぎず、目はまったく参加していなかった。目はあいかわらず死んだように無表情だった。

マイクがひどくはっきりした口調でいった。「おれを見ろ」

マットはいわれた通りに彼を見た。たしかに目はまったく無表情だが、たいそう深かった。その目に映った小さな銀色のカメオ浮彫りのような自分の姿が見えるようだった。彼はその目の中で甘美に溺れ、世界も、恐怖も、もはや取るに足らない――

彼は後ずさりして叫んだ。「いやだ！　見たくない！」

そして十字架を突きつけた。

マイク・ライアースンが熱湯のように吐きだしたものの正体がなんであれ、それは彼の顔に投げ返された。彼は衝撃を払いのけようとするように両手をあげた。マットは部屋の中に一歩踏みこんだ。その分だけマイクが後退した。

「出てうせろ！」と、マットがしゃがれ声で叫んだ。「お前の招待は取消しだ！」

ライアースンは憎しみと苦痛にみちた甲高い声で吠えるように叫んだ。そしてよろめきながら四歩後ずさった。膝の裏側が開いた窓の張りだしにぶつかり、よろめいてバランスを失った。

「あんたを死人のように眠らせてやるぞ、先生」

マイクは高飛込みの選手のように両手を頭上にかざして、後ろ向きのまま夜の中へ落下した。青白い肉体が大理石のように輝いて、Y字型に交差した胸の黒い縫目ときわだった対照を示していた。

マットは狂ったように叫びながら、窓に駆けよって外をのぞいた。月明りに洗われた銀色の夜のほかはなにも見えず――窓の下の、ちょうど居間からこぼれた明りの上のあたりの空中に、踊るような塵が漂っていた。塵は渦を巻き、人間に似た恐ろしい輪郭をとったかと思うと、やがて飛び散って無と化した。

マットはくるりと向きを変えて逃げだそうとした。激しい胸の痛みに襲われてよろめいたのはそのときだった。彼は胸をかきむしり、体を二つに折りまげた。痛みは脈うつ波となってじわじわと腕を伝いのぼってくるようだった。目の前で十字架が揺れた。

彼は胸を抱きしめ、十字架を右手に握りしめて部屋を出た。マイク・ライアースンのイメージが青ざめた高飛込み選手のように目の前の闇に漂っていた。

「バークさん！」

「わたしの主治医はジェームズ・コディだ」と、彼は雪のように冷たい唇の間から声をしぼりだした。「電話番号メモに書いてある。どうやら心臓の発作らしい」

彼は二階の廊下に前のめりに倒れた。

7

彼女はジミー・コディ、医師と書かれた番号を回した。その文字は学校時代からよく知っているきちんとした活字体の大文字で書かれていた。女の声が答えた。

「先生はいらっしゃいます？　急患なんです！」と、スーザンはいった。

「ええ」女は落ち着いた声で答えた。「いますわ」

「ドクター・コディだ」

「わたし、スーザン・ノートンです。いまバークさんの家にいるんですけど、バークさんが心臓の発作を起こしたんです」

「だれ？　マット・バークだって？」

「そうです。意識がありません。どうしましょう――」

「救急車を呼ぶんだ。番号はカンバーランドの八四一－四〇〇〇。きみはそばにいてやってくれ。毛布をかけてやって、ただし動かしちゃだめだ。わかったかね？」

「はい」

「二十分したらそっちへ行く」

「あのう――」

だが電話は切れてしまい、彼女は独りぼっちになった。

救急車を呼んだあと、ふたたび独りぼっちになった。いよいよ二階のマットのそばへ戻らなければならなかった。

8

彼女はかつて知らぬ戦慄をおぼえながら階段を眺めた。今夜起こったことが夢であってくれればよいと思う気持は、マットへの気遣いよりも、むしろいま自分が感じている胸苦しいほどの不安から逃れたいからだった。彼女はマットの話を全然信じていなかった――マットの昨夜の体験は現実的に説明できる事柄であって、それ以上でも以下でもないと思っていた。ところがその信念はいまや根底から崩れ去り、現実という足場を取りはずされて、いまにも倒れてしまいそうな気がしていた。

彼女はマットの声を聞き、あんたを死人のように眠らせてやるぞ、先生という、ぞっとするような、抑揚のない声を聞いた。その声は犬の吠え声と同じように人間らしい響きが感じられなかった。

彼女は一段ごとに体を押しあげるようにして二階へ戻った。廊下の明りさえあまり頼りにはならなかった。マットは彼女が下へおりたときと同じ場所に倒れたまま、すりへった廊下の絨毯に右の頰を押しつけて、苦しそうに喘いでいた。かがみこんでシャツのボタンを上から二つはずしてやると、息づかいがいくぶん穏やかになったようだった。彼女は寝室へ毛布を取りに入った。

部屋の中は肌寒かった。窓があけっぱなしになっていた。ベッドはマットレスがむきだしだったが、押入れのいちばん上の棚に毛布が積まれていた。廊下に戻りかけたとき、窓の近くの床で月明りにきらりと光るものを見つけて、それを拾いあげた。一目見てぴんときた。カンバーランド合同ハイスクールの卒業記念指輪だった。内側にM・C・Rというイニシアルが彫ってある。

マイケル・コーリー・ライアースン。

その一瞬、闇の中で、彼女は信じた。すべてを信じた。喉の奥からこみあげてきた悲鳴はかろうじて抑えたが、指輪が手から落ちて窓の下の床に転がり、秋の夜の闇を照らす月明りの中できらりと光った。

（下巻に続く）

底本　二〇一一年十一月刊・集英社文庫『呪われた町　上』

文春文庫

呪《のろ》われた町《まち》　上

定価はカバーに
表示してあります

2020年6月10日　第1刷

著　者　スティーヴン・キング
訳　者　永《なが》井《い》淳《じゅん》
発行者　花田朋子
発行所　株式会社　文藝春秋

東京都千代田区紀尾井町 3-23　〒102-8008
TEL　03・3265・1211㈹
文藝春秋ホームページ　http://www.bunshun.co.jp

落丁、乱丁本は、お手数ですが小社製作部宛お送り下さい。送料小社負担でお取替致します。

印刷製本・凸版印刷

Printed in Japan
ISBN978-4-16-791518-6

（　）内は解説者。品切の節はご容赦下さい。

鹿島　茂
「レ・ミゼラブル」百六景
一九世紀の美麗な木版画二三〇葉を一〇六のシーンに分けて、骨太なストーリーラインと微に入り細を穿った解説で、古典名作の全貌をあざやかに甦らす。関連地図付き。
か-15-7

ロバート・ジェームズ・ウォラー（村松　潔　訳）
マディソン郡の橋
アイオワの小さな村を訪れ、橋を撮っていた写真家と、ふとしたことで知り合った村の人妻。束の間の恋が、別離ののちも二人の人生を支配する。静かな感動の輪が広がり、ベストセラーに。
ウ-9-1

P・G・ウッドハウス（岩永正勝・小山太一　編訳）
ジーヴズの事件簿
才智縦横の巻
二十世紀初頭のロンドン。気はよくも少しおつむのゆるい金持ち青年バーティに、嫌みなほど有能な黒髪の執事がいた。どんな難題もそつなく解決する彼の名は、ジーヴズ。傑作短編集。
ウ-22-1

P・G・ウッドハウス（岩永正勝・小山太一　編訳）
ジーヴズの事件簿
大胆不敵の巻
ちょっぴり腹黒な有能執事ジーヴズの活躍するユーモア小説傑作集第二弾。村の牧師の長説教レースから親友の実らぬ恋の相談まで、ご主人バーティが抱えるトラブルを見事に解決！
ウ-22-2

P・G・ウッドハウス（岩永正勝・小山太一　編訳）
ドローンズ・クラブの英傑伝
無敵の従僕ジーヴズのご主人も会員で、イギリスのお気楽な紳士が集うドローンズ・クラブで日々メンバーが引き起こす騒動はいかに収まるか？　世界一のユーモア作家の傑作選。
ウ-22-3

P・G・ウッドハウス（岩永正勝・小山太一　編訳）
エムズワース卿の受難録
綿菓子のような頭脳のエムズワース伯爵の領地に、本日も凶悪な騒動が勃発。不肖の息子・超頑固な庭師・妹たちとその娘達に、老いた卿には心の休まる暇がない！　ユーモア小説短編集！
ウ-22-4

クレア・キップス（梨木香歩　訳）
ある小さなスズメの記録
人を慰め、愛し、叱った、誇り高きクラレンスの生涯
第二次世界大戦中のイギリスで老ピアニストが出会ったのは、一羽の傷ついた小雀だった。愛情を込めて育てられた雀クラレンスとキップス夫人の十二年間の奇跡の実話。（小川洋子）
キ-16-1

百番目の男
ジャック・カーリイ（三角和代　訳）
連続斬首殺人鬼は、なぜ死体に謎の文章を書きつけるのか？　若き刑事カーソンは重い過去の秘密を抱えつつ、犯人を追う。スピーディな物語の末の驚愕の真相とは。映画化決定の話題作。
カ-10-1

デス・コレクターズ
ジャック・カーリイ（三角和代　訳）
三十年前に連続殺人鬼が遺した絵画が連続殺人を引き起こす！　異常犯罪専従の捜査員カーソンが複雑怪奇な事件を追う。驚愕の動機と意外な犯人。衝撃のシリーズ第二弾。（福井健太）
カ-10-2

ブラッド・ブラザー
ジャック・カーリイ（三角和代　訳）
刑事カーソンの兄は知的で魅力的な殺人鬼。彼が脱走、次々に殺人が。兄の目的は何か。衝撃の真相と緻密な伏線。ディーヴァーに比肩するスリルと驚愕の好評シリーズ第四作！（川出正樹）
カ-10-4

髑髏の檻
ジャック・カーリイ（三角和代　訳）
宝探しサイトで死体遺棄現場を知らせる連続殺人。天才殺人鬼を兄に持つ若き刑事カーソンが暴いた犯罪の全貌とは？　驚愕の展開を誇る鬼才の人気シリーズ第六作。（千街晶之）
カ-10-6

キリング・ゲーム
ジャック・カーリイ（三角和代　訳）
手口も被害者の素性もバラバラな連続殺人をつなぐものとは？　ルーマニアで心理実験の実験台になった殺人犯の心の闇に大胆な罠を仕込む超絶技巧。シリーズ屈指の驚愕ミステリー。
カ-10-7

厭な物語
アガサ・クリスティー　他（中村妙子　他訳）
アガサ・クリスティーやパトリシア・ハイスミスの衝撃作からロシア現代文学の鬼才による狂気の短編まで、後味の悪さにこだわって選び抜いた〝厭な小説〟名作短編集。（千街晶之）
ク-17-1

ガール・セヴン
ハンナ・ジェイミスン（高山真由美　訳）
家族を惨殺され、一人ロンドンの暗黒街で生きる21歳の娘、石田清美。愛する人のいる日本へ帰るべく大博打に出た彼女は犯罪の渦中へ。25歳の新鋭が若い女性の矜持を描くノワール。
シ-23-1

（　）内は解説者。品切の節はご容赦下さい。

テリー・ホワイト（小菅正夫　訳）
真夜中の相棒
美青年の殺し屋ジョニーと、彼を守る相棒マック。傷を抱えて裏社会でひっそり生きる二人を復讐に燃える刑事が追う。男たちの絆を詩情ゆたかに描く暗黒小説の傑作。（池上冬樹）
ホ-1-7

ロジャー・ホッブズ（田口俊樹　訳）
ゴーストマン　時限紙幣
爆薬の仕掛けられた現金一二〇万ドルを奪還せよ。犯罪の始末屋ゴーストマンの孤独な戦いがはじまる。クールな文体で描く二十一世紀最高の犯罪小説。このミス三位。（杉江松恋）
ホ-10-1

ピエール・ルメートル（橘　明美　訳）
その女アレックス
監禁され、死を目前にした女アレックス――彼女が秘める壮絶な計画とは？　「このミス」1位ほか全ミステリランキングを制覇した究極のサスペンス。あなたの予測はすべて裏切られる。
ル-6-1

ピエール・ルメートル（吉田恒雄　訳）
死のドレスを花婿に
狂気に駆られて逃亡するソフィー。かつて幸福だった聡明な女は、なぜ全てを失ったのか。悪夢の果てに明らかになる戦慄の悪意！　『その女アレックス』の原点たる傑作。（千街晶之）
ル-6-2

ピエール・ルメートル（橘　明美　訳）
悲しみのイレーヌ
凄惨な連続殺人の捜査を開始したヴェルーヴェン警部は、やがて恐るべき共通点に気づく――『その女アレックス』の刑事たちを巻き込む最悪の犯罪計画とは。鬼才のデビュー作。（杉江松恋）
ル-6-3

ピエール・ルメートル（橘　明美　訳）
傷だらけのカミーユ
カミーユ警部の恋人が強盗に襲われ、重傷を負った。執拗に彼女の命を狙う強盗をカミーユは単身追う。『悲しみのイレーヌ』『その女アレックス』に続く三部作完結編。（池上冬樹）
ル-6-4

悪魔の涙
ジェフリー・ディーヴァー（土屋　晃　訳）
世紀末の大晦日、ワシントンの地下鉄駅で無差別の乱射事件が発生。手掛かりは市長宛に出された二千万ドルの脅迫状だけ。捜査本部は筆跡鑑定の第一人者キンケイドの出動を要請する。
テ-11-1

青い虚空
ジェフリー・ディーヴァー（土屋　晃　訳）
護身術のホームページで有名な女性が惨殺された。やがて捜査線上に〝フェイト〟というハッカーの名が浮上。電脳犯罪担当刑事と元ハッカーのコンビがサイバースペースに容疑者を追う。
テ-11-2

ボーン・コレクター（上下）
ジェフリー・ディーヴァー（池田真紀子　訳）
首から下が麻痺した元NY市警科学捜査部長リンカーン・ライム。彼の目、鼻、耳、手足となる女性警察官サックス。二人が追うのは稀代の連続殺人鬼ボーン・コレクター。シリーズ第一弾。
テ-11-3

コフィン・ダンサー（上下）
ジェフリー・ディーヴァー（池田真紀子　訳）
武器密売裁判の重要証人が航空機事故で死亡、NY市警は殺し屋〝ダンサー〟の仕業と断定。追跡に協力を依頼されたライムは、かつて部下を殺された怨みを胸に、智力を振り絞って対決する。
テ-11-5

エンプティー・チェア（上下）
ジェフリー・ディーヴァー（池田真紀子　訳）
連続女性誘拐犯は精神を病んだ〝昆虫少年〟なのか。自ら逮捕した少年の無実を証明するため少年と逃走するサックスをライムが追跡する。師弟の頭脳対決に息をのむ、シリーズ第三弾。
テ-11-9

石の猿（上下）
ジェフリー・ディーヴァー（池田真紀子　訳）
沈没した密航船からNYに逃げ込んだ十人の難民。彼らを狙う殺人者を追え！　正体も所在もまったく不明の殺人者を捕らえるべくライムが動き出す。好評シリーズ第四弾。（香山二三郎）
テ-11-11

魔術師《イリュージョニスト》（上下）
ジェフリー・ディーヴァー（池田真紀子　訳）
封鎖された殺人事件の現場から、犯人が消えた!?　ライムとサックスは、イリュージョニスト見習いの女性に協力を依頼する。シリーズ最高のどんでん返し度を誇る傑作。（法月綸太郎）
テ-11-13

（　）内は解説者。品切の節はご容赦下さい。

ジェフリー・ディーヴァー（池田真紀子 訳）
12番目のカード（上下）
単純な強姦未遂事件は、米国憲法成立の根底を揺るがす百四十年前の陰謀に結びついていた――現場に残された一枚のタロットカードの意味とは？　好評シリーズ第六弾。（村上貴史）
テ-11-15

ジェフリー・ディーヴァー（池田真紀子 訳）
ウォッチメイカー（上下）
残忍な殺人現場に残されたアンティーク時計。被害者候補はあと八人…尋問の天才ダンスとともに、ライムは犯人阻止に奔走する。二〇〇七年のミステリ各賞に輝いた傑作！（児玉　清）
テ-11-17

ジェフリー・ディーヴァー（池田真紀子 訳）
ソウル・コレクター（上下）
そいつは電子データを操り、証拠を捏造し、無実の人物を殺人犯に陥れる。史上最も卑劣な犯人にライムとサックスが挑む！　データ社会がもたらす闇と戦慄を描く傑作。（対談・児玉　清）
テ-11-22

ジェフリー・ディーヴァー（池田真紀子 訳）
バーニング・ワイヤー（上下）
人質はニューヨーク！　電力網を操作して殺人を繰り返す凶悪犯を追うリンカーン・ライム。だが天才犯罪者ウォッチメイカーの影が…シリーズ最大スケールで贈る第九弾。（杉江松恋）
テ-11-29

ジェフリー・ディーヴァー（池田真紀子 訳）
ゴースト・スナイパー（上下）
政府に雇われた狙撃手が無実の男を暗殺した。その策謀を暴くべく、秘密裏に捜査を始めたライムたち。だが暗殺者による隠蔽工作が進み、証人は次々と消されていく……。（青井邦夫）
テ-11-33

ジェフリー・ディーヴァー（池田真紀子 訳）
スキン・コレクター（上下）
毒の刺青で被害者を殺す殺人者は、ボーン・コレクターの模倣犯か。NYの地下で凶行を繰り返す犯人。名探偵ライムは壮大な完全犯罪計画を暴けるか？「このミス」1位。（千街晶之）
テ-11-37

ジェフリー・ディーヴァー（池田真紀子 訳）
スリーピング・ドール（上下）
怜悧なカルト指導者が脱獄に成功。美貌の捜査官、キャサリン・ダンスの必死の追跡は続く。鍵を握るのは一家惨殺事件でただ一人、難を逃れた少女。彼女はその夜、何を見たのか。（池上冬樹）
テ-11-19

ジェフリー・ディーヴァー（池田真紀子 訳）
ロードサイド・クロス
（上下）
ネットいじめの加害者たちが次々に命を狙われる。犯人はいじめに苦しめられた少年なのか？　ダンス捜査官は巧緻な完全犯罪計画に挑む。キャサリン・ダンス・シリーズ第二弾。
テ-11-25

ジェフリー・ディーヴァー（池田真紀子 訳）
シャドウ・ストーカー
（上下）
女性歌手の周囲で連続する殺人。休暇中のキャサリン・ダンスは友人のために捜査を開始する。果たして犯人はストーカーなのか。リンカーン・ライムも登場する第三作。（佐竹　裕）
テ-11-31

ジェフリー・ディーヴァー（池田真紀子 他訳）
クリスマス・プレゼント
ストーカーに悩むモデル、危ない大金を手にした警察、未亡人と詐欺師の騙しあいなど、ディーヴァー度が凝縮された十六篇。あの〈ライム・シリーズ〉も短篇で読める！（三橋　曉）
テ-11-8

ジェフリー・ディーヴァー（土屋　晃 訳）
追撃の森
襲撃された山荘から逃れた女性を守り、森からの脱出を図る女性保安官補。二人の女性vs.二人の殺し屋、決死の逃走の末の連続ドンデン返し！　ＩＴＷ最優秀長編賞受賞。
テ-11-21

ジェフリー・ディーヴァー（池田真紀子 訳）
ポーカー・レッスン
ドンデン返し16連発！　現代最高のミステリ作家が、ありとあらゆる手口で読者を騙す極上の短編が詰まった第二作品集。リンカーン・ライムが登場する「ロカールの原理」も収録。
テ-11-24

ジェフリー・ディーヴァー（池田真紀子 訳）
００７　白紙委任状
（上下）
世界最高のヒーローに世界最高のサスペンス作家が挑む。イギリスを狙う大規模テロの計画を阻止せよ。9・11後の世界で、007ことジェームズ・ボンドが世界を駆ける。（吉野　仁）
テ-11-27

ジェフリー・ディーヴァー（土屋　晃 訳）
限界点
（上下）
凄腕の殺し屋から標的を守るのが私のミッションだ。巧妙な計画で襲い来る敵の裏をかき、反撃せよ。警護のプロVS殺しのプロ。ドンデン返しの魔術師が送り出す究極のサスペンス。
テ-11-35

（　）内は解説者。品切の節はご容赦下さい。

スティーヴン・キング（小尾芙佐　訳）
IT
（全四冊）

少年の日に体験したあの恐怖の正体は何だったのか？　二十七年後、薄れた記憶の彼方に引き寄せられるように故郷の町に戻り、ＩＴ（それ）と対決せんとする七人を待ち受けるものは？

キ-2-8

スティーヴン・キング（深町眞理子　訳）
シャイニング
（上下）
コロラド山中の美しいリゾート・ホテルに、作家とその家族がひと冬の管理人として住み込んだ――。Ｓ・キューブリックによる映画化作品も有名な「幽霊屋敷」ものの金字塔。（桜庭一樹）
キ-2-31

スティーヴン・キング（白石　朗　他訳）
夜がはじまるとき
医者のもとを訪れた患者が語る鬼気迫る怪異譚「Ｎ」、猫を殺せと依頼された殺し屋を襲う恐怖の物語「魔性の猫」など全六篇収録。巨匠の贈る感涙、恐怖、昂奮をご堪能あれ。（ｃｏｃｏ）
キ-2-35

スティーヴン・キング（横山啓明・中川　聖　訳）
1922
かつて妻を殺害した男を徐々に追いつめる狂気。友人の不幸を悪魔に願った男が得たものとは。〝ダークな物語〟をコンセプトに巨匠が描く、真っ黒な恐怖の中編を二編。

キ-2-38

スティーヴン・キング（高橋恭美子・風間賢二　訳）
ビッグ・ドライバー
突然の凶行に襲われた女性作家の凄絶な復讐――表題作と、長年連れ添った夫が殺人鬼だと知った女性の恐怖を描く「素晴らしき結婚生活」の2編収録。巨匠の力作中編集。

キ-2-39

スティーヴン・キング（白石　朗　訳）
アンダー・ザ・ドーム
（全四冊）
小さな町を巨大で透明なドームが突如封鎖した。破壊不能、原因不明、脱出不能のドームの中で、住民の恐怖と狂乱が充満する……。帝王キングが全力で放った圧倒的な超大作！（吉野　仁）
キ-2-40

スティーヴン・キング（白石　朗　訳）
リーシーの物語
（上下）

夫の死後、悲しみに暮れるリーシー。夫の過去に秘められたあまりに痛ましい出来事とは？　永遠の愛と悲しみからの再生を描いて、著者キングが自作の中でもっとも愛するという傑作。

キ-2-44

（　）内は解説者。品切の節はご容赦下さい。

スティーヴン・キング（白石　朗　訳）
悪霊の島（上下）
孤島に移り住んだ男を怪異が襲う。この島には何かがいる！　やがて降りかかる死、死、死。悪しきものの棲む廃墟の館の秘密とは？　恐怖の帝王、渾身のモダンホラー大作。（東　雅夫）
キ-2-46

スティーヴン・キング（土屋　晃　訳）
ジョイランド
恋人に振られた夏を遊園地でのバイトで過ごす僕。生涯の友人にも出会えた僕は、やがて過去に幽霊屋敷で殺人を犯した連続殺人鬼が近くに潜んでいることを知る。巨匠の青春ミステリー。
キ-2-48

スティーヴン・キング（白石　朗　訳）
11／22／63（全三冊）
ケネディ大統領暗殺を阻止するために僕はタイムトンネルを抜けた…巨匠がありったけの物語を詰めこんで、「このミス」他国内ミステリーランキングを制覇した畢生の傑作。（大森　望）
キ-2-49

スティーヴン・キング（白石　朗　訳）
ドクター・スリープ（上下）
〈景観荘〉の悲劇から30年。今もダニーを襲う悪しきものども。超能力〝かがやき〟を持つ少女との出会いが新たな惨劇への扉を開く。名作『シャイニング』の圧倒的続編！（有栖川有栖）
キ-2-52

スティーヴン・キング（矢野浩三郎　他訳）
ミスト　短編傑作選
町を覆った奇妙な濃霧。中に踏み入った者は「何か」に襲われる……。映画化、ドラマ化された名作「霧」他、初期短編からよりぬいた傑作選。スティーヴン・キング未体験者におすすめ。
キ-2-54

スティーヴン・キング（白石　朗　訳）
ミスター・メルセデス（上下）
暴走車で群衆に突っ込み、大量殺人を犯して消えた男。そいつを追って退職刑事が執念の捜査を開始する。米最大のミステリー賞、エドガー賞を受賞した傑作。ドラマ化。（千街晶之）
キ-2-55